恋爱存档30天

LIAN'AI CUNDANG SANSHI TIAN

落清 著

时代出版传媒股份有限公司
安徽文艺出版社

图书在版编目（CIP）数据

恋爱存档30天 / 落清著. -- 合肥：安徽文艺出版社,2020.9
ISBN 978-7-5396-6934-2

Ⅰ.①恋… Ⅱ.①落… Ⅲ.①长篇小说－中国－当代
Ⅳ.①I247.5

中国版本图书馆CIP数据核字(2020)第060402号

LIAN'AI CUNDANG 30 TIAN
恋爱存档30天

出 版 人：段晓静
责任编辑：张 磊　周 丽　　　　　　装帧设计：沉星设计

出版发行：时代出版传媒股份有限公司　www.press-mart.com
　　　　　安徽文艺出版社　　www.awpub.com
地　　址：合肥市翡翠路1118号　邮政编码：230071
营 销 部：(0551)63533889
印　　制：杭州日报报业集团盛元印务有限公司 0571-85052417

开本：880×1230　1/32　印张：9.5　字数：300千字
版次：2020年9月第1版　2020年9月第1次印刷
定价：38.00元

(如发现印装质量问题，影响阅读，请与出版社联系调换)
版权所有，侵权必究

目 录

Chapter 01 / 北海道再遇 —— 001

Chapter 02 / 成为他的保镖 —— 022

Chapter 03 / 别对我说谎 —— 036

Chapter 04 / 互相试探 —— 054

Chapter 05 / 舍命保护 —— 067

Chapter 06 / 他们的过往 —— 082

Chapter 07 / 八年前的案件 —— 100

Chapter 08 / 他们的年少时光 —— 113

目录 Contents

Chapter 09 食物中毒事件 ——— 131

Chapter 10 蹩脚的闹剧 ——— 147

Chapter 11 你很喜欢钱? ——— 165

Chapter 12 喜欢你这件事 ——— 183

Chapter 13 无限接近真相 ——— 200

Chapter 14 慕尼黑往事 ——— 219

Chapter 15 消失的日记本 ——— 238

Chapter 16 不相信任何人 ——— 254

Chapter 17 扑朔迷离 ——— 270

Chapter 18 喜欢你还来不及 ——— 285

Chapter 01
北海道再遇

十二月,北海道。

闻唐从新千岁国际机场出来时,目光所及尽是漫天的白,天与地已连成一片。雪花一片片打在挡风玻璃上,车窗上蒙着一层雾气,仿佛将他与外面真实的世界隔绝开来。

十二小时前,在东京新宿的一家居酒屋里,闻唐与多年未见的高中时代好友莫庭相谈甚欢。当年大学毕业后,莫庭来到日本深造,之后便一直留在东京。半年前,莫庭与他的未婚妻一见钟情,即将在两天后于北海道洞爷湖举行婚礼。

闻唐的东京之行原只是为了参加酒店业协会的会议,没想到在会场与老友重逢。莫庭见到闻唐很是高兴,当场叫人送了婚礼请柬过来,嘱咐闻唐务必参加,又约了闻唐晚上叙旧。

闻唐倚在高台边,不紧不慢地小酌,听莫庭讲自己与未婚妻的种种。闻唐

Chapter 01
北海道再遇

并不热衷这种热恋男女间的小情小爱，待一小瓶清酒见底，他才漫不经心地放下酒杯。

闻唐侧眼看了莫庭半晌，说道："一年前我遇到从前的同学，听说你跟温如蕴在一起，我还以为新娘会是她。"

乍听到温如蕴的名字，莫庭的手微微一抖，险些把酒倒出酒杯，已经泛红的脸上闪过一丝讥笑："别提她了，她这里有问题。"说着，他指了指脑袋。

"哦？怎么有问题了？"闻唐来了兴致，脑海里闪过女孩十七岁时的模样，但时间隔得太久，那张脸终究还是有些模糊了。

莫庭喝了口酒，说："就是字面上的意思。当初跟她重逢我还挺开心的，追她着实费了不少功夫，没想到她居然不是正常人。"他摇了摇头，脸上却完全没有可惜的表情。

"是吗？"闻唐淡淡地应了一声。

"你还记不记得咱们上高中那会儿，她突然转学过来，起初因为长得漂亮还挺招人待见，结果因为性情古怪，谁都不愿搭理她、跟她交朋友。那会儿还能用青春期叛逆的理由来遮掩，实际上她真的有问题，难怪这么多年身边也没个朋友。"

"她知道你结婚的事吗？"

"知道。两个月前定下婚期的时候我告诉她了，虽然客气地邀请她来参加，但想来想去，正常人应该不会想参加前男友的婚礼吧？"一提到前女友，莫庭就止不住地烦躁。

再后来，莫庭喝得酩酊大醉，闻唐叫车把他送回了家。

车子开到位于洞爷湖的温泉度假酒店时已临近傍晚，雪越下越大，道路两旁积起了厚厚的积雪。车子停在大堂门口，隔绝了外面的大雪纷飞。

闻唐下车拢了拢身上的大衣，被候在门口的礼宾员指引着正要往里走时，听到边上轻微的争执声。他循声望去，只见一位会说中文的服务员面露难色，不断点头哈腰地道歉，而与之争执的那位女士则背对着他。这样的天气里，她身上只穿了一件风衣，裸露在外的那截光洁的脖子已经被冻得通红。

闻唐只停顿了几秒，扭头正要离去，却忽地听到那个女人开口了。

"我再说一次，我有请柬，为什么不让我进去？"她的语气带着不容置疑的强硬和清晰可闻的不耐烦。

闻唐倏地停住脚步，再次回头望去。这次他看到了她的侧脸，白皙的皮肤透着不寻常的红，她轻轻蹙着眉，满脸的不愉悦。

那一瞬间，那张侧脸与许多年前夏天课堂上的那张脸重叠了。

闻唐眯起眼睛，视线越过她看向外面的世界，雪下得比刚才更大了。他回身朝酒店里走去，嘴角带出一丝弧度。

莫庭猜错了，她拿着请柬不正常地出现在了前男友的婚礼场所。

到了夜间，外面的风雪愈演愈烈，闻唐站在落地窗前双手抄兜，漠然地望着窗外夜色下的洞爷湖，白天波光粼粼的湖面到了晚上也变得黯然失色。雪已经积到了脚踝处，但仍有游客在雪堆里嬉笑打闹。

他将视线移到右侧时，看到了傍晚在酒店大堂门口与服务生争执的那个女人——长椅上积满了雪，但她清出一隅，独坐在湖边。

闻唐抬手看了眼手表，目光逐渐阴沉。

过了晚上九点，原本在室外玩耍的游客纷纷离场。雪仍不停歇，周遭安静得只剩下落雪的窸窣声。从酒店内部折射出去的光线将黑夜照亮，远山下是一片漆黑的幕布。

她呆呆地想，好像全世界的夜晚都是一样的。

身后有脚步声靠近，但她不想回头，自己在这里并不受欢迎，来者绝不会是来找自己的。

然而下一刻，脚步声停止，一个陌生的男声响起："温如蕴。"

男人温和地喊出她的名字，语调平稳。

她诧异地回头，视线触及一个包裹着长羽绒服、身材高瘦的男人，围巾遮住了他大半张脸，只能看到一双如墨般深沉的眼睛，就像洞爷湖的夜。

Chapter 01
北海道再遇

"温如蕴?"她奇怪地重复了一遍。

闻唐打量着她,光线太暗,她脸部的轮廓有些模糊,但依稀能看出年少时的模样。

她转了转漆黑的眼珠子,想了一会儿,瞬间了然道:"你是我二十一岁前认识的人。"

她说完笑了笑,但笑意浮于表面,闻唐甚至觉得她压根不想对任何人做出笑这个动作。

"为什么是二十一岁前认识的人?"他问道。

"因为只有二十一岁前认识的人才会叫我这个名字。"

"那你现在叫什么?"

"去掉中间那个字。"

二十一岁对她来说是一个分水岭,是一道漫长又不可思议的切割线。

这样的回答对闻唐来说显得无比诡异,这不该是两个重逢之人间该有的对话,他想起莫庭说过的话,她看上去的确非常奇怪。

"你不记得我了?"他的声音从围巾后传来,呵出的白气散在两人之间。

"你是我非记得不可的人吗?"她反问。

闻唐眉心微蹙,仿佛有一只手突如其来地狠狠抓住了他的心脏。

"你后来怎么进去的?酒店的人不是拦着不让你进去吗?"

"我没有进去呀。"温蕴指了指远处比度假酒店小上一半的另一座建筑说,"我换地方住了。"

"那你要怎么参加后天的婚礼?你连进都进不去。"闻唐居高临下地看着她。

"我正在想办法。"她说得一本正经,但看上去并没有因此而特别烦恼。

"我可以帮你。"几乎是在转瞬之间,闻唐就做了决定。

可温蕴没有半分欣喜,反而歪着头冷静地问他:"你想用什么做交换?"

"你为什么会来参加前男友的婚礼?"

"因为好奇。"

"好奇前男友的结婚对象,还是好奇前男友的婚礼会是什么样子?"

"都不是。"温蕴摇摇头,"我只是好奇是不是有人在恶作剧。"

闻唐头疼地说道:"你说话一直都是这么模棱两可吗?你以前并不是这样子的。"

"我以前是什么样子?"

"这是重点吗?"他的耐心已经在耗尽的边缘。

温蕴本来也只是随便问问,并没有真的想知道答案,于是继续刚才的话题:"你带我进去,等我得到答案之后再告诉你怎么样?我手里总要有些底牌,毕竟你我只是不相干的陌生人。"

"不相干的陌生人……"这句话从她嘴里说出来还真是毫无违和感。

他看着她,发觉她身上完全没有因为前男友结婚而出现的悲伤情绪,相反的,莫庭对她来说就像是一个陌生人,而她只不过是来参加一场婚礼罢了。

闻唐不禁在心里冷笑,可真是有意思,她比年少时更加有趣了。

"两天后,婚礼开始前,我会在这里等你。"温蕴避开他的视线,起身要离开时,又回头问,"你叫什么?"

闻唐心里那股诡异感越来越强烈,但是他知道,她并没有撒谎,她是真的不认得自己了,从长相到名字,他完完全全消失在她的记忆中。

究竟是怎么回事?

"你叫什么?"温蕴耐心地又问了一遍。

"闻唐。"

她自顾自地轻声重复了一遍,旋即微笑着向他道别,那张脸笑起来依旧如故。

"两个月前你在东京吗?"就在温蕴迈开步子准备离开的时候,闻唐忽然沉声问道。

她顿了顿,皱着眉头道:"应该去过吧。"

"应该?"

"不记得了,我的大脑只能承载一个月内发生的事情。"她的语气颇为认

Chapter 01
北海道再遇

真，说出的话却像玩笑。

闻唐望着她在大雪里渐渐远去的身影，面无表情，眉心紧锁。

确切地说，这并不是两人经年后的第一次见面，可她对此浑然未觉，甚至毫无记忆，这不该是正常人的反应。

两个月前，东京。

那天的东京倾盆暴雨，闻唐坐车返回酒店路过一片住宅区时，见到一个女人孤零零地站在某栋房子前，大雨毫不留情地打在她身上，她低着头，仿佛是在故意让自己受罚一般。

起先他并不在意看到的这些景象，可当车子从女人身边经过时，他蓦地怔住，思绪来不及倒转，立即喊了停车。

司机不明就里地把车停在了路边，闻唐撑开伞下车，走到女人面前，把伞撑在了她的头顶。伞将雨帘隔绝的那一刻，女人诧异地抬起头来，映入闻唐眼里的，是那张熟悉得不能再熟悉的脸。

他的心跳在一瞬间漏跳了一拍。

果然是她！

直到把她带上车，两个人都没有讲过一句话。她浑身湿漉漉地蜷缩在车门边，木讷得像一个毫无灵魂的玩偶，看上去比高中时更瘦了。

闻唐把温蕴带回酒店，直到浴室传来哗哗的水声时，他烦躁的心情才渐渐平复。上一次听到她的消息要追溯到很久以前，听说她跟莫庭好上了，莫庭常年待在东京，但她并没有随他一块儿留在东京，谁承想自己居然会在这里与她重逢。

二十几层的高楼，玻璃被雨重重地敲打着，台风带来的暴雨来势汹汹，整座城市都在一片苍茫的雨帘之中。天气预报说这场雨大约会持续到第二天傍晚，闻唐原计划当晚离开东京的航班因此被迫延迟。

不知过了多久，水声停了，浴室的门打开，温蕴披散着湿漉漉的长发走了出来，酒店提供的睡衣松松垮垮地穿在身上，下面露出一小截洁白的小腿。

闻唐转过身来，身后是落地窗外倾盆的大雨。

温蕴半眯着眼仔细观察他——高瘦，但衬衫包裹住的手臂肌肉线条分明，五官端正，长相清隽，看起来像个好人，只不过那双好看的眼睛却像他身后的那片雨雾般令人看不透彻。

"随随便便跟一个男人出入酒店，你不怕我对你图谋不轨吗？"闻唐打量着她。

温蕴毫无兴致地摇了摇头："我练过，你不是我的对手。"

她这句话仿佛让他想起了什么，他沉声笑笑："我记得你以前想考警校。"

温蕴的动作瞬间止住，警惕地看向他："你认识我？"

闻唐的笑意僵在嘴角，气氛逐渐变得古怪，他眯起眼睛，反问道："难道你不认识我？"

温蕴只是瞪大眼睛盯着他。

闻唐并没有纠结这个问题，他拉开书桌前的椅子坐下，开口询问："你站在那儿是在等什么人？"

"我为什么要回答你？"

"在等莫庭？"

"你认识莫庭？"

闻唐双臂环抱，审视着她："你在跟我开玩笑吗？"

"我为什么要跟一个陌生人开这种玩笑？"

"你跟莫庭不是恋人关系吗？那栋房子是莫庭的房子？你在那儿等他？你们吵架了，他不愿意见你？"他一连抛出好几个问题，令温蕴不得不筑起防备。

怪不得他会在暴雨里把她带回来，原来他们以前认识。

"我们以前是什么关系？"

闻唐看着她逐渐转冷的目光，许多思绪在回忆里百转千回。他曾以为他和她此生再也无法相见，而他们之间也只不过是一年的同学缘分，想不到多

Chapter 01
北海道再遇

年后再相见居然会出现这种对话。

温蕴看着闻唐的脸色逐渐转阴，解释道："我之前出过一次事故，所以不记得以前的事情了。"

闻唐有些意外："什么都不记得了？"

她点点头。

当晚的暴雨几乎淹了半个东京市，闻唐辗转难眠，好不容易熬到第二天天亮，却发现住在隔壁的温蕴已经离开了。

闻唐稍稍将前后的时间线一捋就得出了结论，恐怕两个月前他在东京见到温蕴那会儿，莫庭正与她摊牌分手，所以她才会那么狼狈，而两个月后，她却像什么事都没发生过一般，拿着前男友给的请柬大大咧咧地前来参加婚礼。

在闻唐看来，多年前与多年后的温蕴，不仅名字里少了一个字，连性情都几乎大变。

两天后，莫庭的婚礼照常举行。

尽管雪仍旧下着，外面的道路仍旧被积雪阻隔，但酒店内热闹非凡。

仪式开始前二十分钟，闻唐从酒店后门到达洞爷湖边。温蕴似乎已经等了很久，脸被冻得通红，还是之前那一身衣服，见到他立即露出笑容，忙不迭地跟在他身后。

两人一前一后步入会场，酒店的服务员起先拦着不让温蕴入内，但最终还是将她的座位安排在了闻唐边上。

"我猜应该是莫庭的妻子吩咐酒店不让我进来的。"温蕴落座后附到闻唐耳边小声说道。

"可见你并不受欢迎。"他面无表情地出声讥讽。

她不甚在意地耸了耸肩，躲在他身后尽量降低存在感。

会场内灯火辉煌，宾客们客气地寒暄，明明脸上都戴着"面具"，还要装作相见恨晚的姿态，这就是人间百态。

已经到了仪式开始的时间，司仪也已经在台上准备就绪，却迟迟不见新郎和新娘的身影，落座的宾客们渐渐骚动起来，偌大的会场内响起此起彼伏的低语声。这里的许多人都是特地从国内赶来参加婚礼的——莫庭的未婚妻上腾香是中日混血，她父亲是东京有名的企业家，他们承包了所有宾客来回机票及住宿的费用。

在其他人看来，上腾香与温蕴，莫庭根本无须费心做选择，任何人都会理所当然地选择能让自己少奋斗二十年的上腾香。

"新郎该不会中途变卦跑路了吧？毕竟他是有前科的人。"温蕴往嘴里送了颗草莓，漫不经心地说。

闻唐不理会她的奚落，转头环视整个会场，几乎所有人都把目光对准了入口处。台上的司仪开始不断地抹额头上的汗，可越是如此，越是令人感到焦虑不安。

五分钟后，突然有人上台对司仪耳语了几句，司仪的脸色猝然一变，紧接着举起话筒开口，却是遣散会场内的宾客。整个会场顿时一片哗然。

出事了！

闻唐脑海里当即升起这个想法，他猛然看向身边的温蕴，温蕴仿佛早有预料，脸上露出果然如此的表情。

闻唐脸上闪过一丝凛然，伸手抓住起身正欲离去的温蕴，逼视着她问道："你是不是早知道会出事？"

温蕴眨了眨眼，镇定而轻松地问他："要不要去看看是怎么回事？"

说着，她已经挣脱他的束缚，趁乱快速离开了会场，闻唐蹙眉紧跟其后。

新人所在的房间与会场之间大约两分钟的路程，闻唐和温蕴穿过长长的走廊就到达了酒店的客房部，然而当他们赶到时，却被一阵阵哭声止住了脚步。

哭声悲切，连声音都哑了。

温蕴反应过来，疾步冲向房门大开的客房，看到里面的场景后猛地捂住了嘴巴。

Chapter 01
北海道再遇

只见新郎莫庭倒在地上,四肢僵硬,似乎已经没了呼吸,而他的未婚妻上腾香趴在他身上哭得上气不接下气,她装束凌乱,毫无体面可言。

伴郎和伴娘们悉数聚在房间的最里面,谁也不敢多言一句。事情发生得太突然,所有人都蒙了。

屋内的暖气热得令人发晕,闻唐瞬间就弄清楚了事情原委,他目光敏锐地望向屋内其他人,问道:"报警了吗?"

几个人同时点头,但碍于外面的天气,恐怕警察一时半会儿没有办法赶到。上腾香的父母忙着在会场处理宾客的问题,随后赶到的莫庭的父母一见儿子死了,哭着扑倒在地。

闻唐看向温蕴,此刻她看上去比谁都冷静,甚至冷静到令人觉得漠然,尤其与房间内悲伤的气氛格格不入。他正要带她离开这里时,上腾香忽然像是察觉到什么似的,骤然朝温蕴扑过去。

上腾香如失去理智一般掐住温蕴的脖子,用语调奇怪的中文哭喊道:"一定是你,一定是你怀恨在心杀了他!明明已经让酒店拒绝你进入了,你为什么会在这里?!"

温蕴没有还手,任由上腾香掐着自己的脖子,脸色因为缺氧而渐渐由红变得惨白。

闻唐冷着脸上前,用力将温蕴从上腾香手里解救出来,又挡开上腾香的二次攻势,拉着温蕴转身离开。

酒店大堂内因为新郎的死亡而混乱不堪,闻唐带着温蕴穿过人群走向位于大堂后面的咖啡吧。与前厅相比,咖啡吧尚算清冷,除了寥寥几个外国游客之外一片清静。

闻唐把温蕴甩到沙发上,沉声问道:"为什么不还手?"

"她死了未婚夫,情绪不受控制合情合理,发泄一下是应该的。"温蕴没有把刚才的小插曲放在心上,漫不经心地回答道。

闻唐的脸色更难看了,那双如大海般深邃的眼睛里仿佛正压抑着什么,他盯着她问:"你之前说你是因为好奇才来这里,你好奇的是这场婚礼能否成功举行？"

温蕴摇摇头，对上他的视线，眼里含着某种令人无法解释的兴奋，她直截了当地回答："不，我好奇的是，他是不是真的会死在婚礼上。"

一瞬间，前厅的嘈杂声不见了，不远处孩童的嬉闹声也不见了，只剩下温蕴的话语不断在耳边盘旋，她的回应冷静而残酷，不带一丝情绪，就像一个没有感情的旁观者。

闻唐的心慢慢冷却下来，面色阴沉："你是说，你早知道他会死？"

"确切地说，我以为这是一个不知真假的恶作剧。"

温蕴将手机推到闻唐面前，闻唐顺势看去，只见手机屏幕上只有一行字：两天后，莫庭会死在自己的婚礼上。

短信上的每个字他都认得，组合在一起却十足地诡异。

"是谁？"

温蕴还是摇头："我查过，这是新号码，发完这条短信后就注销了。"

"这个人为什么要给你发这种短信？"

"好问题，不如你回短信直接问问？"她讽刺道。

"毫无疑问，这个人发短信给你是为了把你引到这里来，你想过为什么吗？"闻唐手指敲着桌面，若有所思。

"这个假设不成立，谁都没法保证我看了短信后会大发好奇心前来证实，我也可以选择无视。"

"对方或许很了解你，甚至知道你在看了短信后一定会来求证。你看，你此刻不就坐在这里吗？"闻唐耸了耸肩，扬手指了指温蕴。

"你的推断基于我已经在现场这个前提，这并不能完全成立。"温蕴毫不留情地否决了闻唐的推测。

她觉得这个男人表面看起来斯文有礼，那双眼睛里却全是对自己的窥探，与他对视的时候，她会下意识地移开自己的视线。

"你为什么要告诉我这条短信的内容？"闻唐又问。

"这是作为你带我进来的交换条件。"她说得煞有介事，气氛稍稍缓和

Chapter 01
北海道再遇

了些。

这时，酒店门口传来一阵警笛声，警察赶到了。

"对酒店来讲，发生这种事情还真是晦气。"虽然闻唐嘴上说着同情的话，但温蕴没从他脸上看出一点同情的表情来。

两人再度沉默下来。

十分钟后，一名警察出现在他们面前，与警察一块儿来的还有一位翻译员。

"是闻唐先生和温蕴小姐吗？"翻译员在警察的示意下，礼貌地开口询问。

在确认身份之后，他们在旁边的座位上坐下，警察向翻译员使了个眼色，首先问温蕴："你和死者是什么关系？"

"他是我的前男友。"温蕴如实回答。

"为什么会想到来参加前男友的婚礼？"

"法律上有不能参加前男友婚礼的规定吗？"她不动声色地反问。

翻译员尴尬地咳了一声，继续道："可是据我所知，虽然新郎邀请了你，但是新娘并不希望你出现在婚礼现场，并且请酒店的工作人员拒绝你进入酒店。两天前，你曾在酒店大堂与当值的工作人员发生过激烈争执，既然已经到了这种地步，你为什么还要执意来参加婚礼？你又是怎么进来的？"

闻唐从温蕴眼中看出了一丝不耐烦，但她脸上仍挂着笑意，她大约是隐忍惯了，任何时候都能堆起这种类似职业性的微笑。

温蕴深吸一口气，尽量控制自己的语气，说："既然我收到了请柬，那么来参加婚礼再正常不过吧？而且我是作为男方宾客被邀请在列的，女方的意思与我无关，至于我是怎么进来的……"她看了一眼在旁看戏的闻唐，"是这位闻先生带我进来的。"

警察和翻译员同时看向闻唐，后者却接过服务生递来的咖啡，不紧不慢地抿了一口，咖啡的热气升腾在面前，使他看上去让人捉摸不透。

"请问你们是什么关系？"翻译员指了指温蕴，向闻唐开口。

闻唐瞥了温蕴一眼，眼底浮现一丝嘲弄，他放下咖啡杯的同时，抬眼说道:"我们是高中同学,包括莫庭。"

温蕴猛然看向闻唐,双目圆睁,完全没有意料到这种答案。

翻译员将温蕴的反应尽收眼底,说道:"她好像对你们是高中同学这件事很惊讶?"

"是吧?她前男友,也就是死者说过,她这里有问题,应该是记忆认知出现了问题。"闻唐煞有介事地指了指脑袋,一本正经地说道。

翻译员被他说得哑口无言,本能地回头看向警察,可警察因为听不懂中文,只是无声地环顾眼前的场景。

"你们最后一次见到死者是在什么时候?"翻译员在警察的示意下重新整理好思路。

"两天前,在新宿的居酒屋,我们一起喝过酒。"闻唐说。

翻译员看向温蕴,只见她敛眉思索着,仿佛这个问题无比深奥。

"两个月前?大概是吧,我不确定了。"她茫然地摇了摇头。请柬是别人转交给她的,这么说来,应该是在两个月前。

"大概?"翻译员脸上流露出怀疑的表情。

温蕴解释道:"两个月前在东京,他向我提出分手,之后我就回国了。从护照上的出入境记录来看,这期间我应该都待在国内,所以我跟他最后一次见面应该就是分手那次。"

闻唐听着温蕴的推测,眸色渐深。她果然存在某种记忆障碍,她说过自己的大脑只能承载一个月的记忆,他当时觉得她在跟自己开玩笑,但现在他确信,她没有说谎。

大概从二十岁开始,闻唐就有一种能够看穿谎言的本事。起初,他只是本能地认为对方在说谎,尽管毫无依据,但他心里深信不疑,后来他试着证实自己的直觉,结果没有一次出现误判。渐渐地,他就接受了自己的这项天赋,并因此省去了不少麻烦。用好友宋清远的话说,他简直就像一台人肉测谎仪。

"案发的时候你们一直在一起吗?"

"我们的确一直在一起,跟所有宾客一起在会场内等新人出场。"闻唐从

Chapter 01
北海道再遇

容地回答。

询问结束后,温蕴一颗悬着的心仍无法得到放松,她上身往前倾斜,手肘撑在桌面上,问闻唐:"我们是高中同学?"

"你认为我对警察说谎?"

"那你为什么一开始不告诉我?"

"温蕴,你的记忆出现问题了吧?你之前说你出了事故,忘记了以前的事情,其实是你一直都在遗忘,你的记忆有一个固定的周期,因而你只记得这个周期以内的事情。"他与她对视,那种仿佛掌握了局势的气势令温蕴一下子有些反应不过来。

良久,她才笑眯眯地嘲讽道:"你是不是电影看多了?这么匪夷所思的事情都能被你正儿八经地说出来,我看你才是这里有问题。"她学着闻唐刚才的样子指了指自己的脑袋,然后一拍桌子起身准备离开。

闻唐抬手抓住她的手腕,扬眉道:"你该不会是准备逃跑吧?"

温蕴不耐烦地翻了个白眼,动作利索地反手化被动为主动,眨眼的工夫就捏住了闻唐的脉搏:"闻先生,我应该没有告诉过你,我是练过的,你最好不要轻易碰我,我怕一个不小心误伤你。"

说完,她甩开他的手径自离开了。

闻唐的手腕脉搏处还留有她手上的劲道,他垂眸低低一笑,心说:"你上次就讲过了,你练过。"

翌日清晨,闻唐收拾好行李准备去新千岁机场,却被警察拦在了酒店门口,对方告知他暂时需要留在酒店,可以离开时会另行通知,换言之,他被列入了警方的嫌疑人名单。同样被留下的还有新郎和新娘的家人以及所有伴郎和伴娘,当然,温蕴也是其中一个。

闻唐不是个有耐心的人,当即掏出手机准备给律师打电话,与此同时,眼角的余光忽然瞥见歪倒在大堂沙发上的温蕴,他瞬间改变了主意。

"看来你没有逃跑成功。"

沉沉的声音在头顶响起，温蕴睁开一只眼看了看闻唐，旋即又闭上，一副不想与他有瓜葛的模样。下一秒，她感到身边的位置凹陷下去，有人坐在了她身边。

闻唐解开外套的纽扣，从容地坐了下来，转头看到温蕴皱着眉坐直身子，无声地打量他。

无论温蕴在记忆里如何搜索，她依旧对闻唐没有半分印象。她总觉得自己在明处，而他在暗处，彼此看上去好像互不干涉，可他那双探究的眼睛着实令她感到不舒服。

昨夜，她曾打电话给好友赵阳，问他是否知道闻唐此人，没想到一贯说话干脆利落的赵阳对此顾左右而言他。她的好奇心越发膨胀，天还没亮时就匆匆忙忙打算回国向赵阳问清原委，谁知被警察拦了下来，那种急切的求知欲在那瞬间如遭滑铁卢般荡然无存。

"你在国内是不是做了什么见不得人的事情？"温蕴看着他，突然没头没尾地问道。

闻言，闻唐翻杂志的手一顿，轻轻笑了笑，懒得理会她。

她又凑过去，盯着他手上那份英日双语的杂志，扬声说："被侦探盯上可不是好事。"

她说得隐晦，但该听明白的一定已经听明白了。

闻唐好笑地停下动作看向她："有一点你倒是一直都没变，从高中到现在，一直都这么肆无忌惮。"

温蕴想了想，挑眉问："这是什么不好的品性吗？"

"没什么不好，不过遇到脾气不好的人是会付出代价的。"

她靠得更近了，两人的呼吸交缠在一起，她挑衅地问："那你算是脾气好的人还是差的人？"

闻唐没有回答，他收回视线，随手把杂志放回原处，拖着行李再度回到房间。他交代完国内的工作事务之后，决定去案发现场看看。

不出意料，案发房间外面已经拉起了警戒线，当地警方正在房间内进行

Chapter 01
北海道再遇

地毯式的搜查和检验。

闻唐才走到门口,就听见了隔壁房间内的争执声,其中一个女声尤为耳熟,他第一时间就判断出温蕴正是争执者之一。争吵声越来越激烈,而在案发现场的警察却没有因此受到影响。

隔壁是上腾香的房间,事发之后她一直把自己关在房间里。闻唐听说她的精神状态十分糟糕,甚至出现了自虐倾向,但闻唐始终觉得这种表现太过夸张,以他与莫庭的交谈来看,莫庭与未婚妻之间并未有如此深厚的感情基础。

那么上腾香此刻为什么会有如此激烈的反应呢?究竟是出于本心,还是另有不可告人的原因?

闻唐逐渐靠近上腾香的房间,争吵声也随之清晰起来,房间里应该只有上腾香和温蕴两人。

闻唐慵懒地靠在房间外的墙壁上,双手抄在兜里,垂眸盯着暗红色的地毯。

"是你杀了他,对吧?因为他始乱终弃,抛弃你,和我在一起,所以你一直对他怀恨在心,既然得不到就想办法毁灭他。"上腾香说着不大流利的中文,说话连基本的逻辑都没有。

温蕴头疼地揉了揉眉心,她只是想来案发现场看看有没有线索,怎么就这么倒霉被上腾香碰上了?

"温蕴,你承认吧,自首的话还能减轻罪行,如果被警察查出真相,你连国都回不了。"上腾香说。

温蕴犀利的目光扫向眼前长相甜美的女孩,她尽量压制自己的脾气,好言好语地问道:"上腾小姐,你凭什么认定我就是凶手?"

"因为只有你有杀人动机。"上腾香甚是笃定。

温蕴扑哧一声笑了出来:"情杀?因爱生恨?抱歉,我并没有你以为的那么爱他。"

事实上,温蕴对莫庭的印象只停留在日记本里冰冷的文字上,纵然曾经和他发生过甜蜜的事情,但已经是过眼云烟。而且她十分了解自己,绝不可能在记忆有问题的时候奉献自己的感情，明知一个月后就会遗忘对方，她根本不可能选择去开始。

上腾香大约是又想到了伤心的事情，眼眶逐渐发红："那你为什么会出现在这里？别口是心非了，前女友参加前男友的婚礼，从情理上来讲根本说不通，你不就是想趁机破坏我们的婚礼吗？"

"这个世界上，'情理'两个字从来都不是胡乱揣测的借口。"温蕴懒得再和上腾香掰扯，准备离开，但上腾香挡住了她的去路，她的脸色一下子冷了下来，"上回不还手是可怜你刚刚失去未婚夫，但是如果你再无理取闹，我不会对你客气。"

也许是被温蕴的气势吓到，上腾香颓然地跪倒在门口，掩面哽咽起来。

温蕴一冲出房间就被旁边的人吓了一跳，脚下一绊险些摔倒。

"你在偷听？"她瞪大眼睛，不敢置信地看着闻唐。

闻唐摊了摊手，转身重新回到案发现场。

莫庭的尸体已经被警察抬走，从表面来看，莫庭身上没有致命伤，警方初步判断是中毒而死，但需要进一步解剖才能确定真正死因。

温蕴紧跟在闻唐身后，猜测他到底听到了多少。她忍不住打量他的侧脸，走廊里的光线并不亮，灯光将他半张脸打出阴影来，下颚线恰到好处地隐匿在柔和的灯光里。

"你怎么看？"闻唐双手抱胸靠在门口，没有再进一步的意思。

"只有亲近的人才能不动声色地把人毒杀吧？莫庭生前的饮食应该会进行检测，这些警察应该是痕检科的吧？他们大概能在屋里检测出点儿什么。"温蕴不假思索地说道。

"你觉得上腾香怎么样？"闻唐笑眯眯地问她。

温蕴思忖着他这个问题背后的深意，迟疑地说道："被宠大的小公主，无法无天，但是长得真漂亮，难怪莫庭对她一见钟情。"

闻唐轻笑出声："谁问你这个了。"

说着，他朝她招了招手，温蕴不情不愿地附耳过去，便听到他放低声音说：

Chapter 01
北海道再遇

"我是问你,她有没有可能杀害莫庭?"

温蕴浑身一震,轻皱眉心。

闻唐抬头看了看走廊上监控摄像头的布局,每个楼层的布局都十分相似,所以这个酒店内应该不存在监控死角,如果有陌生人接近莫庭,很容易就能从监控录像中发现,因此凶手只可能是熟人。

闻唐慢条斯理地走向电梯,温蕴对他的猜测充满了疑惑,跟在他身后问:"你为什么会怀疑她?"

"因为她在说谎。"

温蕴眨了眨眼睛,等待他的下文。这时,电梯叮的一声到达,两人一前一后进入电梯,随后又走出了酒店。

今晨天气放晴,久违的阳光一扫此前的阴霾,天际像铺着一条光晕,与山峦连接,如诗如画。

洞爷湖边的小路两旁积满了雪堆,温蕴不解地在闻唐身边叽叽喳喳问个不停。

"你说她在说谎是什么意思?"

"她在对警察说谎。"

昨天被警察问完话之后,闻唐特意去了案发现场,无意间看到警察正在询问上腾香。当时上腾香哭得上气不接下气,死也不让人挪动莫庭的遗体。当警察问她在婚礼前最后一次见到莫庭的时间时,她回答按照风俗规定,婚礼前一晚他们都没有见过对方。

温蕴紧锁的眉心逐渐舒展:"而事实并非如她所说?你见到他们在一起了吗?在她说的时间点之后?"

"没有。"他否认得很直接。

"那你凭什么认为她在说谎?"

就在温蕴以为闻唐会拿出实质性的证据时,却听到他慵懒地回答:"我猜的。"

"你这个猜测未免太不负责任了。"

闻唐仿佛没听见她的指责，说："我们应该很快就会离开这里。"

"你是说很快就会破案？"

温蕴低着头避让脚下的积雪，没发现走在前面的闻唐已经停下脚步，她一头撞进他怀里。闻唐伸手扶住她的肩膀，顺手替她将风衣的兜帽挂上头顶。

天寒地冻，整个世界都是苍白的，温蕴的脸却在那一刻抹上了一层陌生的绯红。她尴尬地咳了一声，往后退了一小步。

闻唐足足比温蕴高出一个头，他就这么逆着光看她，远处的雪堆在阳光下折射出刺眼的光，而她的视线被他整个身体挡住了。

"你很关心案件结果？"他见她垂着头，轻轻叹了口气。

"难道你不关心？"

"被困在这里一天就等于浪费一天时间，警方只要确认我们没嫌疑就会放我们离开，换言之，凶手是谁与我们无关。"

温蕴的内心微微一震，闻唐事不关己的冷漠态度令她感到不适，明明她对这个男人的记忆还不到四十八小时，他的态度却轻易令她产生了情绪波动。

"他不是你的朋友吗？你被他邀请来参加婚礼，而他无故惨死，你非但没有任何同情，就连对真相都如此漠然？"

闻唐耸了耸肩，遗憾地说道："抱歉，我并没有这种正义感。"

傍晚时，当地警方果然给出了排除嫌疑的人员名单，闻唐与温蕴的名字赫然在列。

温蕴看到名单的时候有一瞬间恍惚，为什么闻唐好像预料到了一切似的？

酒店大堂乱哄哄的，她环顾四周，并未见到闻唐的身影，直至晚餐时间，她才在一楼的自助餐厅找到闻唐。

此时已过晚上八点，餐厅内客人不多，温蕴一眼就瞧见了独自坐在窗边的闻唐，他吃饭的样子也是斯斯文文的。

温蕴坐到闻唐对面，一言不发地看着他。

"你不饿吗？"闻唐瞥了她一眼，继续吃碗里的食物。

Chapter 01
北海道再遇

"你什么时候走？"

"明早十点的飞机。要一起走吗？"

"你真的对这个案件毫无兴趣？"

温蕴仍不死心，下午时闻唐最后那句话始终萦绕在她耳边。奇怪的是，那句话从他嘴里说出来竟然一点也不违和，好像他天生就该是这样冷漠的人。

闻唐放下筷子，轻轻抿了抿唇，笑道："看来你打算留下来见证真相？"

"警方已经看完酒店所有的监控录像，排除了没有接触过新郎、也没有接近过那个房间的人，但这并不表示这些人不会假借他人之手行凶，任何刑事案件都有出现反转的可能。"温蕴虽然说不清究竟哪里不对劲，但她的直觉告诉她这件事不那么简单。

"刑事案件？如果是自杀，就不能归类为刑事案件吧。"

"自杀？"她怔了怔。

"也有这种可能。"

"动机呢？"

闻唐失笑："我并不关心这些，如果你真的有兴趣，可以去找警察身边的翻译员聊聊，或许能聊出一些灵感来。不过恕我直言，你这个前女友如此热衷于这个案件，在外人看来是一件十分奇怪的事。"

温蕴坐得笔直，挑眉还击道："我会继续协助并且配合警方的调查，等到案件水落石出之后再离开这里。"

"那就祝你好运。"闻唐脸上的笑容渐渐收敛，起身准备走时，又回头提醒道，"三个小时前，日本气象台发布了最新的天气预报，未来两到三天内可能会有暴雪，届时新千岁机场所有的航班都会延迟或取消，不过像你这么有正义感的姑娘，应该不至于那么倒霉。"

他笑着转身，背对着她扬了扬手，那副奚落她时高高在上的模样令温蕴气结。

翌日一早，酒店内果然没有了闻唐的身影。

中国,海城。

闻唐下飞机时刚过下午两点,由于航班晚点近两个小时,他在接机处没有见到助理林良,打开手机一看,才发现早在半个小时前林良就给自己发了实时定位,于是他直接走向地下车库。

此时的地下车库除了入口处站着些人,越往里就越安静。闻唐按照林良发来的信息找到停车位,意外的是车上并没有人,而林良的手机被落在了车里。

闻唐当即冷下脸,林良做事向来稳妥,从没出过差错,不可能在这种时候玩失踪。

安静的空间里,逐渐靠近的脚步声就显得尤为明显。

闻唐侧耳倾听,来人有三四个,刻意放轻了脚步,生怕被他发现似的。他猝不及防地转身,迎面一道钢筋长棍直直地朝他砸来,好在他反应迅速侧身躲了过去,棍棒砸在挡风玻璃上,发出了巨大的碎裂声。

闻唐估算得没错,来人有三个,皆是一副地痞流氓样,二话不说就对他展开了猛烈的攻击。他动作利索地避开攻击,反手抓住其中一人的棍棒,一脚将那人踹翻。

骚动声立即引起了不远处保安的注意,还有几个等人的司机跟着保安急匆匆跑来。为首的那个人急了,在闻唐忙于应付另一人的时候忽然上前,一刀刺进了闻唐的肋部,随后在保安赶到前快速地穿过停车场,不见了踪影。

闻唐脸色惨白地单膝跪在地上,一手捂住伤口,但殷红的血不断地往外流,看上去触目惊心。他抬头看了眼杵在近处不知如何是好的围观群众,勾唇笑道:"麻烦替我叫辆救护车,谢谢。"

围观的人这才如梦初醒,立即掏出手机。

这种时候反倒是受伤的人更镇定一些。

Chapter 02
成为他的保镖

在医院灰白背景的衬托下,白炽灯的光线显得更加刺眼,一身白大褂的宋清远倚在窗边,冷眼瞧着两个小时前才被送进医院,现在却已经开始忙工作的闻唐。

闻唐穿着医院病号服的样子着实可笑,他一手撑在伤口处,一手摆弄着手机结束电话会议,然后一抬眼,就瞧见好友讥讽的表情,他假装疼得往后仰去,正好靠在叠得高高的靠枕上面。

宋清远表情漠然地说道:"谁跟你有这样的深仇大恨,光天化日下就敢对你动手?"

闻唐先被送到急诊,而后才转来普通外科。宋清远见到他时,他浑身是血,脸色惨白,竟然还有力气对着宋清远抱歉地笑。所幸伤口不深,并未伤及内脏。

"谁知道呢,我树敌太多了,一时也分不清到底谁更恨我一点。"

闻唐对此并不在意，早些年他的行事作风飞扬跋扈，很难得到一些人的认同，或许有人从那时起就记仇了也说不定。

这时，病房门被人急匆匆地推开，林良满头大汗地小跑进来，身上脏兮兮的。宋清远嫌弃地看了他一眼，离开了病房。

林良喘了口气，默默地低下头对闻唐说："抱歉。"

"你道什么歉？你不也被那群家伙绑起来了吗？"闻唐不甚在意。

"如果我警觉一些，也许就不会发生这些事了。"

当时，林良正准备下车接人，谁承想一下车就被人从身后蒙住了头，手脚悉数被绑上，然后被扔到了角落，等他重获自由的时候就得到了闻唐入院的消息。

"如果你警觉些，或许此刻我们两个人都会躺在医院里，没有必要为一些已经发生的事情懊恼。"闻唐顿了顿，扭头望向窗外渐黑的天色，像是自言自语，"看来还是得听取阿远的建议，找个保镖适当地唬人也好。"

四个月前，闻唐收购了海城一家老牌五星级酒店——环球酒店，当时酒店业内认为他的手段过于激进，不少人对他横眉冷对，宋清远因此嘲讽地建议他最好请位保镖，否则保不准哪天就会被竞争对手弄死在某个犄角旮旯。

闻唐对宋清远的嘲讽不以为然，不过现在他觉得，宋清远的提议十分有建设性。

三天后，闻唐办妥出院手续，刚值完班准备下班的宋清远顺路将他送回家。

闻唐看着车窗外的景色飞快地往后掠去，想起洞爷湖边的那个女人，不禁勾了勾嘴角，问道："你听说过类似于记忆认知障碍之类的疾病吗？"

宋清远握着方向盘专心注视着前方，对他的问题充耳不闻，也没有要为他答疑解惑的意思。

"说是脑袋只有一个月的记忆容量，一个月以前的事情通通不记得了，有这种病吗？"

Chapter 02
成为他的保镖

"有。"

听到宋清远有了反应,闻唐转头饶有兴致地问道:"真有这种病?"

"梦里什么都有。"

……

温蕴一周后才从北海道返回海城,原定三天的行程足足用了十天,她本来只是好奇那条奇怪的短信,谁知道竟然会和命案扯上关系。得知凶手是上腾香时,她觉得很不可思议,一见钟情的男女本该处于干柴烈火的热恋之中,没想到上腾香会亲手结束未婚夫的性命。

一切都发生得太突然,当警方把上腾香带上警车时,温蕴脑子里只剩下一个念头:闻唐是对的。

他的猜测居然是对的,他是从什么时候看出上腾香有问题的?

她百思不得其解,既想知道上腾香杀害未婚夫的原因,又想知道闻唐是如何看出上腾香的破绽的。

温蕴从钱包里掏出一张万元日元纸币,上面有一串黑色水笔写的数字。

这张纸币是闻唐离开的那天,温蕴在房间门缝里发现的。她不确定那串数字是不是闻唐的电话号码,但在潜意识里她已经默认了这是闻唐所为。

十二月二十五日,温蕴终于决定联系纸币上那个电话号码。

起初,电话并没有人接听,她一连打了好几遍都打不通,她开始怀疑这其实是什么人的恶作剧。结果过了午后,那个号码回电了。

看着屏幕上那一串数字,温蕴本能地有些紧张,她把手机放到耳边:"喂?"

对方"嗯"了一声,说:"结案了?"

温蕴猛地从沙发上直起身体,瞪大眼睛问道:"你怎么知道是我?"

"找我有什么事?"

温蕴咬着嘴唇,沉默了几秒才说:"可以见一面吗?"

"什么时候?"

"就今天。"她脱口而出。

"今天？"他的声音听上去有些耐人寻味，"晚餐吗？"

"我都有时间，你来选地点吧。"

"你请客吗？"他好像心情很好，语气也比在北海道时更放松。

"既然是我约你的，自然是我请客。"

"好，晚一点我会把时间和地址发到你手机上。"

温蕴挂了电话，确定今天就是自己记忆的最后一天——她的人生从二十一岁开始，每三十天记忆就会从零开始。

都说鱼的记忆只有七秒，而温蕴的记忆只有三十天，一个月的时间。一觉醒来之后，除了本身具备的行为意识之外，什么都不记得，大脑里一片空白，就连自己是谁、身在何处都不知。一个月就等于一生，而她的余生要经过上百个"一生"，想想都令人不寒而栗。

一开始她茫然不知所措，觉得自己的世界崩塌了，这个世界上怎么会有这么荒唐的事呢？可是这么荒唐的事就发生在了自己身上。后来她试着接受这样的自己，在她逐渐适应这样的自己之后，她有了写日记的习惯。

她会把每个月发生的重要事情、认识的重要人物以及那个人的照片悉数记录在日记本上，在记忆重置前一天将日记本摊开在显眼的地方，并且用显眼的记号笔写下"请看日记本"等诸如此类提醒自己的话。可即便如此，她还是不可避免地会遗忘许多人和许多事，因此，她无法像正常人那样工作、恋爱、结婚。幸好她在二十一岁那年认识了好朋友赵阳，才勉强靠他找到一份还算合适的工作。

每次记忆重置之后，她原本具备的行为能力和认知能力丝毫无损，比如她记得附近的商场几点开门、几点打烊，医院和超市在什么位置，从十几岁就开始练的跆拳道、考过的驾照、读过的书，她都能凭着自然习惯记起来，唯独那些发生过的事和接触过的人会平白从记忆里消失。

与其说是认命，不如说是自暴自弃更恰当，她一直在想，这样无意义的循环往复究竟要到什么时候才会结束？

Chapter 02
成为他的保镖

为什么非要在今天见闻唐呢?

因为今天是她记忆的最后一天,明天一觉醒来,记忆会再度清零,关于北海道的那些记忆,她只能通过自己写下的冰冷的文字才能知晓,或许连闻唐这个人都会忘得一干二净。

闻唐说得没错,她的确患上了类似记忆认知障碍的病。

温蕴顺手点开日历,看到"25"下面标注的"圣诞节"三个字时瞬间愣住,她只记挂着今天是这个月记忆的最后一天,完全没有想到竟然是圣诞节!难怪刚才闻唐的语气那么耐人寻味,在这个节日里约异性吃饭,的确惹人遐想。

温蕴猛地一拍自己的额头,再次瘫倒在沙发上。

节日的晚高峰通常都会堵得水泄不通,等温蕴赶到和闻唐见面的地址时,已经比约定时间晚了将近半个小时。

"为什么要选在这么偏僻的地方?"温蕴不解地问。

这家餐厅距离市区七八公里,但装修及布置都极为考究,她进来时外面等位的客人已经排了很长一队。

闻唐不紧不慢地替她倒了杯水,慢悠悠地说道:"谁让你挑了个好日子。"

在这种日子,市区内好一些的餐厅的位子早已被提前预订出去了,想临时订到位子可不容易。

温蕴尴尬地抿了口水,刚放下水杯,服务员就陆陆续续开始上菜。

闻唐解释说:"我猜你约我也不是为了吃饭,所以我趁等你的时候自作主张把菜给点了。"

温蕴对这些细节毫不在意,装模作样地吃了一会儿,终于按捺不住地问:"你怎么知道上腾香是凶手?"

闻唐挑了挑眉:"听你这么说,她果然是凶手?"

"你是从什么时候看出破绽的?"

"我告诉过你了,从她对警察说谎开始。"

"可她为什么要杀死自己的未婚夫?"

闻唐似乎并没有认真听温蕴的问题，而是专心致志地替她布菜，眨眼的工夫，温蕴面前的餐盘上已经堆了满满一堆食物。

"说说看，作案的过程是怎样的？"他端起酒杯送到嘴边，眼睛在亮堂的灯光下深邃迷人。

温蕴想了想，尽量简洁地说："上腾香事先准备了保温杯下毒。仪式开始前，新人们大约有三个小时的休息时间，上腾香在保温杯里装了水交给莫庭，让莫庭回去休息。大家都知道那个时候莫庭回房间睡觉了，自然不会去打扰他，他应该是回到房间后喝了水才被毒死的。据上腾香交代，在事发后到警察来之前的那段时间，她找机会用一个一模一样的保温杯调包了那个下了毒的保温杯。"

红酒的醇香在舌尖停留，闻唐轻晃着酒杯，感叹道："并不是什么高明的下毒方式，万一那个保温杯里的水被别人喝了怎么办？"

"她内心应该十分挣扎，并没有想好究竟要不要杀死未婚夫，所以没想那么多吧？"温蕴没有经历过那种感情，实在想不明白。

被揭穿真相后，上腾香说自己很爱莫庭，很爱很爱他，爱到害怕失去他，所以只有把他杀了，才能将他永远留在自己身边。

这种逻辑着实令人难以理解，或者说，正常人怎么可能会用这样的方式去爱一个人？

"也许她并没有下定决心要不要让莫庭死，可有时候毫厘之间就能要了人的命，她太了解莫庭，大概也算准了莫庭一定会听她的话，乖乖地把保温杯里的水喝下去。"

闻唐几乎能想象到，像捡到了宝似的莫庭乖乖地听从未婚妻的叮嘱，独自在房间里把未婚妻亲手倒的水喝下去，所以在当时那种陌生人无法接近的情况下，只有最亲近的人才有最大的嫌疑。

温蕴忽然不说话了，静静地注视着闻唐。

"你这样的人应该没什么朋友吧？"她冷不丁地说道。

闻唐没有被冒犯的不适，反而提起兴致："我是什么样的人？"

Chapter 02
成为他的保镖

"自以为看透了一切,故弄玄虚的人。"

"没想到我们才认识没多久,我就给你留下了这样的印象。"他略表遗憾。

"上腾香对莫庭这种扭曲的爱是从什么时候开始的呢?"温蕴像是在问自己。

闻唐叹了口气,轻轻摇头:"你为什么没有想过,她本身或许就有心理疾病,而非所谓的因爱扭曲?莫庭只不过是她精神压抑下抓住的一根救命稻草而已,那种被人需要的迫切感让她误以为就是爱情。"

温蕴不解:"含着金汤匙长大的小公主也会有心理疾病?"

闻唐挑眉:"相信我,再有钱也只是普通人类,穷人所要面对的生老病死,有钱人一样也逃不过。"

温蕴被他逗乐了,她觉得闻唐这个人除了自以为是,偶尔有些傲慢之外,倒也没有太大的缺点。

之前她几乎没有太复杂的人际关系,除了固定的好友赵阳之外,她很少与人往来,接的工作大多是短期的,从来没有超过一个月,避免了不必要的关系纠葛,所以像这样与人同坐在一张餐桌上谈笑风生的次数少之又少。她曾经一度觉得自己像个怪物,得不到认同,也和这个世界保持着距离。

闻唐和温蕴上车时,林良低头看了眼时间——一个小时二十分钟,除了应酬之外,他这位老板可从来不会花这么长时间在吃饭这件事情上,他不由得从后视镜多看了眼温蕴,只可惜天色太暗,除了依稀的轮廓之外并不能看清她的长相。

"送你到哪儿?"闻唐问。

"联盛广场。"温蕴并没有说出自己的住址,而是选择了位于家附近的购物中心。

闻唐对此没什么反应,从前座拿来平板电脑开始一封一封地回复工作邮件。脱离了餐厅炫目的灯光,平板电脑幽白的光打在他脸上,衬得那张脸更加冷峻。

送走温蕴后,林良才开口道:"保镖公司那边已经安排了合适的人选,我筛选过后的简历已经发到你邮箱了,得定个面试时间。"

闻唐头也没抬,直接说:"下周一。"

林良默默地记下,摁下想打听温蕴的冲动,深吸一口气,继续专心开车。

十二月二十八日,温蕴按照日记本上的记录,来到自己工作的公司。昨天她接到公司电话的时候,好半天才想起自己的职业——保镖。

不管记忆如何更迭,但是练过的那些把式丝毫没有退化,这或许就是大脑记忆与行为记忆之间的差别吧。

公司位于市中心湖畔地带一座工业式大楼里,但温蕴到的时候,首先见到的人却是赵阳。她打开手机,将好友赵阳的照片与眼前的人比对一番,确认是同一个人后才尴尬地冲他笑笑。

赵阳对此早已见怪不怪,带着她进入会客室。办公区域很安静,透过磨砂玻璃能看到其他人忙碌的身影,温蕴接过赵阳递来的咖啡,慢慢放松下来。

"梳理得怎么样了?"赵阳指的是记忆。

一般情况而言,温蕴只会看前三个月的日记,她会尽可能避免与人过度深交而产生不必要的麻烦,所以这些年来她独来独往,给人一种难以亲近的疏离感。

温蕴点点头:"差不多了。"

不过赵阳为什么会出现在这里?她心里闪过一丝疑惑。还没待她问出口,赵阳就率先开口了。

"这次的工作可能会有些复杂,不过一个月的时间应该没有问题。"赵阳说着,把一张照片推到她面前,"这个人名叫闻唐,是这次你需要保护的对象。"

闻唐?温蕴听到这个名字时心跳骤然漏跳一拍,她想起自己上个月的日记本里提到过这个人。她又看了眼照片上的年轻男人,他长相英俊,面色漠然,一看就是个不好相处的人。

Chapter 02
成为他的保镖

"这是你要调查的人?"她知道赵阳现在接各种私家侦探的活儿,难道闻唐跟他接的活儿有关?

"不,是你们公司接到的委托,但我有些私心,想一并拜托给你。"赵阳深吸一口气,接着问,"你知道环球酒店吗?"

"前面那栋气派的高级大楼?"

温蕴来时经过那里。那家酒店高高屹立在海城的市中心,五颗金光闪闪的星星就像荣耀一般嵌在外墙上,远远看上去极为气派。

赵阳点头继续道:"四个月前,环球酒店被这个叫闻唐的男人收购了,据说当初他暗中用了一些手段,使得本来死也不愿意卖酒店的原来的老板最终就范,虽然名义上原来的老板仍是酒店的总经理,但实际经营者已经变更为闻唐。就在一个月前,酒店原来的老板坠楼身亡,警方调查之后没有发现任何他杀的证据,最后以自杀结案。"

温蕴立即心领神会:"是不是死者的家属委托你调查?他并不是自杀?"

"我没有证据,闻唐很狡猾,像狐狸一样抓不到他的尾巴。不过我认为如果他真的跟案件有关,怎么都会露出破绽的。"赵阳虽然已经三十岁了,但仍赤诚得像个血气方刚的少年。

"你希望我怎么做?"温蕴盯着照片上的人问道。

"做他的保镖势必会和他形影不离,我要你给我提供有关他任何可疑的情报。原本给你接的活儿都是不超过三十天的短期活儿,以免到了第二个月遇到麻烦,这次对方并没有对时间做出说明,所以陆杰没有把你安排在候选名单里,是我临时执意把你安排进去的。"

"候选名单?这么说还需要经过对方的甄选,我也不一定会被选上?"

赵阳的表情有些令人捉摸不透:"半个月前,他在机场遇到袭击,听说还受了伤,因此才急于找保镖。明天陆杰会安排你们一起去面试,选不选得上就看闻唐的意向了。"

温蕴花了一个晚上了解闻唐这个男人。

闻唐的老家在海城下辖的一个县级市,他在大学二年级时跟随父母举家移民至加拿大温哥华。在温哥华时，他就展现出了过人的经营天赋，大学毕业后开始独自创业，经营自己的民宿，之后民宿做得越来越成功，短短两年时间就得到加拿大当地酒店业前辈的支持，将民宿发展成温哥华当地的连锁品牌酒店。然而，就在事业蒸蒸日上的时候，他选择卖掉自己的品牌酒店，回国再次创业。

回到海城后，闻唐买下一家原本已经无法支撑下去的小酒店，对酒店重新装修整顿，加大宣传力度，短时间内就在海城打响了口碑。半年后，他一连增设两家酒店，形成自己的品牌，也就是如今的四季阳光连锁酒店。因为主打中高端客户，四季阳光便渐渐取代了海城原本的一些老牌三星四星酒店。

四个月前，闻唐更是花大钱收购了海城老牌的五星级酒店——环球酒店，且更名为阳光环球酒店，为自己的品牌霸图再添一笔。

闻唐的经历不可谓不丰富，温蕴不认为赵阳能轻易抓到闻唐的狐狸尾巴——如果闻唐真跟那个案件有关的话。

翌日一早，温蕴穿着一身黑色小西服出现在阳光环球酒店。

酒店的营业区域在一楼至二十五楼，最高的二十六楼则是办公区域。温蕴与其他三位公司同事跟在老板陆杰身后步入二十六楼的办公区域，女秘书已经候在那里，领着他们到了走廊尽头的会议室。陆杰看上去十分紧张，一直在揉搓双手。

林良步入会议室时，扫视了一圈在座的四位，视线移至温蕴的时候猛地一怔，再低头看文件夹里的简历，确定只有三张。

陆杰看出林良的疑惑，立即从公文包里拿出一份简历递上，解释说："她是我临时起意要带来的，别看她是女人，业务能力一点也不输给男人。您看看，如果闻总有时间可以面试一番，如果觉得不行不面试也行。"

林良点了点头，拿着简历出去了。

十分钟后，林良再度回到会议室，直接宣布结果："温蕴留下，其他人可以先回去了。麻烦陆总移步办公室，我们签一下合同。"

Chapter 02
成为他的保镖

这是选定温蕴了?

所有人都愣在原地,包括温蕴。

温蕴不明所以地睁圆眼睛,人都没见,就拿定主意要她了?难道她日记本里的那个闻唐真的是这个闻唐?

"温小姐,闻总要见你,麻烦跟我去一趟。"林良打破了会议室内奇怪的沉默。

直到步入那间气派的办公室,温蕴都没想通为何偏偏自己被录取了,即便他们曾经有过几面之缘,也不是他不假思索就选她的理由。

偌大的办公桌后是那个男人专心看简历的身影,温蕴不动声色地将他与照片进行比较,他本人看上去比照片上更年轻,也更深沉一些。

闻唐撇开简历看向温蕴,她拘谨地站在那里,穿着一身黑色小西装,乍看之下还真有保镖样子。

温蕴担心闻唐会问起之前的事情,开始紧张起来,但对上他的视线时,却发现他的眼神并没有照片上那么锐利。

"你第一次见我?"闻唐笑着问她。

"圣诞节的时候不是才见过吗?"温蕴迎上他的视线,镇定地回答。

"你很惊讶我会选你?"

"说实话,有一点儿。"她惊讶的是自己居然还会和上一段记忆里认识的人扯上关系,这对她来说是一件极其危险的事。

"但你看起来好像也不打算拒绝这份工作?"

"听说你给的钱比别人多。"

这个回答倒是出乎闻唐的意料,他笑起来,心情有些微好转:"即刻上任,没问题吧?"

这么快?心里虽这么想着,但温蕴嘴上立刻答应下来:"没问题。"

没想到新工作来得如此猝不及防,温蕴一时间还没法适应,一直呆立在原地不知该做什么。闻唐也没有要点拨她的意思,直到林良处理完合同回来,她才被带走。

林良把温蕴带回自己的办公室，指着角落里一张小型办公桌说："这段时间除了外出时必须跟着闻总之外，你待在那儿就好了，有什么问题随时问我。"

"不会影响你工作吗？"温蕴这个问题本没有其他心思，但一想到赵阳对她的委托，不知怎么的，她竟然心虚起来。

林良温和地笑道："不会。不过我很好奇，你这么漂亮的女孩子为什么会去做保镖？"

温蕴想了想说："不全是保镖，事实上，只要是能赚钱的短期工，我都会去做，保镖公司的陆总是受人之托才照顾我的。"

"短期工？"林良揶揄地看向她，"你这么说，好像你是个急功近利的人。"

"大概是这样，但是我没法解释。"

林良点了点头，并没把她的话放在心上，他将一份文件递给温蕴说："这是闻总未来三天内已经定下的行程。在酒店里你可以自由活动，但是外出时请一定要和他形影不离。"

"听说他之前被人刺伤了？"温蕴看着手上的白纸黑字，忍不住在心里感叹，果然有钱人的人生也不是那么容易的。

"所以才需要你。"林良朝她眨了眨眼，将办公室留给了她。

下午两点过后，温蕴被通知外出，林良丢给她一把车钥匙，请她去地下车库等。起初并没有想到自己还需要兼职做司机，看到闻唐一个人出现时她下意识地东张西望了一会儿，但始终没有司机出现。

闻唐打开车门时朝她使了个眼色："你在等谁？"

"司机呢？"她讷讷地问。

"你不是吗？你的简历上写着你有驾照。"

温蕴说不出反驳的理由，身为保镖兼任司机是理所当然的，但她以为闻唐会有自己的司机。她叹了口气，坐进驾驶座。

闻唐已经替她设置完导航，她瞄了眼导航上的终点，心里闪过一丝诧异，市第三医院？

Chapter 02
成为他的保镖

温蕴停好车，跟着闻唐进去。闻唐轻车熟路地穿过门诊大楼，径直走向住院部。

医院里的人并不多，不知怎么的，温蕴有些紧张，她不由得想起二十一岁那年，她曾经以为自己有朝一日会被送进这样的地方。

住院部一共三层，只配备了一部老旧的电梯，闻唐没有选择电梯，而是拾级而上。走到三楼时，他突然停下脚步回头对温蕴说："你在这里等我。"

温蕴的心本就因为这里压抑的气氛沉到谷底，听闻唐这么吩咐，她一瞬间如获大赦，立即止住了脚步，听话地停在了楼梯口——反正走廊并不长，不管是向左还是向右，一眼就能望到底。

不知是从一楼还是二楼突然传来低吼声，瞬间响彻整座大楼，那声音听上去像动物发出的痛苦嘶吼，令温蕴整个人身体变得僵硬。她深吸一口气，捏紧拳头，眼睛紧紧地盯着走远了的闻唐。

闻唐进入走廊尽头靠右的病房，一下子消失在温蕴的视线里。温蕴突然想到林良对自己的叮嘱：除了在酒店内，在任何地方都要与闻唐形影不离。

她开始有些踌躇，放任雇主离开自己的视线范围真的好吗？但闻唐让她在这里等他，必然是不想让她知道病房里的人是谁。她抬起手腕看了眼时间，打定主意若是十分钟还不见闻唐出来，就走近一些看看。

十分钟一眨眼就过去了，温蕴迈开步子，轻手轻脚地朝闻唐所在的房间走去。病房的门上方开了窗口，能从外面看见里面的情形，她朝里望去，猛地一怔。

病床上是一个年轻女孩，她面容安详，似乎并不知道房间内多了一个人。而闻唐只是站在床尾，安静地打量着病床上的女孩，没有丝毫多余的动作。

难道他只是来看看这个女孩？

在温蕴失神的时候，闻唐忽然站了起来，转身时意外地与她视线相对，他毫无反应地从里面出来，又去了医生的办公室，大约与医生交谈了二十分钟后，才面无表情地出现在转角。

那个女孩是谁？温蕴自然无法得知答案，但闻唐特意赶来看她，想必是对他来说十分重要的人。

虽然闻唐什么都没说,可温蕴能敏锐地察觉到他的心情比来时更低沉了。

"吃日料吗?"从上车后就一直沉默的闻唐突然问道。

温蕴怔了怔,反应迟钝地问:"你要请我吃饭?"

"酒店即将引进日式料理,不过目前还没敲定合作伙伴,海城有名的日料店不少,真正地道的却不多,我最近尝得有些多,味蕾都快出问题了,正好有你在,替我去尝尝。"

"专业试吃员?"温蕴在脑海里搜索到这个词。

"放心,并不需要你出具食用报告。"

"你之前去日本也是为了这件事情?"温蕴想起日记本里的记载,她和他是在北海道偶遇的。

"也有可能是别的原因。"闻唐望着前方闪烁的红灯,脸上的神情漠然。

Chapter 03
别对我说谎

车内一度沉默下来,气氛有些僵。

"我可以问你一个问题吗?"温蕴驶过信号灯之后轻轻开口。

"你想问我为什么选你当保镖?"

她猛地瞪大眼睛:"你怎么什么都能猜到?"

"因为我长着一双透视眼,千万别对我说谎。"

温蕴不由得浑身一震,问他:"为什么?"

"因为你的记忆随时会消失,在你面前不用费尽心思遮掩,时间一到,你自己就会忘记。"

温蕴握着方向盘的手指猝然一僵,她诧异得几乎要惊呼出声,一脚急刹车迅速将车停到了路边,随即警惕地盯住闻唐:"你怎么知道的?"

"你现在还记得北海道发生的事情吗?"他问得漫不经心,可眼睛里是温蕴读不懂的睿智。

"我当然记得。"她逞能道。

她在说谎,闻唐一眼就能看出来:"我说过,我能看穿所有谎言,别对我说谎。"

"你还知道什么?"温蕴觉得自己的声音在颤抖。

在此之前,温蕴从未碰到过如闻唐这般的对手,她一直很小心地不与人过度深交,从过往的日记来看,自己的确做得很好。虽然脑中仍是大片大片的空白,可她恍惚间觉得这个男人的深不可测远不止这些。

"也只有这些罢了,你不必过分紧张。"

温蕴却是一脸不信,仿佛在说:"我凭什么相信你?"

"再不出发的话,我就要迟到了。"闻唐不紧不慢地抬起手腕,将时间指给她看。

温蕴心里就像堵了一口气,本以为只是自己内心深处一个无人知道的小秘密,结果却发现在不知道的地方,已经被人窥探一二。

还没到晚餐时间,日料店内只有两三桌客人,温蕴随闻唐进到最里面的雅间。

店里的特色菜一一上齐后,闻唐一股脑都推到了温蕴面前,示意她品尝,但是温蕴还停留在自己的秘密被闻唐知道后的窘迫中。

不管温蕴思绪如何飘散,闻唐的注意力已经不在她身上,他与日料店的老板讨论着什么。温蕴无心倾听,送进嘴里的三文鱼都显得无滋无味。闻唐眼角的余光瞥见她一脸生无可恋的样子,忍笑随着老板进入后厨。

吃完日料,天已经黑了,路灯将道路悉数照亮,温蕴仍旧一言不发,默默地跟着闻唐往停车场走。

"你不希望我知道那件事?"闻唐明知故问。

"我只是觉得有一种被冒犯了的感觉。"温蕴诚实地将心里的想法说了出来,虽然他们之间的关系本来就不平等,可如此一来,好像她更处于下风了。

闻唐轻轻一笑:"那我也告诉你一个秘密,就当我们扯平了怎么样?"

"你不要开玩笑了。"他是她的雇主,等于是她的顶头上司,就算她再生气

Chapter 03
别对我说谎

也不可能把他怎么样。

"我开车出过严重的交通事故。"

闻唐的声音随着风声就那么猝不及防地传入温蕴的耳中,她下意识地停住脚步,面露困惑。

"二十岁之后我再没有开过车,因为出过严重的交通事故,此后我就再也不碰方向盘了。"闻唐云淡风轻地说着关于自己的往事,就像一个置身事外的旁观者,对此没有一丝愧疚及歉意。

温蕴的手指微微颤抖,她收拢五指又慢慢地松开,想说"骗人的吧",可他没有必要说这样的谎言。

"现在你也知道了我的私密,心里总该舒服一些了吧?"闻唐伸出手拂过她被风吹乱的头发,粗鲁地捋到一边。

可温蕴摇了摇头。他的想法就像一个还未成熟的孩子,认为用一个秘密去换另一个秘密就等于扯平了,但并没有那么多的人喜欢去撕扯别人心里的伤口。

"这里离你家应该不远吧?不用送我了,林良已经等在停车场了,明天记得把车开回酒店。"闻唐的声音在旁边商店音乐的衬托下显得有些缥缈。

温蕴还没来得及开口,就见他转身没入夜色当中。

林良看到闻唐独自一人从远处走来,然后上车,不禁低叹道:"那姑娘果然没把我的话放在心上。"

"你吓唬人家什么了?"闻唐脱下外套,嗤笑着问。

"也没什么,就是告诉她必须要跟你形影不离。"林良耸了耸肩。

车子转头驶入大道,霓虹灯光在挡风玻璃上不断掠过,他们很快来到一片新住宅区。

林良把车停在一栋复式楼房前,整栋楼只有二楼一隅透着若隐若现的灯光。

林良打开车里的灯,从后视镜里看向闻唐,问道:"没有必要亲自来一趟吧？"

"当面威胁的震慑力可不是你能想象的。"闻唐像没事人一般准备下车。

这个地方他来过两次，第一次是在一个月前，环球酒店原老板许昌的坠楼案后，他来慰问许昌的妻子姜敏，第二次便是这一次。

门铃响了足有五分钟，面前的门才微微打开一条细缝，玄关的灯光很暗，姜敏诧异的脸从门缝中露出来，她用身体抵住门，并不打算让门外的不速之客入内。

"许太太，好久不见，方便让我们进去吗？"林良客气地问道。

"你们有话直说，不必拐弯抹角。"女人的声音冷静而警惕。

因为许昌的事，闻唐早已和姜敏闹僵。当初许昌被发现从环球酒店内部他自己的房间坠楼身亡，不管是警察还是外界，都把闻唐当成嫌疑对象，姜敏自然不例外，尤其许昌在出事之前曾与闻唐有过数次争执，这一切姜敏都是知道的。即便后来警方证实许昌为自杀，闻唐的嫌疑也从未被真正洗清。

闻唐慵懒地从外套口袋里掏出一张照片："听说您儿子回国了？"

姜敏一见到他手里的那张照片，脸色顿变，她抖动着嘴唇似乎想说什么，最后却什么声音都没有发出来。

"他叫许瑞德是吗？在美国念大学，本来今年应该大学毕业继续深造，没想到他连学业都不顾提前回国了。他没有跟您联系吗？"闻唐抖了抖手上的照片，从他脸上看不出任何威胁的意思，可这些话却让姜敏胆战心惊。

"关于他父亲的事情，他什么都不知道。"很久之后，姜敏才憋出这么一句话。

"半个月前，我在机场被人袭击，这件事情不知道跟他有没有关系呢？"

"他不会做这种事。"姜敏立即矢口否认。

"不是他自然最好不过。如果您能联系上他，麻烦替我转告他，我也很想见见他，他可以随时去环球找我。"顿了顿，闻唐补充了一句，"哦，现在是阳光环球。"

周遭死一般的寂静，姜敏的瞳孔在昏暗中骤然紧缩，直到那两个人离去，

Chapter 03
别对我说谎

她才发现自己握着门把手的手心已经一片潮湿。

半个月前的那次机场袭击事件，虽然闻唐没有放在心上，但林良暗中调查了不少。尽管幕后之人并未找到，不过顺藤摸瓜发现许昌那个常年待在国外念书的儿子许瑞德竟然在一个月前回国了。许瑞德回国后并没有回家住，甚至连母亲姜敏都没联系。

虽然没有确凿证据，可许多事情联系在一起总能看出一些苗头。对林良来说，今晚来找姜敏是为警告，但对闻唐来说，只是为了敲打，更为了引蛇出洞。

父亲无故惨死，妹妹被送入医院，留下母亲独木难支，许瑞德在六神无主的情况下极为容易剑走偏锋做出蠢事。

然而闻唐认为，袭击事件若真是许瑞德所为，他就真是愚蠢至极，除非能确保杀了闻唐，否则这种不痛不痒的袭击，对现实不会有任何改变。

清晨的阳光透过纱帘照射进来。

温蕴睁着眼睛在床上躺了半晌，想起昨天被陆杰带去阳光环球酒店之后经历的种种，还是感觉有些不真实。

手机叮的一声响起，她收到林良发来的工作短信："九点半，去联盛广场三楼接老板。"

为什么又是联盛广场？闻唐也住在这附近吗？

她懒得再去揣测闻唐的想法，正如闻唐所说，无论她揣测出什么，时间一到自然而然就会被驱逐出记忆。

温蕴照例提前十分钟把车停到联盛广场的地下车库，此时商场还没开门营业，商场员工正在做营业前的准备工作。她跟着商场员工搭直达梯到达三楼，一出电梯就看到闻唐坐在对面的流动咖啡车旁。

温蕴走到闻唐身边，他示意她落座，并让服务员替她上咖啡。此刻的商场看起来仿佛只属于闻唐一个人，温蕴俯身问道："其实这个商场也是你的吧？"

"我看上去那么有钱吗？"闻唐哑然失笑，阳光打在他的头上，仿佛有一圈金光将他包围。

温蕴接过服务员送来的咖啡抿了一口，香醇又苦涩的滋味瞬间袭上她的舌尖，再一抬眼，发现闻唐正打量自己。

"果然还是穿着这身，你们公司的其他人也都这么穿吗？"闻唐朝她努了努嘴，让她低头审视自己的穿着。

与昨天一样的黑色小西装，温蕴衣橱里的衣服大多都是西装外套和白色衬衫，这是她认为的工作服标配。除此之外，她认为自己没有添置衣服的必要。

"有什么问题吗？"她问。

在保镖公司里，大家都这么穿，从来没有人提出过疑问，渐渐地就成了服装穿着规范。

"你这一身是生怕别人不知道你是我的保镖？"

"你不希望别人知道你找了保镖？"

"一点就通。"闻唐笑着放下手里的报纸。

十分钟后，温蕴在闻唐的指示下换了一套衣服——明黄色的呢子套装，裤子的长度刚及她的脚踝，就像是为她量身定制的一般。

温蕴瞧着镜子里的自己，整个人看上去光鲜亮丽了许多。

但是身为保镖，她有必要这样穿着吗？

闻唐对她的换装表示异常满意，愉悦地刷卡买单，在她开口阻止之前直接说："钱从你这个月的薪水里扣。"

温蕴扒着身上这身看起来就很贵的衣服哑口无言。

和煦的阳光迎面扫过车窗，车子驶入酒店车库闻唐的专属车位。

闻唐每天上午十点开始在各店进行巡查，与各部门当值经理召开简短会议，等忙完这些后已经过了午饭时间。

闻唐从电梯里出来时，便看到温蕴谨慎地等在门口，她盯着休息处的一抹人影，察觉到他出现才收回视线，但微蹙着眉，像有什么心事。

Chapter 03
别对我说谎

"那个人有问题?"闻唐走到她前面,不着痕迹地问道。

"他好像在跟踪我们。"温蕴迟疑了一下,还是把"你"改成了"我们"。

确切地说,那个人应该是在跟踪闻唐。

温蕴记得上午在商场时曾见过那个男人,他还正好与他们搭同一趟电梯到地下车库。而刚才,温蕴本来只是想熟悉一下酒店内部环境,结果发觉那个背对着自己的人穿着十分眼熟,她刻意绕到另一边去看清那个人的样貌,果然是同一个人。

"你为什么会记得商场里无关紧要的人?"闻唐瞥了她一眼。

温蕴本以为他会问关于那个男人的细节,谁想他问的却是一个她最想不到的问题。

"你不是知道我的情况吗?重要的人只能依靠照片才能记住样貌,所以要格外注意周围的人,万一碰到了之前认识的人呢?"

闻唐故作恍然大悟:"这么说来,你的记忆岂不是成了一个矛盾的东西,它既可以很好,也可以差到让你完全无法记起从前的事情。"

"你听说过记忆修复手术吗?"温蕴突然问道。

"是哪个神神道道的家伙编出来的手术?"

"是吧?我也觉得听上去就很不靠谱。"

话题一下子被岔到了别的地方。

温蕴有些恍惚,觉得闻唐真是一个擅长在聊天时把人往沟里带的人,不过下一秒,她就听见他用漫不经心的语气说:"我看那家伙跟踪你的可能性更大一些。"

"不可能,日记本上没有出现过那个人的照片。"温蕴理所当然地摇头。任何可能在未来仍有联系的人,她都会将其照片附在前一个月的日记本里,尽管她太依赖过去的自己所写的日记,但所幸从没出过差错。

"既然如此,我们打个赌如何?如果他跟踪的是你,算我赢,你得答应我一个条件。"

温蕴立刻警惕起来:"我为什么要跟你玩这种无聊的游戏?"

话虽如此，最后温蕴还是在万般不情愿之下，答应了闻唐的提议。

闻唐结束一天忙碌的行程时已过晚上八点，夜幕早已降临，温蕴握着方向盘看向后视镜——他们被堵在高峰期的道路中间，之前一直尾随他们的那辆黑色轿车已经不见了。

"记下车牌号了吗？"闻唐的声音突兀地响起。

"记下了，可以让林助理去查一查。"

闻唐啪地合上手里的电脑，随手往旁边一扔，望向窗外霓虹环绕的城市。

整座城市充斥着新年到来的喜悦，圣诞节的装饰还来不及撤下，入目所及皆是一片璀璨光亮。

车窗因车内的暖气附了一层雾气，他合上眼睛，问道："人民东路上有一家叫SOS的酒吧，你知道吗？"

"我不知道。"

"就去那里，到了叫我。"

温蕴望着前面纹丝不动的车流，过了一会儿才打开导航输入"SOS"，不过三公里的距离，但因为堵车严重，恐怕需要半小时甚至更多的时间才能抵达。

她预估得分毫不差，三十分钟后，车子顺利地开进SOS的停车场。引擎熄灭的同时，闻唐无声无息地睁开眼，他没有招呼温蕴，径自下车。

温蕴忙不迭地跟上去，谁知闻唐突然停住脚步，戏谑地看着她："你也喜欢去酒吧玩？"

"林助理让我和你形影不离。"

"我又不是什么大人物，到哪儿都怕有人暗算，你需要这么尽职尽责吗？"

她略微不满地皱起眉头，强调道："这是我的工作。"

昏暗的路灯下，闻唐的笑意更深了："来这种地方消遣，身边带一个女人，这里的人可不会信你只是一个保镖。"

温蕴听明白他话里的暧昧，面不改色地等着他出发。

SOS酒吧与温蕴想象中那种嘈杂混乱的酒吧截然不同，里面十分安静，既没有五光十色的灯光，也没有给人乌烟瘴气的不适感，更像是都市人结束工作

Chapter 03
别对我说谎

后与三五好友出来放松聊天的地方。

闻唐扫了吧台一眼，宋清远的身影赫然入目。

"不是说这个月轮到你值班吗，怎么还有空来这里喝一杯？"闻唐在宋清远身边落座，相熟的酒保立刻为他调了杯威士忌。

宋清远的手指跟着音乐有节奏地敲击着桌面，不咸不淡地回了他一句："骗你的。"

温蕴站在闻唐身边不动声色地环顾四周，不注意的时候，手腕被闻唐轻轻一抓，她下意识地想甩开钳制自己的那只手，但回过神来后生生地忍住了。

"你站在这里很奇怪，坐下来一起喝一杯吧。"闻唐用眼神朝她示意，灯光从他发顶扫过，他看起来似乎比白天放松一些。

"我要开车。"

"可以找代驾。"

温蕴内心闪过一丝焦躁，闻唐好像存心和自己过不去，几次三番让她哑口无言，她本来就不擅长与人交流，遇到闻唐就显得更加笨拙了。

宋清远这时才注意到闻唐并不是一个人来的，他看了眼固执地站着的温蕴，一言不发，对她是谁没有半点兴趣。

温蕴见状，微微地松了口气。

闻唐和宋清远漫不经心地谈着事情，温蕴则自顾自地听着酒吧内循环播放的爵士乐。她猜测酒吧的老板应该很有品味，明明这么俗气的酒吧名，偏偏做出了一种小资情调。

时间不知不觉过了晚上十点。

温蕴和闻唐打的那个莫名其妙的赌最终以平局告终，那人早已不知所终，他既没有非要跟踪闻唐，也没有将温蕴跟踪到底。

正因如此，温蕴对那个人的印象尤为深刻，督促自己千万不要忘记那个人的长相，以免日后对闻唐造成不利。

元旦过后，海城连日阴雨绵绵，温蕴对四季更迭、天气冷暖一贯没有太大的反应，但她发觉闻唐似乎因为这种灰蒙蒙的阴雨天气而变得难以相处。

这种难以相处并非是对她刻意刁难，而是在两人外出时，他总坐在车子的后座一言不发，使得气氛异常凝重。

虽然温蕴以前也没觉得闻唐是个好相处的雇主，可此时此刻在封闭的车厢内，无端地令人觉得呼吸沉重。

她从后视镜看了眼闻唐，发现他正闭着眼，眉心紧蹙，手里的资料已经散落下来。

等到了目的地熄火后，闻唐仍旧纹丝不动，温蕴这才察觉不对劲，她试着叫了他两声，他都没反应，再一看，他放在膝间的手紧紧握成了拳头，好像在忍耐着什么。

温蕴一下子紧张起来，立刻绕到后座："闻总，你是不是有什么地方不舒服？要不要去医院？"

冷风从开着的车门窜进来，灌进闻唐体内，他不悦地睁开眼，命令道："关门，冷。"

温蕴没想那么多，径自坐进去关上了车门，回头才发现两人近在咫尺，大约是车内还未散去的暖气作祟，她的脸颊鬼使神差地烫起来。

闻唐半睁着眼，轻声说道："止痛药。"

温蕴记得林良提醒过，车内有一个常备的药包，里面放着一些闻唐平常会用到的药。她很快循着记忆把那个红色急救药包找了出来，整个药包里有三分之二的药物是各种各样的止痛药。在温蕴的认知里，她从来不知道原来止痛药还有这么多种类。

闻唐随手从包里抓了一板药片，利索地吃下，然后转过头不再看她。

二十分钟后，大约是药效起作用了，闻唐的脸色开始好转，他在她的注视下气定神闲地整理好散落的文件，推门下车，但温蕴注意到，他的左腿膝盖似乎有些问题。

是她的错觉吗？他走路似乎没有平常利索，连步调都放缓了。

Chapter 03
别对我说谎

一整个下午,闻唐都待在四季阳光酒店位于市中心的总店办公室里,似乎因为酒店高层更换的问题,他与部门经理足足开了一下午的会。

温蕴看到经理们个个都如临大敌的模样,仿佛一刻都不敢松懈。在他们眼里,闻唐难道是个可怕的老板吗?

晚高峰的路况依旧不佳,温蕴握着方向盘的手指发僵,隐隐有些不耐烦。而当她把车停到餐厅门外,一下车就傻了眼——下着淅淅沥沥小雨的冬夜,这家餐厅外面竟然排起了长队。

"这家餐厅在海城的网红餐厅里排名第一,用餐高峰期至少需要排队两小时才能等到座位。"闻唐一边为她解惑,一边脱下外套交给一旁的服务生,熟门熟路地直达二楼的VIP包厢。

餐厅是北欧装修风格,同时加入了大量经营者自己的想法,像温蕴这样的外行也能看出来,这里的一切都是经营者精心挑选出来的。

VIP包厢的装修更是超乎温蕴想象的豪华,她愣了半晌没有动弹,直到闻唐揶揄地问她:"你要站着吃饭吗?"她才小心翼翼地落座。

几乎在她落座的同时,服务生开始有条不紊地上菜,一同进来的还有一位颇有气质的女士。

来人穿着一身剪裁合体的黑色小西装,搭配长度适宜的黑色阔腿裤,长卷发慵懒地披在肩上,给人一种干净利落的感觉。

"这位是这家餐厅的老板赵京安。"

餐厅老板居然是一位这么年轻的姑娘!温蕴微微诧异,连忙起身示意。

但等了半晌,闻唐也没有要介绍温蕴的意思,赵京安似乎也不介意温蕴的身份,只是见闻唐吞了两颗止痛药,她皱起眉头:"还是一到这种天气就疼?"

"老毛病,都习惯了。"

"这种习惯可不是什么好习惯,我认识一位有名的中医,要不介绍给你调理调理?"

闻唐摇头讪笑:"你看我像是个会遵医嘱的听话的病人吗?"

赵京安无奈地摇了摇头,视线正好扫过面露疑惑的温蕴,便笑着解释道:"他的膝盖受过伤,动过手术,一到阴雨天就疼得厉害。"

温蕴立刻了然,难怪他最近如此反常,原来并不是自己的错觉。

"为什么会受伤?"她鬼使神差地问了一句,可问完就后悔了,因为她料定闻唐根本不会回答。

可是出乎她的意料,他回答了:"我不是告诉过你吗?我出过一起严重的交通事故。"在那场车祸中,他受了很严重的伤,尤其是膝盖,从此就落下了病根。

他没有骗她。

温蕴躺在床上辗转难眠,听着外面仿佛没有尽头的连绵不断的雨声,想起闻唐在叙述往事时那种事不关己的模样。

这些年来,一遇到类似的天气,他都是用止痛药度过的吗?所以常备药包里才会塞满各种各样的止痛药?因为一种牌子吃多了,身体会渐渐产生耐药性,所以才不断换药吃?

第二天清晨,赵阳带着早餐来找温蕴,桌上摆了热气腾腾的小馄饨和她爱吃的灌汤包。赵阳工作很忙碌,平时两人很少见面,有事都是电话沟通,但凡他亲自上门,必有所求。

"你这么殷勤,我反而不敢吃这些东西了。"温蕴扫了眼眼前的早餐,就连开玩笑都一本正经。

赵阳把一次性筷子掰开递到她手里,说:"我来了解一下你的工作情况,还顺利吗?"

"你又不是我的上司,我没有必要向你汇报吧?"

"我委托你的事情呢?"

"什么?"她故意装傻,将一个小馄饨送进嘴里,味蕾瞬间得到了极大的满足。

Chapter 03
别对我说谎

"你跟在闻唐身边也快半个月了,你觉得他是个什么样的人?"

"就是个很努力工作的普通人。"她想也没想地脱口而出。

温蕴看到的闻唐的确就是这样子,更确切地说,他比普通人要更努力,有些人的成功不是没有道理的,天下从来没有免费的午餐。

"他最近有见过什么奇怪的人吗?"

"奇怪的人?你是指什么样的人?"

赵阳顿时沉默了,那双鹰一样犀利的眼睛像是钉在温蕴身上,迫切地想要将她看透,但温蕴从来不是能够随随便便被看透的女人,每个月的记忆重置并没有让她变成缺乏安全感的人,反而使她变得更加强大、更加独立,也更加难以掌控。

"温蕴,你不想跟我谈谈闻唐的事情?"赵阳察觉到她一直在顾左右而言他。

"我只是实话实说而已。你怀疑他是杀害酒店原来的老板的真凶,却没有证据,而我只是因为工作跟在他身边不过一周多,你认为我能看到什么重要信息?如果他真的是凶手,你认为他会疏忽到让我察觉出异样?"

事实上,虽然闻唐有时候说话没个正经,可他心思缜密,想从他身上找出有用的信息并不容易,更别说她与闻唐只是相处了一周多的陌生人而已。

温蕴很少会和他一次性讲这么多话,赵阳不由得苦笑摇头:"是我思虑不周。"

"赵阳,我认为你太紧张了,是不是应该变换一下思路?万一他不是凶手呢?"

赵阳没有正面回应她,点了点头:"快吃吧,不然要迟到了。"

温蕴到达林良的办公室时,林良正巧刚从闻唐办公室回来,他看起来心情不错。

"听说昨天老板又犯病了?"林良靠在桌沿双手抱胸,表情看上去像打听八卦的办公室职员。

"你是指……"

"他昨天吃了多少止痛药？"

温蕴一五一十地汇报："我们分开前他吃了两次。"

"再这么下去，他就要尝遍全球各种止痛药了。"林良低头嘟囔了一句，绕回自己的座位。

温蕴刚上任时了解过闻唐身边的人，知道林良是闻唐的左膀右臂，酒店上下大大小小闻唐不宜亲自出面的事情都会交由林良经手，可见他对闻唐的重要性。

恍然间，她想起昨晚闻唐用满不在乎的口吻说出那些过往的场景，房间里的灯光那么亮，几乎灼伤她的眼。

"听说他以前出过严重的交通事故？"温蕴小心翼翼地看着林良，诧异于自己居然想窥探闻唐的私事。

"老板连这种事都告诉你了吗？"林良虽然用的是吃惊的语气，脸上却波澜不惊，"听说当时左膝盖伤得很严重，做完手术在床上躺了半年，之后每逢阴雨天气，膝关节就疼得厉害。"

"没有去看医生吗？"

"医生也是治标不治本啊，以前倒是吃过一阵中药，不过没多久他就开始抽烟喝酒，功亏一篑啊！"

温蕴勾了勾嘴角，这的确像闻唐的作风，而且以他的性子，试过一次之后一定不会再试第二次。

"今天没有外出的行程吗？"

"今天客户会自己上门，老板今天一整天都会待在酒店里，你可以稍稍放松一下。"

对温蕴来说，不管是外出还是留在酒店里都没有什么差别，不过留在酒店里安全系数要高上许多，她的确可以松一口气。

去茶水间路过电梯口的时候，电梯刚巧停在二十六楼，温蕴下意识地往电梯里看去，见是赵京安，不由得脚步一滞。

赵京安见到温蕴显得很高兴，问道："你跟闻唐一起工作？你是他新招的

Chapter 03
别对我说谎

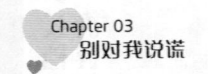

秘书？"

温蕴莞尔，看样子闻唐昨天到最后都没有把自己介绍给赵京安。

"我是闻总的保镖。"

"保镖？闻唐居然找个姑娘保护自己？"赵京安蹙了蹙眉，有些哭笑不得。

温蕴正想溜，却被赵京安拉住了手腕："中午一起吃饭，我去哪里找你？"

"不……"

"我只是想跟你交个朋友。"赵京安笑起来，不知道怎地，温蕴的心一下子就软了。

"我和林助理在一个办公室。"

赵京安说到做到，刚到午餐时间就出现在林良的办公室。

林良诧异地起身相迎，问道："谈完了？"

"饭总是要吃的吧？"赵京安如是回答。

这么看来，并没有谈妥，现在只是中场休息时间而已。

温蕴跟着赵京安来到二楼中餐厅，赵京安挑了个不会被打扰的角落，然后自来熟地替温蕴点了一堆菜。

"温蕴？闻唐说你叫这个名字。"赵京安笑起来，眉眼弯弯的。

温蕴此前觉得赵京安或许是那种很难相处的高冷范儿，但她似乎猜错了，赵京安实际上很平易近人。

"其实闻唐被袭击的事情我也有所耳闻，像他那样激进的性格，会招来这种麻烦真是一点也不意外，所幸他还听劝，真找了个保镖，还是个女保镖。温蕴，你好好一个姑娘，为什么要做保镖？"

对于突如其来的问题，温蕴好似早有预感，她抿唇一笑，回答得极为官方："工作内容简单，而且钱多。"

"不怕危险吗？"

"可能是我一向运气不错，从事这份工作以来还没有遇到过太危险的事情。"

赵京安很喜欢温蕴这种云淡风轻的性格,确切地说,打从第一眼见到这个随闻唐一起步入餐厅的姑娘,她就有种说不清的喜欢。

她还从没见过闻唐身边带着女人。

赵京安替温蕴倒了杯果汁,笑道:"希望你的运气一直这么不错。"

温蕴忽然被赵京安的笑温暖到,内心倏然萌生出或许可以和这个人成为朋友的念头。

有多少年没有产生过这种想法了?她觉得自己从二十一岁起就已经失去了交朋友的资格。

赵京安压低声音,朝她眨了眨眼睛:"刚才我来找你之前跟闻唐说,我要跟你一起吃饭。他本来想跟过来,被我严词拒绝了。"

"您为什么想跟我一起吃饭?"

赵京安扑哧一声笑出来:"我看上去有那么老吗?你需要用这样的敬语?叫我京安就行了。"

温蕴不善于在这么短的时间内就与人建立亲近的关系,所以无论如何都叫不出口。

"其实并没有什么特殊原因,单纯想看看你跟闻唐的真正关系。但话又说回来,我反而觉得我们可能会投缘。"

温蕴了然于心,她本就察觉出对方一开始或许并没有抱太大善意,所以对赵京安说出来的任何理由都能欣然接受。

回去的路上两人一路沉默,电梯平滑地向上,叮咚一声到达二十六楼。温蕴正准备出去时,听到赵京安说:"闻唐那个人哪,你别看他平时挺能说会道的,其实是那种即使被人造谣中伤也不会吭声的人。"

温蕴一时不明白赵京安这句话的含义,顿时止住了脚步。她疑惑地望着赵京安,但赵京安没有做任何解释,而是微笑着从她身边经过,走进了闻唐的办公室。

傍晚时分,海城被一片乌云笼罩,大雾席卷了整座城市,外面是白茫茫

Chapter 03
别对我说谎

的一片,林良笑称从二十六楼望出去像是在天上。

温蕴正犹豫自己是否该下班时,桌子上的座机响了,是闻唐打来的。

"今天不需要你送我回去,你可以下班了。"他说。

温蕴没有多问,道了声好就挂了电话,径自下班。闻唐办公室的门仍紧闭着,看样子他和赵京安的商谈仍未结束。

赵京安瞧着闻唐挂了电话,嘴角噙着若有似无的笑意,打量他的目光里多了些窥探。

"怎么会选上她的?现在流行女保镖吗?"

"因为漂亮。"闻唐耸了耸肩,回答得像个心无城府的少年。

"你的眼光还挺不赖。"

"你也觉得她漂亮?"

"我觉得她心事重重,有点死气沉沉。"顿了顿,赵京安又补充一句,"不过我喜欢。"

闻唐对她翻了个白眼,无奈地摇头。

"市三院那边你打算怎么处理?也不是藏人的长久之计,那儿的床位本来就紧张。"开过玩笑后,赵京安转移了话题。

很少有人知道,闻唐在市三院藏了个人,就连市三院的医护人员对那位病人的情况都一知半解。闻唐送她进去治病至今已经四个月有余,为了避嫌,平时都是赵京安替他去探视的,但四个多月来,那位病人的情况丝毫未见好转。

赵京安有些不明白为何闻唐执意要把那个人送进市三院,在她看来,这是多此一举的行为,他原可以干干净净地甩掉这个包袱。

闻唐晃着转椅转了一圈,似笑非笑道:"那怎么办呢?病情没有好转,总不能把病人赶出医院吧?我也不想霸占医疗资源,事实是她的确需要治疗。"

又是这副装傻的样子。赵京安明知道他会是什么反应,偏还等着他给解决方案,瞬间被自己气笑了。

"得了,反正我只是个传话筒,你自己去跟医院协商吧。对了,许昌的公子回国了,你知道吗?"

赵京安见闻唐笑着挑了挑眉,便知他一早就知道这个消息了。

"我约了阿远,你要一起去吗?"

"哪个阿远?"她明知故问。

"你和我都认识的还有哪个阿远?"

赵京安这时收敛了笑容,淡淡地说道:"闻总还是顾好眼前的事情吧,旁的就别费心思了。"

闻唐对她转瞬变换的情绪视若无睹,都说女人最是口是心非,赵京安尤其是。

他不禁想,幸好目前看来温蕴还没有这种陋习。

Chapter 04
互相试探

  对赵京安,温蕴说不清是什么感受,她并不排斥和赵京安相处,也觉得赵京安看上去的确是个不错的人,但除此之外,她对赵京安可以说是一无所知。

  然而赵京安在电梯里对她说的最后那句话却像烙印一样印在了她的脑海里。

  难道闻唐也会有有口难开的时候吗?

  除了一个月前环球酒店原老板许昌坠亡的案件外,网上关于闻唐的负面新闻并不多,甚至许多行业前辈都对闻唐刮目相看,暂且不论这些夸赞是否出自真心,单从表面来看,闻唐也算是个正面形象的有为青年。

  难道赵京安说的正是一个月前那件事?可她为什么要告诉自己?

  赵京安和闻唐看上去不像只是普通的合作关系,温蕴觉得他们更像是亲密无间的战友。

她查阅着网上为数不多的资料，直到后半夜才伴着雨声昏昏入睡。

冬天的阴雨天总有种说不出的清冷，温蕴比平常提早二十分钟把车停到了闻唐家楼下，然后打开暖气，确保车内的温度达到人体的舒适程度。百无聊赖间，她发现药包里的止痛药似乎比之前又少了一些。

闻唐是个十分守时的人，二十分钟后——也就是平常他定好的时间，他准时出现在楼下。

"今天竟然提早到了，你是做了什么对不起我的事情来将功补过吗？"他一上车就和温蕴开玩笑。

温蕴发现闻唐今天没有穿西装，而是以一身休闲服代替，问道："今天不去酒店吗？"

"先去吃个早茶，然后去市郊那家高尔夫会所，下午再去趟别的地方，这是今天的行程。"

温蕴按照闻唐的指示，在一家驰名海城的茶餐厅用完早茶，又花了大约四十分钟驱车到达高尔夫会所。

这家海城唯一的高尔夫会所实行会员制，每年的会费十分可观。

闻唐事先预约过，但他并没有去室外的绿茵场地，而是进了位于大堂北侧的VIP休息室，温蕴被他拦在休息室外。

休息室内，闻唐双手抄兜，轻松地坐在单人沙发上。

对面的人刚打完高尔夫，见到闻唐的同时看了眼时间，笑道："你果真守时，说几点到就几点到，不早也不晚。"

此人叫曾利，是海城酒店协会会长，也是海城老牌五星级连锁酒店品牌白爵酒店的现任总经理。曾家三代都是做酒店的，到了曾利这一代，白爵的影响力比从前更大。

当初闻唐从温哥华回国创业时，曾受过曾利不少帮助，连许昌都是曾利介绍给他认识的。然而最近，闻唐却只和曾利保持着正常往来，既不过分亲近，也不过分疏离。

Chapter 04
互相试探

闻唐笑道:"太早来影响了曾总打球的兴致,太晚来又让曾总久等,没法子,就只能踩着点来了。"

曾利一边整理衣着,一边看了闻唐一眼,问道:"听说你去过许家了?"

"只是告知许太太一声,她儿子已经回国了。她这个做母亲的总不能连孩子在哪里都不知道吧?"

"这么说,你还是做了好事咯?"

闻唐的身体微微向前倾了倾,看着曾利的表情问:"曾总,许瑞德回国后没来找过你?"

"你怎么这么关心许瑞德的行踪?"

"许总去世的时候,乌烟瘴气的报道漫天飞,所有人都认定我是凶手,如果许总的儿子都误会了,岂不是要来找我报仇?我不关心行吗?我得当着许瑞德的面,明明白白地解释一下才行。"

闻唐说话向来都留一半余地,曾利自然不会相信这些话是出自闻唐的真心,索性不再同他纠缠这个话题,说道:"有个投资人对你的酒店品牌很感兴趣,我刚巧跟他有些交情,所以他托我问问你,是不是开放合作?"

"开放合作是指?"

"你现在在海城的酒店业顺风顺水,不顺势推出新的品牌吗?"

闻唐眉梢间带着丝冷意,突然问:"这个投资人该不会是许瑞德吧?"

温蕴一直守在休息室门口,闻唐是一个人进去的,出来的时候却变成了两个人,她自然不认识闻唐身边的人,于是习惯性地跟在闻唐身后。

曾利打量了温蕴片刻,带着八卦的语气问:"女朋友?"

闻唐只是笑笑,没有开口。

温蕴想他大概并不想让人知道自己身边跟了个保镖,那日在商场强迫她换装就是开始,因而对于别人的误会也就充耳不闻,但她实在不喜欢这个人打量自己的那种眼神。

"你觉得这个人如何?"送别曾利后,闻唐问她。

她摇了摇头,直言不讳:"不怎么样。"

"怎么个不怎么样法?"

"贼眉鼠眼。"

"噗。"闻唐没忍住大笑出声。

他跟曾利打交道这些年,只见过许多讨好曾利的人,这些人嘴里大多听不到什么实话,只要能拍曾利马屁,死的都能说成活的,难得听到实话,他顿时心情大好。

温蕴皱了皱眉:"很好笑吗?"

"你这个成语用得倒是新鲜,不过恰到好处。"他朝她竖起大拇指。

"你们这些人,明明心里讨厌对方,表面上还要装出毕恭毕敬的样子。"

闻唐摇了摇头:"这你就说错了,我们这些人并不是对他毕恭毕敬,而是对他口袋里的钱毕恭毕敬。"

闻唐倒是一点也不虚伪,这种话说起来没有丝毫羞耻感,好像在说什么值得骄傲的事一般。

温蕴见他朝停车场走去,忍不住问道:"现在就走吗?"

闻唐莞尔:"你想打一会儿高尔夫再走?"

"你来这儿只是为了见那个人?"她还以为他突然来了兴致,大老远跑来打高尔夫。

"我说过我是来打球的?"

他的确没有说过他来高尔夫会所是为了打高尔夫。

回市区的盘山路口不知何故被堵得水泄不通,温蕴问了执勤的交警才知道前面发生了严重车祸,照这个趋势下去,天黑之前根本回不了市区。

温蕴回到车里,拿出手机开始找其他路线,后座的闻唐先开口了:"在地图上找到杜湖墓地,沿着墓地外围那条路也能回市区,只不过路程要稍远一些。"

温蕴手指微微一顿,顺着闻唐所言找到墓地,他说得果然没错,心里疑惑他居然对这一带的路这么熟。

Chapter 04
互相试探

路过杜湖墓地时,原本闭目养神的闻唐忽然睁开眼,视线扫到路口处"墓地"两字,心里蓦地一沉,沉声说道:"停车。"

温蕴急忙踩了刹车靠边停下来,回头时闻唐已经下了车,对她说:"我去去就来。"

天空中飘着细细的雨丝,打在闻唐渐渐远去的身影上,他的左腿似乎还是不那么利索。

她抬眼看向乌压压的天空,这样阴沉的天,还真适合扫墓。

她只知道闻唐在二十岁时举家移民温哥华,其他的私事一概不知,他此刻去墓地又是扫谁的墓?

直到半个小时后雨势逐渐变大,闻唐才慢悠悠地从墓地出来,上车时他浑身都已经湿透了。

车上没有备用衣服,也没有干净的毛巾,温蕴干脆脱下自己的外套递给他:"你擦擦头发。"

闻唐好笑地看着她:"我是那种用女人的衣服给自己擦头发的人吗?"

"你要是感冒了,林助理会骂我的。"

"你骂不过他吗?"

温蕴总觉得,闻唐从墓地回来后情绪有些低沉,就连这些笑意都像是刻意伪装出来的。

墓地里的人是谁?是对闻唐来说十分重要的人吗?

暖气嗡嗡响着,闻唐靠着后座椅背一动不动,就这么让衣服湿漉漉地挂在身上,其间温蕴问他是否要先回家换身衣服,他却只说不必。

温蕴的心突然也跟着沉了下去。

到了目的地后,闻唐并没有急着下车,直到接了一个电话,才慢条斯理地下车走进大约两百米开外的星巴克。

温蕴万万没有想到的是,没过多久,赵阳竟然也出现在了星巴克门口。

原来闻唐是来赴赵阳的约?!他们竟然认识?

赵阳跟闻唐的上一次交锋是在一个月前。当时警方已经将许昌案定性为自杀并且结案，但许昌的妻子姜敏认为丈夫是被谋杀的，于是委托赵阳暗中调查这件事情。赵阳凭着曾经短暂做过刑警的经验，在私家侦探这一行倒也做得有声有色。只可惜，不管他怎么查，都查不出许昌的死跟闻唐有关的实际证据，甚至在一次调查中暴露了自己的身份。这一个多月来，虽然他还接了别的活儿，但一直没真正放下姜敏的委托。

"赵先生，好久不见。"

赵阳冷哼道："我可不是来跟闻总叙旧的。"

"那是当然，我也不想总跟私家侦探打交道。"

赵阳就是看不惯闻唐这副好像一切尽在掌握的高高在上的模样，他从外套口袋里掏出一张剪报，推到闻唐面前。

纸张已经泛黄，上面的铅字也淡了许多，不知是哪一年的报纸，满满的都是岁月沉淀过的味道。

闻唐看了一眼，笑意若有似无："这是什么意思？"

"八年前，环球酒店发生了一起震惊全国的诱奸案，嫌疑人是位当时还在职的大学教授。事情发生后，那位教授被各方谴责，舆论甚嚣尘上，校方为了声誉果断将涉事的教授停职，但身为一名老师，怎么能忍受得了这样的脏水？他意识到污言秽语将一直伴随着他，不堪忍受这种屈辱，于是举家移民去了温哥华。"

赵阳一边说一边观察闻唐的反应。

在赵阳眼里，闻唐是个藏得很深的人，他脸上没有露出丝毫不适，这种置身事外的旁观者姿态让人看不清摸不透。

"闻总没什么想说的？"

闻唐放下咖啡杯，眉眼间的倦意分明，他看向赵阳："我之所以答应你前来赴约，是想听听你找到了什么跟许昌的案件有关的线索，可不是来听你讲这些莫名其妙的事情的。"

"这怎么能算是莫名其妙的事情呢？闻总父亲的事情，怎么说都不算是莫名其妙吧？"赵阳半眯着眼睛，无论如何都要让闻唐露出狐狸尾巴。

Chapter 04 互相试探

"你的手伸得可真长啊,连我家人的过往隐私都挖出来了,不愧是海城鼎鼎有名的私家侦探。"

"你不必挖苦我,你和许昌的死有千丝万缕的关系。八年前,你父亲正是在许昌的酒店里诱奸女大学生,如果当初的档案记录没有问题的话,告发你父亲的人正是许昌本人。闻总,你不会没意识到,自己有足够的杀人动机吧?"

"那又如何?"闻唐的耐心渐渐被消耗,他的笑意更深了,"如果有证据证明人是我杀的,我随时欢迎你报警来抓我。如果只有杀人动机,恐怕警察都懒得理你吧?"

"你不用得意忘形,我迟早会把你的狐狸尾巴揪出来。"

"那我拭目以待。"闻唐冷冷地起身,走出星巴克。

温蕴的视线从闻唐进入星巴克后就没有移开过,闻唐回到车里时脸色极差,头发再一次被雨打湿。她发现他揉着左膝,立即紧张地问:"要吃药吗?"

"我又不是药罐子,一不舒服就吃药,那我一年得吃下去多少药?"

温蕴被噎住了,半晌才问:"那个人给你碰钉子了?"

闻唐觉得很累,浑身上下没来由的累,脑海里全是赵阳推到自己面前的那张泛黄的剪报,原来不管过去多少年,铅字留下的东西永远无法抹灭。

他闭着眼睛,渐渐没了反应,脸色开始发白。

温蕴自入职以来从未见过气色状态如此差的闻唐,赵阳究竟对他说了什么,把他变成这个样子?她往前看去时,赵阳正巧经过他们的车子前,视线瞬间与温蕴相交,又匆匆地移开。

"闻总?"温蕴喊了一声,可闻唐没有任何反应。

温蕴伸手推了推他,他像是睡着了似的一动不动,再一摸他的手,滚烫滚烫的,她吓了一跳,立刻驱车前往医院。

林良赶到医院时,护士正给闻唐扎针输液。闻唐已经醒过来了,面无表情低着头缩在拉高的衣领里,远远看去就像受了什么委屈。

林良把温蕴带到一边,问道:"他今天见过什么人?"

温蕴一五一十地照说,林良的脸色变得更加古怪:"赵阳又找他做什么?都一个多月了还不依不饶,他有病吧?"

"那个人为什么这么关注闻总?"

"还不是自以为是,他觉得我们老板是杀害环球酒店原老板的凶手。也不想想,如果老板真是凶手,他还能混成现在这样?"

温蕴犹豫了一下,小声说:"可是身正不怕影子斜。"

"你是第一天在这世道上生存吗?还相信这种鬼话?这年头剧情反转的新闻还不够多吗?总之,闻总是冤枉的。"林良烦躁地挥了挥手,"行了,你先回去吧,这里我来看着。"

打发走温蕴后,林良在闻唐身边的位子坐下,恰好值班的宋清远也赶了过来。

"你不是铜墙铁壁吗?居然会因为感冒发烧往医院跑?"

宋清远觉得不可思议,他认识的闻唐可是膝盖痛到不能自已也能靠吃止痛药过日子的人。

闻唐揉着眉心微微笑道:"还不是我那位尽责的保镖多事。"

"这么说,人家送你来医院还送错了?"

林良幸灾乐祸地听宋清远教训闻唐。

宋清远又问:"最近你的膝盖没疼吗?反正人都来了,要不要顺便把膝盖也检查一下?"

"不用,我膝盖好得很。"

宋清远倏地看向林良:"又买了什么牌子的止痛药?"

林良立即举起双手做摇头投降状:"没有的事,还是那些。你又不是不知道他的性子,他要是肯乖乖来医院,我得省去多少麻烦。"

闻唐悠悠地开口:"你现在是在外人面前公开抱怨自己的老板麻烦?"

"不,明明是我无能,不能说服我的老板乖乖去医院就医。"

"你今晚看起来很闲,没有病人吗?有工夫在我这里耗着?"闻唐见宋清远似乎暂时没有要离开的意思,于是做出一副倦怠的神情。

"你之前不是要我帮你查类似于脑部受损、记忆认知障碍的信息吗?"

Chapter 04
互相试探

"你查到什么了?"

"暂时什么都没有,我问过几个在欧洲做研究的同学,暂时没有碰到过你说的这种病例。"

闻唐记得,当年他和温蕴曾在慕尼黑见过一面,仔细想想,那一年刚好是温蕴二十一岁,也就是她从温如蕴变成温蕴的那年。那年的温蕴究竟发生了什么事?她的记忆为什么会变成如今这般残缺?

比起跟赵阳斗智斗勇,他更想知道温蕴二十一岁那年的故事。

"是关于那个女保镖的吗?她这里有问题?"宋清远指了指脑袋。

当初闻唐来找他时并没有说明具体原因,宋清远也不是个好奇的人,不过最近闻唐走到哪儿都带着温蕴,便让他不禁浮想联翩。

"你看着觉得像吗?"闻唐笑着反问。

"你天天把她带在身边,不知道的人还以为她是你女朋友。"

"也没什么不好。"

宋清远懒得揣测闻唐话里的真假,叮嘱他若是膝盖疼得厉害一定要来医院,闻唐表面上笑呵呵地答应了,实际过去几年他一次也没因为膝盖问题来过医院。宋清远知道他在搪塞自己,不欲多说,又跟护士交代了几句才回去上班。

温蕴在书房里翻看了过去半年的日记,尤其是关于赵阳的记录,但没有发现赵阳曾对自己提起过闻唐的事情。也许在过去的一个多月里,赵阳虽然处心积虑地调查闻唐,却一直抓不到闻唐的马脚,所以才会委托她在给闻唐当保镖时顺带注意他的一举一动。

当初赵阳对她会被录用究竟有多少把握呢?

她越想越觉得这件事有些诡异,仿佛在无形之中,许多事情都被赵阳把控了。想到林良提到赵阳时那种厌恶,说明赵阳没少找闻唐的麻烦。

温蕴随手翻开上个月的日记本,看到北海道那几天的日记,视线不知不觉就停在了与闻唐相遇时的字眼上。

高中同学。

闻唐曾说过他们是高中同学，尽管她并不记得他，他却认出了她。而赵阳是她的好友，当年她记忆尽失的时候曾委托赵阳帮忙调查自己的过去，难道赵阳从一开始就知道闻唐和她是高中同学的关系？

那一切就都说得通了，赵阳知道闻唐和她认识，看在老同学的面子上，录用她的概率本身就比其他人高。

温蕴虽觉得事有蹊跷，却也无法当面质问赵阳，因为她看到自己日记里对赵阳的评价：偏执，自以为是。

这样一个人，无论如何都不能直接问话，因为绝对问不出结果。

安静的夜里，手机震了震，温蕴一看，是条陌生号码发来的短信："我在联盛广场，听说你住在附近，可以一起吃个饭吗？"

最后的署名是赵京安。

温蕴忽然想到或许赵京安会知道些什么，当下便询问她的位置，准备出门。

时间刚过九点，算不上很晚，联盛广场六楼的餐厅仍处于用餐高峰期，温蕴在一家意大利餐厅找到了赵京安。

"我突然约你出来吃饭是不是很唐突？"赵京安笑着问。

温蕴连忙摇头："我也正好想跟你见一面。"

"哦？这倒是新鲜事儿，你见我做什么？"

"是有关闻唐的。"

"闻唐？"赵京安的眼神一下子变得暧昧起来，"你不是说你只是他的保镖吗？"

"保镖的职责就是保护他，所以我必须搞清楚一切他身边可能潜在的危险。"

"这种事情你为什么不去问林良？"

"林助理虽然很和善，但是说话很克制，又有分寸，不该讲的他不会跟我多讲半句。"

Chapter 04
互相试探

赵京安扑哧一声笑了:"你的意思是,我讲话既不克制也没分寸?"

"不。不是你说的吗,你觉得我们很投缘。"温蕴一脸认真的模样,坐得笔直,像个小学生。

赵京安没有看错,温蕴的心思果然很单纯,只是这么不设防地跟自己聊天,从某种程度上来讲,她并不算是个称职的保镖。

等餐上齐后,赵京安拣了块比萨吃了一口,才问道:"你想知道什么?"

温蕴不知从何开口,抿了一口蘑菇浓汤,踌躇道:"今天他去见了个私家侦探。"

赵京安一口比萨噎在喉咙里,差点被呛到,面上露出不悦的表情:"又是那个叫赵阳的私家侦探?"

"他们之间有什么渊源吗?我从林助理那里听说,他好像一直咬着闻唐不放,已经一个多月了。"

"还不是因为一个月前许昌的案子。"

"但是我听说,警方已经定性为自杀了。"

"这就是那个姓赵的奇葩之处,他应该是接受了什么人的委托才会揪着闻唐不放,否则我想不出任何他针对闻唐的理由。说来说去,还不是为了钱,以前是偷偷摸摸暗中调查,被发现后就开始明着调查了。"

赵京安对赵阳可以说无比厌恶,过去有一段时间他跟着闻唐不松手,她曾建议闻唐干脆找几个人去吓唬吓唬他,结果闻唐说:"私家侦探也是需要做事吃饭的,随他去吧。"

温蕴觉得有些尴尬,迟疑地问道:"你说闻唐是那种被人中伤也不会吭声的人,说的就是这件事吗?"

赵京安舀汤的手突然不动了,脸上露出了愉悦的神情:"我就知道没有看错你,你的确很聪明,一点就通。"

温蕴松了口气,果然如此,赵京安说什么都有目的,她不会平白无故说一句似是而非的话。

"但是你为什么要跟我说那句话呢?"

"因为闻唐身边的人,必须对他忠诚,对他全心全意,否则就是零。"

"原来你在试探我?"

"与其说是试探,不如说我更想知道闻唐在你心里究竟有多少分量。如果你打心底里敬畏自己的工作,那么他身边的人说的每一句话,你都会放在心上。温蕴,我挺庆幸,你是这样的人。"

可是这样的试探温蕴一点也不喜欢。

"生气了?"赵京安垂眸说道,"其实他是被冤枉的。"

温蕴脑海里忽然出现闻唐从墓地回来时的身影——雨帘里,他孤独地行走着,就像一个不被人理解的独行者。

有那么一瞬间,温蕴觉得他跟自己很像。她因为记忆的问题总是独来独往,与谁都不亲近,而闻唐看似身边有许多人,可真正能进到他心里的人少之又少。

这个世界上相似的人何其多,偏偏他们两个人遇到了。

"今天我开车送闻总回来的时候,路过了杜湖墓地。"

赵京安眼里微微闪过诧异:"原来如此,怪不得。"

"怪不得?"

"不瞒你说,其实我把你叫出来,就是想问问你闻唐为什么会生病。他这个人除了膝盖的旧疾之外很少生病,打电话给他的时候听说他在医院,真是吓了我一跳。正巧我在这里,上次又听他说你就住在这附近,所以想约你出来了解一下情况。"

赵京安对闻唐出奇地关心,不过温蕴对窥探别人的隐私没有兴趣。

赵京安仿佛看出了她的顾虑,笑着解释:"你可别误会,我跟闻唐是在温哥华时就认识的老友,我们只是朋友而已,他不是我喜欢的类型。"

"我不是这个意思。"温蕴小声说。

"不过听你说起今天的事情,我大概就知道他怎么会进医院了。去了墓地,又见了赵阳——赵阳恐怕也没说什么好话,看来他是有些郁结了。"

"那个墓地里……"

Chapter 04
互相试探

"是他父亲。"赵京安笑着说,招手唤来服务生埋单。

和赵京安如此一谈,温蕴心里的猜测渐渐连成了线,许多疑惑都得到了解答。对闻唐来说,今天恐怕不是一个值得被记住的日子。

温蕴只顾着想心事,完全没注意到公寓楼下的阴影处站着一个人。

"你的警觉性越来越差了,是在闻唐身边太安逸了?"

赵阳的声音突兀地响起,吓了温蕴一跳,她脸色微变:"你怎么不声不响地站在这里吓人?"

"是你想心事太过专注,如果我是来害你的,现在已经得手了。"

她不由得气结,转身靠在旁边的栏杆上不动了:"说吧,你来干什么?"

"不请我上去坐坐?"

"这个时间点,孤男寡女,恐怕不合适吧?"

赵阳感觉到温蕴对他的敌意,此前他来找温蕴时,顶多只感到一些尴尬的气氛,而今天她好像是故意怼他似的,连语气都带着些不耐烦。

他靠近温蕴一步,试探道:"难道因为我下午找了闻唐,你在生气?"

"你和他之间的事情跟我没关系,别把我扯进来,而且他只是我的雇主,我只负责他的人身安全,除此之外我和他没有任何牵扯。"

温蕴淡漠地将自己和闻唐撇得一干二净,一副不想跟他扯在一起的厌恶模样。

这让赵阳的心情瞬间舒爽起来。

"温蕴,我是来告诉你,闻唐和他父亲都不是好人,你可千万别被他的外表给迷惑了。"

Chapter 05
舍命保护

　　闻唐打完点滴后懒得再来回折腾，干脆在宋清远的值班室里将就着睡了一夜，第二天是温蕴来医院接他的。

　　彼时宋清远正到下班时间，去往值班室的路上恰好碰上温蕴，他脚步微顿，目光扫过她。

　　"宋医生，"没想到温蕴先开了口，"我来接闻总，听说他在值班室里？"

　　宋清远点了点头，朝前面指了指："就是那里。"

　　闻唐仍旧睡着。他有严重的失眠症，这些年里睡眠质量奇差无比，有时候整夜整夜睡不着，昨夜宋清远在他吃的药里加了适量的安眠药，才让他好好地睡了一觉。

　　温蕴见状有些不知所措，她没想到闻唐还没醒来，平时的这个时候，他已经穿戴整齐，下楼准备去酒店了。

　　她有些担忧地问宋清远："他的烧退了吗？"

067

Chapter 05
舍命保护

"你是怀疑我们医院的医疗水平?"

"这倒不是。闻总是个很守时的人,昨晚他给我定了今早来接他的时间,我担心如果他有什么安排的话,再不起床就来不及了。"

"那你自己去叫醒他。"宋清远边脱白大褂,边无所谓地回她,大有袖手旁观的架势。

"可是……"温蕴左右为难,由她叫闻唐起床,这不合适吧?

"也许会耽误事哦。"宋清远已经换好了衣服,双手抱胸靠在衣柜前,像是准备看好戏。

温蕴走到床边推了推闻唐,没反应,她又推了推,还是没反应。于是她提高音量喊了声:"闻总,该起床了。"

卷在被子里的人总算有了些许反应,闻唐讷讷地睁开眼睛,看清来人之后才鼻音浓重地问:"几点了?"

"九点了,距离晨会还有一个小时,如果你身体还是不舒服,我打电话给林助理让他取消?"

"不用,来得及。"话是这么说,但闻唐的眼睛始终半眯着,好像很难睁开。

闻唐洗漱的间隙,温蕴候在门外,宋清远从值班室出来,隔着些距离问:"就是你的脑袋有问题吧?"

这话听上去像是在骂人,温蕴皱起眉头。

"你老板托我到处打听你这种病情,看有没有治疗方案,看来他是个对下属不错的老板。"宋清远皮笑肉不笑,说完转身离开了温蕴的视野。

温蕴呆住了,一时间脑袋停止了运转,一片空白。

闻唐在帮她找治疗方法?为什么?他们只不过是雇主和保镖的关系,他根本没有必要为她做这些。他究竟是个什么样的人啊?为什么无论她怎么看都看不清他呢?他好像有千张面孔,令人看不透。

他们在十点前赶到了阳光环球酒店顶层的会议室。

秘书要给闻唐送咖啡的时候被温蕴用牛奶替换掉了——闻唐在车上根

本没吃多少东西,这种时候喝咖啡简直是对胃的摧残。

原定下午来访的客人取消了行程,闻唐忽然空出半天时间,林良好说歹说,才劝着让温蕴送他回家休息。

不知道为什么,原本习惯坐后座的闻唐破天荒地坐在了副驾驶座,两人之间的距离一下子拉近,让温蕴很不习惯。她一路上都有些心神不宁,总觉得好像有什么不好的预感。

"后面好像有辆车一直跟着。"

安静的车厢内,闻唐的声音漫不经心地响起,温蕴条件反射地看向后视镜。她在前方的路口试着变换方向,后面那辆墨绿色的轿车果然也跟了上来。

"绕两圈看看他是不是在跟着我们。"副驾驶座上的人气定神闲地发号施令,看上去一点也不慌乱。

温蕴只好听从他的指示,但直到绕了很远也没有甩开后面那辆车,她才开始集中精神,一边观察后视镜里车辆的情况,一边注意闻唐。

无论如何都不能让她的雇主出事,若是闻唐出事了,一旦消息传出去,以后她连保镖的工作都找不到了。

温蕴正想着对策,车身猛然一震,后方那辆车毫无顾忌地撞上了他们的车尾,似乎想要逼停他们。

"不用理他,继续开。"闻唐的脸上没有半分慌张,仿佛被撞的车不是他的。

温蕴猛地一踩油门,立刻将对方甩得很远。看来对方是存心找碴儿,追上来后从车身侧边又撞了过来。这次用力非常猛,前头刚好有辆车从转角处开出来,为了避免撞上前面的车辆,温蕴急刹车的同时用力向右打死方向盘。车撞上路边护栏的瞬间,她动作利索地解开安全带,探过身护住了闻唐。

砰的一声,车头惨烈地撞上了护栏,与此同时,温蕴避开的那辆车又与后面开来的其他车辆相撞,一瞬间引发了连环交通事故。

温热的液体从温蕴的手臂上流了下来,许久之后,她才发现那是自己的

Chapter 05
舍命保护

血。她立刻去查看闻唐的情况,对上的却是一双猩红的眼睛。

温蕴没有发现,她扑过去护住闻唐的那一瞬间,他反手将她护在了臂弯里。

"你找死吗?在发生车祸的时候解开安全带?想死就直说,别死在我车里。"他急促地说着,声音因紧张而变得异常冰冷。

方才她扑来的那一瞬,闻唐的心脏几乎要被撕裂,他从来没有这么紧张过,也从来没有被一个女人如此拼命地保护着,这个女人不顾生死,在最危险的那一刻选择用身体保护自己。

温蕴的视线逐渐变得模糊,闻唐好像很生气,可她的眼皮像是有千斤重,再也撑不住了:"还好你没事。"

闻唐的心脏骤然紧缩,眼看着她在自己肩上昏迷过去,手臂上全是触目惊心的血。

外面一片狼藉,而那辆墨绿色的肇事车辆早已不知所终。

"该死。"

温蕴从昏迷中清醒过来时已经过了凌晨,手臂上的外伤悉数被包扎稳妥,医生给她做了详细的身体检查,所幸没有发现内伤,只要好生休养,很快就能康复。

她视线朦胧间看到一个身影伫立在床边,眯着眼看了好一会儿,才发现是林良。

林良低头忙着回复消息,压根没有发现温蕴醒过来,直到身边传来一声微弱的吸气声,他才注意到她已经睁开了眼睛。

"怎么样?除了手臂还有什么其他地方不舒服吗?医生说你只受了些外伤,但需要静养。"温蕴一醒来,林良就叨叨个没完,生怕他话还没说完她又睡死过去。

温蕴虚弱地摇了摇头,气若游丝地问:"闻、闻总呢?他伤得严重吗?"

"放心，老板没什么大碍，挡风玻璃的碴子一大半都被你挡住了，老板只受了一点点皮外伤，跟你比起来，他再健康不过了。"

"那就好。"这下她总算可以安心了，幸好他没事，她的工作总算保住了。

"不过你可真不要命，你一个女孩子那么护着他一个大男人，你让他的面子往哪里搁？"林良搬过椅子坐下来跟她开玩笑。

林良赶到医院一看见闻唐阴沉着一张脸，就知道准没好事。交警来医院问话时，林良才大致了解了事发经过，他内心是有些佩服温蕴的，不管温蕴身体多好、多能打，但终究只是个女孩子，在那种危急时刻第一时间想到的是自己的老板，多多少少令人敬佩。之前他还担心温蕴或许不会对闻唐尽心尽力，但经过这么一遭，可算是放心了。

"你再休息一会儿，老板去解决车祸的事情了，很快就来看你。"

温蕴再度睡了过去。大概是心里记挂着的事情总算放下了，这一觉她睡得很安稳，醒来时天已大亮，坐在床边的人从林良换成了闻唐。

她一见到闻唐就想坐起来，却被闻唐低低一声喝了回去："躺好。"

他面色不善，一看就知道心情不好，温蕴不想在这种时候招惹他，于是乖乖躺了回去。

闻唐为她安排的是单人间病房，如此一来，两个人谁也不说话，房间内就变得更加安静了，温蕴觉得气氛僵硬得让她有些喘不过气来。

"你干保镖几年了？"良久，闻唐的声音才闷闷地传来。

温蕴不明就里，但还是照实回答："快五年了。"

"从记忆出现问题之后就一直干保镖？"

"嗯。"

"为什么不从事其他工作？"

为什么？她只能从自己的日记里才能知道答案。真正的原因，恐怕需要穿越回二十一岁那年问问二十一岁的自己了。

她说："你又不是不知道我的情况，像我这样怎么找正常工作？保镖已经

Chapter 05
舍命保护

是我能找到的最简单最适合我的工作了。"

"你倒是诚实。不隐瞒了？之前我问你，你一直很坚决地在否定。"

温蕴看向别处，陷入了沉默。

"所以你才会那么拼命？因为害怕连这种工作都丢了？"

"算是吧。"她如是回答，心里却很清楚，拼命保护他的原因不仅仅这么简单。

闻唐紧绷着的神经终于慢慢地放松下来，冷峻的表情也随之被笑意取代："你救了我一命，需要我发面锦旗到你公司吗？这样你在公司的待遇是不是会更好一些？"

"你想送的话，我也不反对。"

温蕴见他终于舒展了眉头，扭头看向窗外。

连日来的阴雨终于停了，阳光从窗口照进来，又是崭新的一天，仿佛昨天发生的一切都已经被夜晚的那场大雨冲刷干净。

"肇事车主找到了吗？"

"是辆新车，没有车牌，驾驶者把整张脸裹得严严实实，想把人揪出来不容易。"

"那就这样放任不管了吗？没准还有下次。"温蕴一听就急了。

闻唐忽然用手覆上她的手背，轻声安抚："你安心养伤，我已经让林良去处理这件事情了，暂时不会有任何不妥。"

虽然温蕴心里隐隐担忧，可闻唐这句话又让她的心安定下来，这种感觉就好像无论在何种困境内，只要这个男人说能搞定，就没有解决不了的事情。

病房的门合上，在门外等了许久的林良立刻起身朝闻唐迎了上去。

闻唐走到消防通道处点了根烟，抽了两口，却觉得索然无味："怎么样了？"

"交警那边还没有进一步的消息，不过从事发时路边的监控录像来看，那辆车从一开始的目标就是你和温蕴，那一下下撞击分明就是故意的。老板，其实我有个大胆的想法。"

林良没有直接说出那个人的名字，可即便他不说，闻唐也能猜到他要说谁。

"你认为是许瑞德？"

"许瑞德回国已经快两个月了，却一次都没有现身过，连家都不回。他母亲至今不知道他的下落，听说也在派人打听儿子的行踪。你说他这么藏着是为了什么？我怀疑他就是回国来找咱们麻烦的。"

林良没见过许瑞德，但他本人极度讨厌许昌，因而对许昌的儿子也没有半分好感。

闻唐摁灭烟头，笑道："谁说他没有现身过。"

"什么？难道你们已经见过面了？"林良惊讶地提高音量。

"差不多半个月前，他曾跟踪过我。"

"这种事情你居然能藏在心里这么久？如果不是这次出事了，你是不是不打算说了？老板，许瑞德肯定对你恨之入骨，你必须得小心提防他，怎么能明知道他跟踪你，你还不当一回事儿？"

闻唐对林良的大惊小怪嗤之以鼻，扔掉烟头走了出去。

那一次在四季阳光市中心的总店，温蕴觉得十分奇怪的人，就是许瑞德。

温蕴的伤势算不上严重，隔天就获准出院了。

她在海城没有什么亲人，之前是闻唐和林良轮流来照看她的，但他们毕竟是两个大男人，有些时候总归不方便，她自己也觉得太过尴尬，所以在听到医生说可以出院之后，偷偷地在心里松了口气。

其实过去几年里，她受过的伤大大小小多了去了，基本都是自己照顾自己，对于这种事情她已经经验老到，一个人回家休养反而更自在一些。

然而她没想到的是，出院当天，赵京安居然出现在了病房里。

"出院手续都办稳妥了，我来接你出院。你这么看着我做什么？"赵京安笑着替温蕴收拾本就不多的行李。

Chapter 05
舍命保护

温蕴的左手臂绑着绷带,行动的确有些不方便,她想说自己可以收拾时,赵京安已经全部收拾妥当了。

"其实你不必跟我这么客气,我跟闻唐是好朋友,你呢,又是我很喜欢的妹妹,只是来接你出院而已,又不是什么大事。"

赵京安很擅长照顾别人的情绪,就像此刻,她看出了温蕴的不好意思,温柔地用几句话化解了尴尬。

电梯下到一楼时,温蕴在电梯外碰上了宋清远。宋清远也在人头攒动中看到了她,便随口叮嘱道:"你这只手不要乱动,好好静养,否则有你受的。"

"我明白了,宋医生。"

宋清远"嗯"了一声,朝她点点头,目不斜视地进了电梯,甚至没看一眼和温蕴走在一起的赵京安。

赵京安同样没有去看宋清远,两个人似乎默契地都把对方当成了空气。

不明就里的温蕴跟赵京安感叹:"这个宋医生虽然为人冷淡了些,对闻总的事情倒是热心。"

"是吗?"赵京安淡淡地笑笑,仿佛完全没有要聊宋清远这个人的兴趣。

不知道是不是温蕴过于敏感,她发觉出了电梯之后,赵京安的情绪似乎莫名低落了很多,难道是自己不小心说错了什么话?

好不容易挨到家,目送赵京安离开,温蕴才暗暗松了口气。她不懂闻唐为什么要让赵京安来接自己出院,她昨天明明已经告诉过他,她自己可以回家。

温蕴原以为可以就这样安安静静地在家里休养几天,没想到第二天一早就被敲门声吵醒了。

敲门的是外卖小哥,送来一桌子的早餐,温蕴粗略估算,大约够她吃上一个星期。到了中午,不同的外卖小哥准时送来了中餐。晚餐依然如是。

如此反复两天之后,温蕴终于拨通了外卖单上下单人的电话号码。她猜测这大约是闻唐的手笔,也想好了措辞,谁知接电话的人竟然是林良。

"林助理？怎么是你？"温蕴疑惑地问。

"怎么不是我？你怎么打电话来了？你应该不知道这个号码才对啊。"电话彼端的林良也在疑惑，这个号码属于闻唐的工作手机，除了闻唐工作期间，其他时间这部手机都由林良保管，除了业务上有往来的人知道这个号码以外，其他人要找闻唐只会通过私人电话，温蕴又是怎么知道这个号码的？

"那……这些外卖也都是出自你手吗？"她有些迟疑地问，又觉得林良应该不会做这种无聊的事。

果然，林良语气里满是疑惑："什么外卖？"

温蕴叹了口气，果真还是闻唐的手笔。她说："你查看一下手机里的外卖软件，然后帮我转告闻总，我一直都是一个人生活，能料理好自己的一日三餐，请他不要再做这种事了。"

林良感到莫名其妙的，根本不知道温蕴的意思，但还是应了声："好。"

等电话挂断，林良还没反应过来温蕴打来这通电话的用意。

手机屏幕正要暗下去时，林良的眼睛猛地攫住屏幕上的一个图标——一个外卖软件。这个工作手机里是什么时候下载这种东西了？他怎么不知道？

他想到温蕴的话，立刻点开这个软件，顿时明白了事情的来龙去脉。

他那位老板居然不嫌麻烦地给人家姑娘点一日三餐，还足足点了两天！如果温蕴不打来电话，老板是不是准备点到她来上班为止？

"你杵在那里发什么呆？赵京安那个餐厅的设计找设计师去看过了吗？"闻唐一进办公室就看到林良在对着手机发呆，蹙眉问道。

但林良的表情怎么看怎么不对劲，闻唐走近了才发现手机屏幕停留在外卖软件的点单页面上，他脸不红心不跳地问："饿了？酒店的伙食不够好？"

"老板，你这天天给温蕴投喂，是在养猪吗？我看你每一餐点的量都够三个大男人吃了。"

"咦？你发现了？既然如此，明天开始给她点餐的工作就交给你负责了。"

林良闻言急道："温蕴打电话过来了，说她能照顾好自己，不用再给她点

Chapter 05
舍命保护

餐了。"

"这样啊。"闻唐耸了耸肩,没再继续这个话题。

林良叹息着摇了摇头:"你该不会是对温蕴有什么非分之想吧?"

"胡说八道什么呢?人家女孩子救了我一命,我难道不应该表达一下我的感激之情吗?"闻唐看了林良一眼,一脸"你真不懂事"的嫌弃表情。

"行行行,你是老板你说什么都对。不过,我们本来以为她认识赵阳,对你不会那么尽责,看来是我们想多了。"

当初调查温蕴的背景,发现她与赵阳之间似乎关系匪浅,林良是拒绝让她当闻唐保镖的,但闻唐坚持,最终才留下了温蕴。

闻唐笑笑,纠正他:"是你想多了,不是'我们'。"

自从温蕴打了那通电话之后,果然不再有外卖服务,她这才觉得放松了一些。

在家里休息了一周后,温蕴去医院复诊,医生说她恢复得不错,只要好好保护左手臂,不要用力,随时都能去上班。

温蕴考虑再三,觉得开车送闻唐上下班还是没问题的,因而没跟闻唐商量就出现在了酒店里,结果却引起了闻唐的不满。

"医生说你可以工作了吗?"

"只要左手不用力就没问题。"温蕴把医生的话转达了一遍。

"你忘了你是个保镖吗?你的职责是保护我,你手都受伤了,万一再发生什么意外,你怎么保护我?"闻唐的眼睛瞟向她的左手臂,手臂被宽大的衣袖遮掩着,看上去似乎没有任何异样。

温蕴也想到了这一点,她不确定自己能说服闻唐,却还是小声说:"我会尽我最大的能力保护你的。"

闻唐心口处像堵着一把火。这个女人这么拼命干吗?根本没有人催她来上班,他担心保镖公司那边向她问责,一出事就向保镖公司老板陆杰说明了原委,并叮嘱陆杰不要打扰温蕴休息,结果她居然一声不吭地跑来上班了。

像是担心闻唐会把她撵回家似的,温蕴又补充了一句:"其实医生都说没有伤筋动骨,休息一个星期也差不多了。"

一个星期?闻唐在心里飞快地计算着日子,居然已经过了这么久,也就是说,距离温蕴忘记这个月的事情只剩下一周了。

"是在月底吧?"他忽然问。

"什么?"

"你的记忆时限,一周后就是一个月了。"他提醒她。

闻言,温蕴的脸色微微一变,他居然连这种事情都知道得一清二楚,即使自己什么都没有告诉过他,可他凭着不动声色的观察,将她的秘密悉数探了个遍。

"到时候,所有的一切都要重新来一遍?"他走近她问。

"理论上是这样的,但是我会详细记录下需要记得的事情,所以应该只需要一两天的适应时间。"

"每个月的记忆都会重置的人,真的还是同一个人吗?"

闻唐的这句话,不像是在问温蕴,更像是在问自己。

温蕴最终还是留了下来,没被闻唐撵回家,可她心里一直记得闻唐提醒自己的还有一周时间。

记忆认知障碍刚开始的那一年,每次到记忆的最后那几天,温蕴就会变得无比焦虑,甚至连正常的生活都会被打乱。时间一晃将近六年,现在的她,已经完全不会再有这样的焦虑,她早已懂得如何在这样的环境下自处。

只是忽然之间,温蕴的内心涌现出了一股莫名的惆怅,她只能靠日记里冷冰冰的文字去想象曾经发生过的事情,至于当时自己的想法、曾经真实感受过的情绪,却无从重新体会,这种对正常人来说无比简单的事情,对她却是奢侈。

闻唐大约是因为温蕴还没完全恢复,便把开车的任务交给了林良。本来他连跟都不想让温蕴跟着,但温蕴坚持,最后便成了替他提东西的小跟班。

这是温蕴第二次来赵京安的餐厅,与第一次相比,下午的餐厅里没那么多

Chapter 05 舍命保护

客人，自然少了当初那份喧嚣。

赵京安一看到温蕴，立刻揶揄闻唐道："你还真是个懂得剥削下属的老板，她才休息几天，你就急巴巴地让人上班了？"

"不是的，是我自己要上班的，跟闻总没关系。"趁着闻唐没开口，温蕴立即解释道。

"你就不知道趁着这次机会多休息一段时间吗？这是工伤，他不会少你一分钱的。"赵京安指了指闻唐，然后拉过温蕴，把人往楼上带。

闻唐被气笑了："赵京安，你到底是我的朋友，还是她的朋友？怎么这么护着她？她给你什么好处了？"

"她是我妹妹。"赵京安十分自然地回他。

闻唐无奈摇头，接过服务生端上来的茶品尝着。

"餐厅装修快完工了，"闻唐从林良手里接过设计图纸推到赵京安面前，提议道，"空间设计大体是这样，后期装修细节方面，希望你能再考虑考虑。"

早在两个月前，闻唐就已经开始和赵京安商谈合作事宜。赵京安的网红餐厅在海城人气鼎盛，一家店早已承载不了现在的客源，因此他邀请赵京安的分店入驻阳光环球酒店，一方面可以分担一些营业压力，另一方面可以带动酒店方面的业绩。

赵京安明白闻唐的意思，也颇为赞同："装修细节方面你不用担心。但我要独立运营，餐厅所有的食材都归我方把关，酒店方面不能介入到食材采购这一块。"

闻唐耸了耸肩："只要保证你的食材新鲜，我没意见。"

"你什么时候听说我家食材不新鲜了？"

的确，这家网红餐厅的口碑在海城的餐饮业中算得上首屈一指。

闻唐这次来找赵京安，除了商谈合作之外，还为了即将到来的春节做准备，他打算春节期间在酒店推出赵京安餐厅的下午茶套餐。

他们正要讨论春节活动时，赵京安办公室的门被敲响了。

门打开的瞬间，办公室里的人都听到了楼下的争吵声。

敲门的餐厅经理为难地说："安姐，楼下有对小情侣吵架了，闹得不可开交，已经影响到其他顾客用餐了，我怎么劝都没用。有顾客说，如果我们餐厅无法处理的话，他们就要报警了。"

赵京安面上立刻露出不悦："吵架？原因呢？"

"似乎是女方提出分手，男方不答应，于是就吵了起来。男方还带了刀，把其他顾客弄得很恐慌，我怕再这么下去会伤到人。"

经理有多年经验，能力毋庸置疑，连他都无法解决，说明事情的确很棘手。

一楼餐厅里，一名年轻女子正边哭边求对面的男人把刀放下，但那个男人好似疯魔了一般，怎么都不听劝，手中的刀挥来挥去，吓得其他顾客纷纷起身走人。

"把顾客引流出去，关门，暂时不接待客人。"赵京安看到一楼的情况后吩咐经理，自己则朝那对情侣走去。

温蕴担心赵京安，正想跟她一起去，却被闻唐拦下了。

"你别忘了自己是个伤员，何况这种情况她能处理。"

于是，他们便站在一楼楼梯口，像两个正等电影开场的观众。

赵京安咳嗽了一声，让正在争吵中的两人注意到自己。

那个男人立刻敏感地转过身来，把刀尖对准了赵京安："不要靠近我，这是我跟她之间的事情，少多管闲事。"

"这位先生，我也不想管你们的闲事，但是你在我的餐厅里闹事，我就不得不管了。你要是不想让我多管闲事也行，劳驾换个地方。"

男人眯起眼睛："你是来帮她的？"

"你这话可说错了，我连她是谁都不知道，谈何帮她？如果你们再在这里闹下去，那我只能报警了，你们想去派出所解决自己的感情问题吗？"

男人猛地指向蹲在地上的女友："她，就是她！水性杨花跟别的男人好上了，就要一脚把我踹开！我已经这么低声下气地求她了，她还是不愿意继续跟

Chapter 05
舍命保护

我在一起！我有什么错？错的人明明是她！践踏别人的感情，她这种人就不应该活在这个世界上！"

说着，男人突然挥刀朝女友扑去。赵京安被他吓了一跳，下意识地用手挡了他一下，被刀割伤了手臂，血一下子浸透轻薄的衣袖流了出来。

温蕴反应迅速地冲了过去，小心地把赵京安挡在危险之外，一脚踹在男人身上，又反手扣住他的手腕，硬生生逼着他丢掉了刀子，紧接着膝盖猛一顶他的小腹，男人痛苦地倒在了地上。

"报警！"赵京安对已经吓呆的经理大吼一声，用力捂住自己手臂上的伤口。

"要去医院。"温蕴抬高赵京安的手臂，不让血流得太快。

闹了这么一出，所有人都被吓得不轻，赵京安干脆给当值员工放了假，自己则被送去医院包扎。

好在伤口并不深，消毒、擦药、包扎，很快就搞定了。赵京安一个人坐在清创室里，盯着手臂上的绷带发呆，她长这么大，还是第一次流这么多血，第一次手臂被包了一层又一层。

"温蕴？你最近怎么总是来医院？是舍不得医院？"

门外忽然传来宋清远的声音，赵京安的心跳蓦然加速，下意识地往里面坐了坐，好像生怕被外面的人看到。

"不是，是有朋友受伤过来包扎。"温蕴解释道。

宋清远大概是刚巧路过，闻言点了点头便准备离开。经过开着门的清创室时，他的脚步忽然顿住，他望进去，只见角落里那个身影异常熟悉，她靠着墙壁，裸露在外的手臂被包得严严实实。

"你说的朋友是她？"宋清远看向温蕴。

温蕴不明就里地点了点头，发现宋清远永远没有波澜的脸上好像微微一变，正要问是否有什么问题，他却一声不吭地扭头就走。

宋清远的表现，就好像他认识里面的人。

等宋清远走远后，赵京安才走出来："走吧。"

"你认识那个宋医生吗?"

赵京安的回答却十分模棱两可,让温蕴摸不着头脑。

她回答:"算是认识吧。"

可认识就是认识,不认识就是不认识,什么叫算是认识?

Chapter 06
他们的过往

回去的时候,天幕已经暗下来。

林良按照闻唐的要求开车送温蕴回家,然后两人再回酒店处理其他工作。温蕴从上车后就一直闷闷的,像是在想什么心事,连闻唐喊她都没反应。

最后闻唐只好伸手在她面前晃了晃:"被夺了魂了?想什么想得这么入神?"

温蕴呆呆地看了他几秒,才用力晃了晃脑袋,把那些奇奇怪怪的想法都按了下去。

"赵京安认识宋医生吗?"她凑过去问闻唐。

闻唐奇怪地瞥了她一眼:"你怎么会想到问这个问题?"

"刚才在医院的时候碰巧遇到宋医生,他好像认识赵京安。"

"他们说话了?"

"那倒没有,但是他看到赵京安后特意停了一下。宋医生不是那种不喜欢多管闲事的人吗？如果是不认识的人，他应该不会特意停下来吧？"

闻唐抬手戳了戳她的额头："观察得还挺细致。"

"这么说，我猜对了？"

"你刚才一副魂不守舍的样子，就是在想这件事？"

温蕴点了点头，因为宋清远的反应实在有些奇怪，让她不由得想起不久前赵京安接她出院时，她们在电梯口遇见宋清远，两个人就好像完全没有看见对方，事后她提起宋清远，赵京安也是一副不咸不淡的模样。

"他们两个是不是有什么往事？"

"以前怎么没有发现你是这么八卦的一个人？"闻唐睨了她一眼。

"反正我马上就会忘记。你不是说了吗？录用我就是因为我的记忆每个月都会重置，所以不用担心我会泄露出去。"

"那两个人，曾经在一起过。"

"果然如此。"温蕴为自己居然猜对了感到欣喜，"那他们为什么会分开？"

"三观不合，生活习惯不同，天天吵架，谁受得了？"闻唐言简意赅地说着，扭头看向窗外，似乎不想再说。

温蕴也没有再问下去。在她眼里，赵京安是个强势却不失温柔的女人，而宋清远又是个喜欢清静、不愿多管闲事的人，从这两个人的性格来看，在一起的确有些奇怪。

翌日傍晚，温蕴获得林良的批准，独自去餐厅找赵京安。

"还疼吗？"温蕴平时就不擅长与人打交道，更别说安慰的话了。

赵京安笑："早不疼了。昨天没来得及谢谢你，要不是有你在，那个疯子还不知道会做什么样的事呢。"

"警察把他带走了吗？"

"听经理说，警察把两个人都带走了，至于后续如何就不知道了。"

温蕴点了点头。

Chapter 06
他们的过往

"你看,这下我们手臂都有伤了,你说我们是不是很有缘?"赵京安抬了抬自己受伤的胳膊,开着玩笑。

"好像……是这么一回事。"

温蕴好像有点儿喜欢赵京安了,受伤之后还能这么坦然地开玩笑,她身上有许多温蕴想要却没有的东西。

"京安姐。"半晌,她忽然讷讷地叫了赵京安一声。

赵京安顿时露出欣喜的表情:"我还以为你不会叫我一声姐姐了呢。"

"我……我只是很少和人亲近,很多年没有这么亲昵地叫过别人,所以才……"

"我明白的。"

温蕴想了想,问道:"京安姐,你还喜欢宋医生吗?"

赵京安的笑意顿时凝固在脸上:"你听闻唐说的?"

"是我一直问,他才告诉我的。其实昨天在医院的时候,我就觉得宋医生的反应有些古怪。"

"我和他啊,已经有将近两年没见面了。"

温蕴看到赵京安的眼里仿佛有某种留恋,可能她内心深处还喜欢着宋清远吧,即便两人已经分开了,可有些人在心底深处是怎么都抹不掉的。

虽然温蕴无法体会这种感情,可奇怪的是,她居然能够理解赵京安,能够理解这种感情。

"有时候三观不契合,彼此的生活习惯相差太远,就算勉强在一起,最后也还是会分开的。"

两年前,赵京安第一次见到宋清远,就在宋清远就职的医院里。

那天是她生日,她和几个朋友彻夜狂欢,喝酒喝到胃出血被紧急送往医院。急诊室外全是她那些狐朋狗友,把安静的急诊室搅得不得安宁,引来其他病人的投诉。

而宋清远正是那天急诊室的值班医生,面对疼得整张脸皱成一团的赵京安,他面无表情地喊着她的名字:"赵京安?"

赵京安见到他的那一瞬间，就陷进了他的眼睛里。

"我疼死了。"她红着眼睛，可怜巴巴地说着，伸手拉住他的衣袖。

后来她才知道，那时他是极力忍着才没有把她的手甩开。

"外面那些人都是你的朋友？医院不是夜店，他们这么闹哄哄的像什么话，你留下，让他们先回去。"

赵京安从来没这么听话过，立即从病床上蹦跶下去，忍着痛出去让她那些朋友都滚蛋。

现在想想，所谓的一见钟情可真是万般地不靠谱。

赵京安和宋清远之间的往事对温蕴来说就像梦一样，没想到看似毫无交集的两个人居然有这么深的牵绊。不过真要说毫无交集倒也未必，至少他们都是闻唐不可或缺的好朋友。

温蕴盯着写得密密麻麻的日记本，有那么一瞬间心底浮现出一丝烦躁。她合拢本子放回原位，转眼望着角落里的几摞日记本发呆。在那些层层叠叠的本子里，藏着她过去几年的全部记忆，她无法想象，如果有朝一日丢失了这些日记本，自己的记忆将会变得如何混乱不堪。

这些日记本对她的重要程度不亚于任何金银珠宝，或许该找个安全的地方妥善保管？

温蕴正想着保险柜是否可行时，外面突然响起了震耳欲聋的敲门声，她瞬间回过神来，机警地来到门口。

除了赵阳，温蕴家里向来没有访客，更何况是在深夜将近十一点的时间。

她透过猫眼看清外面的来人，微微一怔。这个时候闻唐来找她干什么？现在并不是她的上班时间。

她开门，半个身体抵在门边，扑鼻而来的酒味霎时浸染空气，可闻唐看上去面色如常，完全不像是喝多了。

"闻总，这么晚了，找我有事？"温蕴警惕地打量着他。不管怎么说，面对自己的雇主，任何时候都该打起十二万分的精神，以免一不小心被炒

Chapter 06
他们的过往

鱿鱼。

"我似乎被人跟踪了,你下去看看有没有可疑人员。"闻唐一开口便有酒气扑面而来,所幸身上没有粘上讨人厌的烟味。

温蕴不禁拧了拧眉,怀疑地问:"你特意跑来我家,就是因为被人跟踪了?"

他扬着眉说:"你是我的保镖,工作职责是保护我的人身安全,当我的安全受到威胁的时候,我不找你找谁?找你那位顶头上司,保镖公司的负责人?"

识时务者为俊杰,温蕴立即把他请进了屋:"您在这儿稍事休息,我这就下去看看。"

她这副狗腿的模样让闻唐心情大悦,他舒舒服服地躺在客厅的沙发上,视线望进她来不及关门的卧室。

温蕴下楼看了看,除了四处流窜的流浪猫之外,半个人影都见不到,而闻唐说自己被人跟踪了,这听起来明显是骗人的话,偏偏因为他是雇主而不得不当回事。

温蕴在冷风中跺着脚来回走了两圈之后正打算上楼,忽然一声刺耳的猫叫响彻寂静的夜,她反应迅速地看过去,只见一辆车后一个身影仓皇而逃。等她追上去的时候,人已经消失在茫茫夜色中。

难道是她误会闻唐了?

回到家中,闻唐并不在客厅里,温蕴一眼就扫到立在自己卧室书桌边的顾长身影。她心中骤然一乱,三步并作两步冲过去,从他手里夺过日记本,生气地质问:"趁人不在家的时候偷看别人的日记本,这就是闻总的修养吗?"

闻唐还没见过如此慌乱的温蕴,她极力克制的眼神里没来得及压制下去的慌张被他尽收眼底。

"你就是靠这个办法来维持记忆?"他看着她利落地收拾好散落一桌的日记本,心里的疑问逐步解开。

温蕴避开他的话题，强行地让自己冷静下来："你看清跟踪你的人长什么样子了吗？"

"我要是看清了，现在还会站在这里吗？"

温蕴手一顿，浑身上下的血液仿佛都在沸腾，她永远无法分辨闻唐说的话哪句是真、哪句是假，更遑论跟上他的思维，猜他的真实想法。

他就像大海般让人无法捉摸。

"刚才看到一个行踪诡异的人，但不确定是不是跟踪你的人。"温蕴低着头，有几缕发丝散下来贴在耳边，褪去了她身上一些冰冷的戾气。

闻唐不甚在意地点了点头，这时他身上的酒气散了一些，人也清醒了大半，他笑道："冒犯到你，我很抱歉。"

温蕴不说话，像是在倔强地坚持着什么，直到身后响起轻微的脚步声，她才回头问道："需要我送你回去吗？"

"明明生气得要死，却还想着工作？"他笑着揶揄。

她静静地杵了片刻，抓起外套走到他身边："走。"

然而人才到门口，她就被闻唐抓着转了个身："你，好好休息。我，自己能走。"

"既然自己能走，那为什么还来我家？"她不甘示弱地反问道。

因为突然想看看你。但这句话，闻唐无论如何都不会在这个时候当着她的面说出口。

他忽然抬手戳了戳她的额头，皮笑肉不笑道："看破不说破才是做人最大的品德。"

温蕴到最后也没弄明白闻唐为何会出现在自己家，可后来接连几天，她都隐约觉得身后似乎有双眼睛在盯着自己，这种感觉就好像自己活在了别人的望远镜里，而她毫不自知。

难道那晚因为一声猫叫而消失无影的人真有蹊跷？

闻唐与赵京安的合作渐渐步入正轨，看上去一切都井然有序。但对闻唐

Chapter 06
他们的过往

来说，也只是看上去而已，事情发展得太顺利反而让他觉得有些不大正常。

这天下午，闻唐刚与投资人开完视频会议，林良便急匆匆地冲了进来，将手里的平板电脑啪一下扔到他面前："你看看这个帖子。"

闻唐瞥了林良一眼，然后看向平板电脑，帖子的标题——《爆料：市三院院长滥用职权，剥夺病人人身权益，致使病人最终自杀》，似乎与自己毫不相关。

"这是什么？"他不咸不淡地问道，同时推开了面前的平板电脑。

半个月前，市三院发生一起自杀案。

据说，一名精神分裂症患者原定在当天出院，院方出具的各项指标也都达到了出院的标准，然而这位病人却突然因为不知名的原因发病，可院方仍坚持让其出院，无论家属如何央求都无果，甚至在病人家属无奈下跪的情况下，院方仍态度强硬要求病人出院。

就在当天夜晚，病人爬上医院顶楼跳楼自杀。

而在事发之后，院方为了掩盖真实情况，率先向病人家属发难。直到事情渐渐发酵，才被媒体曝光其中内幕——原来是院长为了腾病房给其他人。

这算是前情，最重要的是，院长与整个市三院都被推到了风口浪尖，被媒体和网友顺藤摸瓜扒了个底朝天。

"赖院长现在已经引咎辞职了。最新的情况是，下午市三院会发布声明，对整件事情做一个完整的说明。不过，我觉得网友不会买账，他们还在不遗余力地挖掘所谓的黑料。"

林良简洁明了说明事情原委，当初出事时他没怎么放在心上，没想到竟然发酵成如今这个局势。

闻唐双手交握在身前，慵懒地问道："所以呢？"

良久，林良才将自己的担忧说出来："万一他们查到了许欣然头上呢？你和许昌之间的关系本来就敏感，到时候免不得又是一波麻烦。"

"那就提前把麻烦切掉。"

"你说得轻松。我刚才看了下网络舆论，医院已经完完全全得罪了网民，他们不会善罢甘休的。如果现在要把许小姐接出来，不被注意还好，要是被注意到了，那炮火可就朝咱们这儿来了。"

闻唐沉吟片刻，吩咐林良："你去查查，究竟是什么人有这么大能耐能让赖院长不依规矩办事。"

林良张了张嘴，最后还是把自己的猜测咽了下去。

另一侧办公室内，温蕴方才见林良出去的时候便脸色不善，这会儿更是难看到了极点，但她一向不会主动问询，眼见林良又转身出去，她的注意力再度集中在电脑屏幕上。

她正在看的正是刚才林良报告的新闻，市三院忽然之间成了热搜常客，隔三岔五就被网友们送上热搜。她原本对这种新闻不感兴趣，不料在刷屏似的首页里随意点开一个帖子，就看到了闻唐的名字。

有人在一长串的回帖中不负责任地爆料市三院赖院长跟闻唐之间关系匪浅，不过显然大家对这则爆料并未放在心上，因为之后她翻遍了其他所有帖子，都没有再看到闻唐的大名。

温蕴想起闻唐去市三院住院部的事，他跟赖院长有没有关系她不清楚，但他跟市三院一定有关系。

他去见的人是谁？与这件事情有没有关系？这件事情闹得这么大，跟它有任何牵扯的人都不可能独善其身。

"林良走了吗？"

突然响起的声音吓了温蕴一跳，她迅速地关闭网页浏览窗口，站起来点头应了一声，没想到却惹来闻唐怀疑的目光。

"你看上去有点做贼心虚。"

"我没有。"

"你对任何事的反驳都这么苍白无力吗？"说话时人已经走近，闻唐倚着办公桌旁，浅笑着看她。

温蕴总觉得他每回这么盯着自己的时候就像在盯一个毫无防备能力的傻瓜，可这种目光又不带一丁点攻击性，甚至温和得令人无法避开。

Chapter 06
他们的过往

闻唐低头看了眼腕间的手表:"你和赵阳认识多久了?"

这句冷不丁的问话令温蕴瞬间手脚冰凉,她努力让自己面不改色,殊不知这细微的变化早已落入闻唐眼里。

"你是怎么知道的?"

"我对自己的保镖难道没有简单的知情权吗?"

"你调查我?"温蕴不由自主地提高了音量,可下一刻又立刻萎靡下来。这不是应该的吗?被调查这种事她不是没有碰到过,怎么偏偏从闻唐嘴里说出来就有种说不清的感觉呢?

"温蕴,我信任你。"

"信任"两个字重重地砸在了温蕴心里。

"你一早就知道我跟赵阳的关系,还假装一无所知,躲在边上看戏很有趣吗?"

"有趣不有趣另说,不过赵阳这个人太偏执,有些想法又很极端,你最好少跟他来往,免得被他影响。"

"这是你对受雇保镖的要求吗?"

"这只是我对你真诚的建议,我可不信你看不出来他有问题。"闻唐扬着眉,直起身体,"走吧,现在出发正好能赶上下班高峰期。"

温蕴一股气还堵在胸口没处撒,结果他竟然云淡风轻地转身走了,仿佛什么事都没发生过。

他平常就是这么撩拨人的吗?

果然车子开上主干道后就进入了拥堵的状态,温蕴又被办公室里那一出惹得心烦意乱,和她毫不掩饰的浮躁相比,后座的闻唐显得相当稳重。

"闻总今晚是去应酬?"温蕴从后视镜看向他,想起他离开办公室前说的最后那句话,难不成他是故意挑了这么个时间,好名正言顺地以堵车为借口迟到?

闻唐看着手机没抬头:"林良短时间内回不来,只能劳烦你等到结束。"

托闻唐时间选得好的福,他们赶到的时候足足迟到了四十分钟,闻唐相当有眼力见儿地自罚三杯。

温蕴扫了一圈在座的人，除了上回在高尔夫会所见过的曾利，其余都是生面孔。她眼皮忽然一跳，隐隐有种不好的预感。

温蕴自然没有上座，她坐在包厢角落里不动声色地观察着这一桌六人。角落里灯光很暗，有时候甚至会完全忽视她的存在。

酒局上的闻唐又是温蕴没有见过的一面，他应付这些得心应手，在场的其他人根本不是他的对手。

酒过三巡，终于有人进入了正题："闻老弟有没有听说城南那块地要开发一个度假村？"

闻唐扣下酒杯，装模作样道："你是指集酒店、购物中心、游乐场于一体的那个新型度假村？我听说还要在那儿造一座凯旋门，听着挺不现实的。"

那人再接再厉："开发商没来找过你？我怎么听小道消息说，对方在找合作酒店？闻老弟，有什么好消息别藏着掖着，这么大一块蛋糕，就算分点给别人吃，也还剩大半儿呢。"

闻唐依旧笑："张总，您从哪儿听说的这些小道消息？怎么我自己都不知道？"

对方脸色微微一变，气氛一下子变得有些僵。

连不知道其中门道的温蕴都听出来闻唐是有意敷衍了，在场的人个个都是人精，又怎么会听不出来？

"老弟，你这可就没意思了。这么大的项目，漏出些风吹草动是难免的事儿，这里都是明白人，就你揣着明白装糊涂。"另一个人随即开口道，反而是组这个局的曾利一直缄默不语，置身事外。

灯光下的闻唐看上去有些微醺，他把玩着酒杯，一脸似笑非笑。旁人无法揣测他的心思，只得频频对曾利使眼色。

温蕴这下明白了，难怪闻唐来时就兴致不高，还故意迟到，看样子是早知道这局没好事，可这些人又不能轻易得罪，只能硬着头皮应付。

久未出声的曾利轻咳一声，气氛缓和了一些，所有人的目光都转向了

Chapter 06
他们的过往

曾利。

曾利开口说的却是无关的事情,他扫视一圈,闲聊似的说道:"市三院的八卦你们都看了吗?我看老赖是越来越糊涂了,什么该干什么不该干都分不清了,这回恐怕是要被扒得皮都不剩喽。"他说完,抽了口雪茄,整个包厢内更加烟雾缭绕。

旁人不明白他为何突然扯到这个话题上,只能干笑着应和两声。谁知曾利矛头一转,又对准了闻唐:"听说你跟老赖有段时间走得近,这会儿老赖麻烦缠身,你可别去凑热闹,免得给自己惹一身腥。"

闻唐神色冷淡,似乎懒得回应曾利。

"对了,之前你不是问我,许瑞德是不是回国了吗?我最近听说他好像是回国了,正在找他失踪的妹妹呢。他那个妹妹,当初那么喜欢你,对你死缠烂打不放手,失踪这么久了,真没跟你联系过?"

闻唐眉头微微蹙起:"曾总在跟我开玩笑?我跟许小姐之间从来都是清清白白的,你可别胡说八道,坏了我的名声没关系,可不能坏了姑娘家的名声。"

曾利夹着雪茄的手指扬了扬,朝旁人笑道:"瞧瞧,我们闻总可是个重情重义的人,到现在还护着人姑娘呢,难怪那么多姑娘对闻总前赴后继、死心塌地的,你们都学着点儿。"

也不知曾利是有意还是无意,在那之后没人再提起关于度假村的项目,闻唐一杯接着一杯不要命地灌酒,酒局结束时已经将近凌晨。

温蕴边开车边观察后视镜内的闻唐,刚才他在卫生间吐了很久,出来时整张脸都白了,一看就知道十分难受。

她送闻唐回家时,看到林良等在公寓门口,不禁有些讶异。林良抢先一步从她手里扶过闻唐,责备道:"你怎么让他喝这么多酒?喝出问题了怎么办?"

温蕴一时哑口无言,只能眼睁睁看着林良把人送进卧房。

林良打发走温蕴再回去时,闻唐已经坐起来,闭着眼睛靠在床头,屋内的灯光不够明亮,更显得他的面色苍白。

"怎么样了？"闻唐声音沙哑。

"曾利。"林良不急不缓地说出两个字，但闻唐没有任何反应，好像早料到了似的。

"原来是他啊！"

"今晚他在酒局上为难你了是吗？我就知道他没安好心，当初你刚回国创业的时候，他没少暗中使绊子。他到底想干什么？咱们也没有得罪过他啊，不是一直好好地巴结着他吗？他图什么？"

林良也没想到竟然是曾利找到赖院长，请市三院空出一个病房给他患有精神疾病的好友，如今事情搞大了，赖院长成了众矢之的，曾利在这件事中却毫无姓名。

赖院长自然不会供出曾利，可因此牵扯出了大批其他与此事无关的人和事。

"今天曾利在饭桌上突然提到许欣然，结合他和赖院长的这些关系，看来有一件事他没说谎——许瑞德不仅回国了，还被他保护得很好。"

闻唐揉着眉心，呵出来的气息还带着尚未散去的酒气。

"许昌还在世的时候也没听说他跟曾利的关系有多好啊，他那么帮许瑞德到底想干吗？许瑞德不过就是一个刚毕业的毛头小子，能带给他多少利益？"

林良不由自主地提高了音量，被闻唐淡漠地瞥了一眼，又悻悻地闭嘴。

"许瑞德能带来的利益可不少，比如，再引一波舆论，就能搅得我不得安宁。"

"他想利用许瑞德来对付你？难道他也想从度假村项目中分一杯羹？"

"现在整个行业都盯着这块大饼，谁不想？"闻唐沉默了片刻，说道，"既然曾利盯上了赖院长，说明他已经知道许欣然在市三院，不过他一向小心谨慎，不会把鸡蛋放在一个篮子里。既想牵制住许瑞德，又想利用他来对付我，我猜曾利应该没有告诉许瑞德他妹妹的下落，两头搅和。"

林良不禁点头附议，这的确是曾利的作风。

Chapter 06
他们的过往

天蒙蒙亮时,温蕴被屋外一阵急促的刹车声吵醒,之后便再也睡不着了。

酒局上的一切仍旧记忆犹新,"许小姐"几个字恰好被固定在她脑海深处,曾利口中的许小姐,难道是许昌的女儿?

她心里莫名地烦躁,索性起床打开电脑,尝试搜索"许昌"二字,诸多不知真假的八卦新闻瞬间充满整个屏幕,她很快就在一大堆信息中找到了"许欣然"三个字。

许昌有一双儿女,儿子许瑞德在父亲出事时还在国外留学,女儿许欣然在父亲出事后不知所终。当初有人猜测许欣然可能是被闻唐藏起来了,原因是在闻唐还没入主环球酒店时,许欣然曾对他穷追不舍,两个人的关系十分暧昧。

难怪曾利会提起这事儿,但看闻唐不知真假的维护态度,至少说明当初他跟许欣然之间并没有闹天大的矛盾。

温蕴总觉得闻唐身上背着不为人知的秘密,那个秘密深处是一片无人窥探的黑暗禁地,只有他一个人在那片禁地里徘徊。

真正的闻唐究竟是什么样的呢?

天亮的时候,工作了一晚上的赵阳总算得以回家,他用力吸了一口清晨的新鲜空气,懒洋洋地伸了个懒腰,一扭头就看见一身跑步装备的温蕴正站在自家小区门口高大的槐树下,目不转睛地盯着自己。

"你跑步的路线什么时候贯穿到这里了?"赵阳扭动着僵硬的脖子,语气也比平时轻松许多。

"我特意来找你的。"温蕴说。

"不躲我了?"

温蕴一愣,原来他早看出来了?

"放心,我没有责备你的意思,你现在是闻唐的保镖,和我保持距离总归不是坏事,要是他知道我和你的关系,保不准不会像之前那样信任你。"赵阳怕她误会自己,又解释了一番。

温蕴没有告诉赵阳其实闻唐早就知道她的底细了，反正闻唐从来没有打心底里真的信过她，她甚至觉得，除了林良之外，他在工作上谁都不信。

"你知道许欣然吗？"温蕴直接切入正题，如果赵阳对闻唐调查透彻的话，一定知道跟闻唐有关的所有人。

果不其然，赵阳的笑意微微一收，反问道："这个人怎么了？你见过她了？"

"昨天有人在酒桌上提到这人，她以前跟闻唐是恋人关系？"

"恋人关系谈不上，应该是女方单方面的追求，不过听说闻唐从来也没有明确拒绝过，所以才让许欣然误以为他们是两情相悦的。她也真是单纯，那时候正是闻唐创业的关键期，她这么好的一个利用对象，闻唐怎么可能放弃？所以说，女人一旦被爱情冲昏头脑，智商就会变为负数。"

"那她现在在哪里？"

赵阳摊手耸了耸肩："这你就要去问闻唐了，许昌出事后她就不见了，兴许闻唐会知道她的下落。"

温蕴听出他话里的嘲讽。结合赵阳和昨晚那些人的话，不难猜出现在没人知道许欣然的下落，但他们都认为是闻唐把她藏了起来。可听赵阳的意思，闻唐对许欣然并没有男女间的意思，他为什么要藏她？

她脑海里忽然闪过闻唐在市三院病房里的某个片段，呼吸微微一窒。那次闻唐从病房出来后整个人比进去之前阴郁许多，难道那里面的人……

"许昌……就是许欣然的父亲，他当初对女儿追求闻唐是什么态度？"

"当然是强烈反对。许昌这种久经沙场的老狐狸怎么可能看不出闻唐的心思？他当然不会让女儿跟那种人走得太近。"

温蕴顺着他的话推测："但是许欣然对闻唐一往情深，不顾父亲反对，坚持要跟闻唐在一起，所以那会儿许欣然跟父亲之间的关系已经十分僵了？"

赵阳会心一笑，戳了戳她的脑袋，竖起大拇指："不愧是曾经干过刑警的人，脑袋转得挺快。"

Chapter 06
他们的过往

"除了事业上的恩怨之外,闻唐和许昌是不是还有什么私人恩怨?"温蕴打量着赵阳,并不认为赵阳会对自己知无不言。

果然,赵阳笑容一敛:"温蕴,你知道规矩,有些事情我不能说太多。"

"明白。"看来只能靠自己了。

温蕴去找赵阳时向林良请了两小时假,但没想到回去之后不仅没看到林良,连闻唐都没了踪影。秘书说,闻唐带着林良一早就飞往隔壁市了,起码三天后才会回来。

这个消息来得猝不及防,直到中午时,温蕴才收到林良发来的消息,让她放假三天。

突如其来的三天假期,令温蕴总算能空闲下来,好好理一理目前的思绪。她算了算时间,距离下一次记忆重置还剩下四天,正好能赶上闻唐回来。

许昌跳楼的那个房间以前一直是他的私人房间,只有他一个人使用。自从他死后,房间就一直空着,楼层的保洁人员每周进去打扫一次,其余时间想要进入都必须事先请示林良。

因为温蕴是闻唐贴身人员,所以当她要求进入房间时并未受到阻拦。

房间内的窗帘拉得严严实实,温蕴站在房门口,让视线逐步适应屋内的黑暗。

"你在这儿干什么?"

背后冷不丁地响起一声质问,她被吓了一跳。她迅速转身,见来人是赵京安后,心里微微松了口气。

赵京安站在门外双手抱胸,脸上带着诧异的探究神情,她大概没有想到居然会在这个房间内见到温蕴。

温蕴思量片刻,迟疑地解释道:"我想看看这房间是不是有问题。"

这话完全无法令人信服,连她自己听了都觉得牵强,更不可能糊弄赵京安。

赵京安左右看了看,然后进入房间,同时咔嚓一声关上了房门,将外面的世界隔绝。

这个四十五平方米的房间内瞬间安静得像变成了另外一个世界。

温蕴仍旧杵在那儿没动,她习惯敌不动我不动,等着赵京安下一步的动作。

赵京安哗啦一下把窗帘拉开,房间里瞬间明亮许多,温蕴抬手挡了挡眼睛,好一会儿才适应突如其来的亮光。

"说吧,为什么突然对许昌感兴趣了?"

温蕴张了张嘴:"我没有……"

"这个房间以前是许昌在酒店的私人房间,他死后就再没有使用过,你特意来这里,难道不是对许昌的死感兴趣?"

赵京安说得头头是道,温蕴根本无法反驳,只好如实交代:"昨天我碰见两件事:第一,我在关于市三院的新闻八卦里看到有人爆料闻唐和赖院长有猫腻;第二,在晚上的酒局上,有人提到了许欣然,也就是许昌如今不知所终的小女儿,听说他的哥哥许瑞德现在正在到处找她,有人猜测是闻唐把她藏起来了,而这关乎两个月前发生在这里的命案。"

"所以你想调查这件事情?"

温蕴摇了摇头:"我没那么有能力去调查这件事情,我只是不希望当有脏水泼来的时候他毫无应对。"

赵京安忽然动容,表情总算缓和了一些,可带着探究的审视目光仍未完全褪去,她警告温蕴:"闻唐待你好,但是你并不知道他的脾气。温蕴,别去做跟自己无关的事情,如果他知道你在背后做这些事情,不见得会高兴。"

"我明白。"

"但是我认同你的观点,不能打无准备的仗,所以这件事就当没有发生过,我没有在这里见到你,而你想做的也与我无关。"赵京安轻轻耸了耸肩,做无所谓状,"你想为他做些事总归是好的。"

"你不怀疑我吗?"

"你是他选定的人,我为什么要怀疑你?"

Chapter 06
他们的过往

温蕴不知该说什么,从赵京安身上收回视线,抬头环顾房间内的角角落落。

这个房间在结案后被收拾一空,许昌留下的东西都被收进了衣柜里,桌面上干干净净的,乍看之下犹如空房。书桌在窗边,转椅底下有一片还没来得及修补的烟洞。

温蕴又走到窗边,推开玻璃窗。这栋楼毗邻公园,平时经过这里去公园散步的人不少。

她问赵京安:"许昌就是从这里跳下去的?"

"是的。"

等看得差不多了,两人才将房间恢复原样,一前一后走了出去。

赵京安低声叮嘱:"你最好不要让闻唐知道你进来过这里,他那脾气,指不定会对你发火,多一事不如少一事,你自己机灵一点。"

温蕴点头:"好。"

可赵京安见她一副耿直模样,一点也不像是能够在闻唐面前机灵地全身而退的样子。

"京安姐,闻唐和许昌的关系一直都很差吗?"

"刚开始还是好的,不过商人嘛,涉及利益问题的时候哪儿还能和和气气的。闻唐也很冤枉,人不是他杀的,可他当时一直背负着凶手的骂名,现在事情虽然已经平息,但暗地里觉得他杀了许昌的人还是不少。"

温蕴又问:"我刚来的时候,曾经跟闻总一起去过一次市三院,但闻总不让我靠近病房,那里面住的是谁呀?"

赵京安的脚步倏然顿住,她转头看向温蕴:"我明白你想替他做事的心,但是温蕴,你要清楚自己的身份,你只是他的保镖而已,关于他的私事,你最好不要探究太深。好了,我先走了,你可别惹出什么事来,凡事三思而后行。"

赵京安一再警告,可见她对温蕴插手这件事并不赞同,可她并不阻止,把自己完完全全当成了局外人。

温蕴躲进消防通道点了根烟,在脑海中把刚才看到的房间布局又过了一遍。屋内没有打斗痕迹，而且当初法医应该做过尸检，排除了其他致死原因，所以跳楼致死的可能性非常大。

她猛地吐出最后一口烟，摁灭烟头，打卡走人。

林良放了她三天假，也就是说她有三天时间来调查这件事。

温蕴到达市三院的时候，门口依然围堵着大批记者，还有几名出事病人的家属举着牌子要求讨回公道。

温蕴不想惹人注意，在医院外找了一圈，从一个角落翻墙进去。

与大门外的情形相比，住院部里风平浪静。她循着记忆来到住院部三楼，正要找病房的时候，突然被一名护士叫住了。

"你是谁？来找谁？"

温蕴深吸一口气，镇定地说道："我是受闻唐闻总所托来看望病人的，就是那间。"她指了指当初闻唐进去的那间病房，心里祈祷着可千万别露馅。

谁知护士冷冷地说："现在不是探病时间，谁托你来的都不行。"

温蕴提着的一口气瞬间憋了回去。

Chapter 07
八年前的案件

H市。

林良跟着闻唐从医院出来,察觉到闻唐身上那股阴沉的气息,识趣地一言不发。

这回来H市,除了参加当地酒店的金钥匙仪式之外,还有一个重要的目的——拜访国内目前最权威的脑科专家。这位由宋清远介绍的脑科专家在脑科专业领域有过许多瞩目的成就,还曾远赴美国与美国专家共同进行相关科研。

然而当闻唐将温蕴的大致情况告诉对方后,对方却表示束手无策。这种案例目前闻所未闻,对方自然无法轻易做出判断,只是建议闻唐先带温蕴做一个详细的脑部检查,以便具体判断引起记忆重置的原因。

林良担心闻唐受打击,自作聪明地安慰道:"宋医生不是还介绍了其他专家吗?我们一个个拜访过去,说不定其他人有办法呢?世上无难事,只怕有心人啊，老板。"

后座的闻唐置若罔闻，低头与宋清远交代情况。

林良又建议道："其实我看温蕴现在过得也挺好的，也许人家压根没有想要治疗呢？别到最后我们变成了多管闲事。"

闻唐忽然扫了他一眼，恰好被林良在后视镜捕捉到，他微微一抖，露出了讨好的笑。

"你什么时候变得这么聒噪了？"

"我还不是担心你心里不舒服。"林良小声嘟囔了一句。这时，他的手机传来消息提醒声，他一看，脸上的笑意悉数收敛。

"老板，许昌那个房间，你准许温蕴进入的吗？"

闻唐指尖一顿，不动声色地问道："怎么了？"

"刚才客房部的经理告诉我，温蕴擅自进了那个房间，楼层服务员以为是你授意的，所以就给她开了门。经理不放心，让我来确认情况。"

"嗯，就当是吧。"

林良瞪大眼睛："老板，你现在可是一点原则都没有了，你就不怀疑她没安好心？好端端地进那地方干什么？"

"闭嘴，开你的车。"

闻唐盯着手机屏幕，良久，才从联系人列表中找出一人，发出一条消息："今天有人探视？"

手机屏幕暗了下去，骨节分明的手指慢条斯理地敲着手机，他淡然地看向车窗外一闪即逝的风景。

傍晚时分，守在市三院门口的记者渐渐少了起来。温蕴躲在住院部楼下的角落里，不甘心就这么回去，打算再找机会上去。她的运气不错，趁着医护人员交接班的档口，她又偷偷溜上去三楼一趟。

这回刚到转角处，就见那个病房门开着，护士小心翼翼地扶着一个女孩

Chapter 07
八年前的案件

出来。那个女孩看上去比温蕴还要小几岁,脸色苍白,整个人怏怏的,眼神空洞,像是失去了灵魂。

温蕴怔在楼梯口,呆呆地看着女孩被护士扶到另一个诊疗室,再也没有出来。她的心脏扑通扑通地跳动着,越跳越快,像是要从嗓子眼里蹦出来似的。

闻唐先前来看的人就是那个女孩,可她是谁?她会是许欣然吗?

"你怎么又来了?跟你说了,不是探病时间不准上来。"之前的护士注意到温蕴,面露不耐烦地赶人。

温蕴看了护士一眼,转身下楼,从原路返回。

温蕴花了一整晚的时间全网搜索了许昌的名字。

在海城的酒店业内,许昌也算得上有头有脸,环球酒店是海城第一家五星级酒店,在当初可谓风光无限。那时,海城的酒店协会会长还是许昌,而曾利只不过是个刚从房地产跨界到酒店业的新手。

许昌的对外形象一直极为正面,然而有一件事,却是他怎么都无法抹去的人生污点。

八年前,在环球酒店内发生了一起骇人听闻的诱奸女大学生案件。起初,酒店的负责人许昌被指认为嫌疑人,但他的嫌疑很快就被洗清。虽然最后证明事情并非他所为。

据说,当初真正的嫌疑人是位大学教授,可后来因为受害的女大学生突然在警方立案前销案并消失无踪,这起案件最后不了了之。即便如此,那位大学教授因为受到了舆论波及,不仅丢了工作,最后甚至无法在海城立足,不得不举家搬迁,也跟着消失了。

然而许昌暗地里做过的事情举不胜举,温蕴不确定他的死是否和八年前的那件事有关,而且八年前的案子也很蹊跷,报案销案如同儿戏,若说其中没有猫腻,显然不可能。

温蕴依稀记得日记里提过,当初自己刚进警队的时候,带自己的是位即将退休的老刑警,叫老汪。老汪为人正直,教导她的时候也是尽心尽力。

八年前……老汪应该还在警队。

温蕴打听到老汪和老伴儿住在海城市中心那带的城中村。

老汪见到温蕴喜出望外："真没想到你还记得我。你这姑娘，当年进警队的时候就倔得很，后来又走得那么坚决，我还以为你出什么事儿了。"

对温蕴来说，眼前的人是只存在于日记里的，她勉强笑笑，说："这么多年不见，难得您还记得我。"

"你说的是哪里的话，当初你们几个新人里，你是最机灵的那个，不做刑警可惜了。现在在哪儿高就呢？"

温蕴尴尬地把话题绕了过去，直接问："我有件事想请教您，所以……"

"请教不敢当，有什么事你直说吧。"老汪豪爽地说道。

"八年前，发生在环球酒店的女大学生诱奸案，您还有印象吗？"

茶室里突然安静下来，老汪沏茶的动作随之一顿。

"你怎么突然对这个感兴趣了？"

"当年那位大学教授后来怎么样了？"温蕴直接避开了他的问话，佯装随意地问。

老汪放下茶杯，仔细打量温蕴："你也是在警队待过一段时间的人，应该知道规矩。"

有关案件的信息不能随意泄露。

温蕴只能试探性地问："您就当是和朋友之间的闲聊，也不可以吗？"

"听说在第二年移民了。"老汪冷不丁地说道，温蕴立即了然。

"许昌跟那位大学教授认识吗？"

"应该不认识吧，认识的话岂不是尴尬了？"老汪慢悠悠地喝着茶。

"我看了相关报道，当时那个受害者为什么突然销案了？"

103

Chapter 07
八年前的案件

老汪耸了耸肩，无奈地说："谁知道呢，也许是收了什么好处，让她改变心意了吧。"

"那个教授给的？"

"怎么可能？那教授为人正派，当初传言四起的时候，他连门都不出了。说来也奇怪，案发那天，偏偏他刚好就进了那间房间。一开始那女学生根本没有指认教授，而是案发后隔了两天，又突然跑来说是教授所为，总之前前后后口供不一，疑点重重。"

从老汪的语气里能够听出他似乎并不认为事情是教授做的，反而对那个前后口径不一的女学生颇有微词。

"您知道那个女学生的下落吗？"如果直接问女学生的姓名，老汪一定不会如实相告，温蕴只能退而求其次。

老汪摇了摇头："不知道，听说一毕业就出国了，不知道现在回来没有。你想翻八年前的案啊？难，太难了。"

"难？"

"你想啊，和案件直接有关的三个人，一个死了，两个下落不明，你想怎么查？温蕴啊，我虽然不知道你在蹚什么浑水，不过这种不光彩的事情再翻出来，即使你的出发点是好的，对当事人也无异于二次伤害，你仔细想想。"

虽然老汪的话很中肯，可温蕴已经开始了，半途中止不是她的风格。只是当她再继续问下去时，老汪便再也不肯多说了。

和老汪告别后，温蕴又绕到市图书馆，在报纸阅览室里昏天暗地地查找了一整个下午，总算找到了八年前的报道。

那个女大学生名叫赵婷，就读于理工大学，而涉事的大学教授则任职于海城大学，名叫闻仲天。

闻这个姓并不常见，在温蕴认识的人里，只有闻唐。

她心里蓦然一惊，霎时浑身冰冷。八年前的那起诱奸案中，闻仲天几乎被

104

坐实罪行，八年后许昌突然自杀，闻唐从他手里收购了当年发生案件的酒店，这其中真的没有关联吗？

怎么可能没有关联，这世上哪儿会有这么巧合的事情？！

温蕴几乎是失魂落魄地走出电梯。走廊的感应灯坏了，物业一直没安排人来修，她在背包里翻找钥匙的时候，身边忽然闪过一个人影。她正要出手，对方却比她快了一步，用力擒住她的手腕，把她推到墙上。

"是我。"

刚要发力的双腿顿时就不动了，温蕴怔了怔，脱口而出："闻总？"

尽管在昏暗中看不清对方的五官，可凭借他周身散发出来的气息以及声音判断，的确是闻唐无疑。

闻唐没有放开她，她被他圈在墙上，两人的身体紧紧地贴在一起。

温蕴觉得这个姿势实在不雅，小心翼翼地用另一只手推了推他："林助理不是说你们出差要三天吗？你怎么提前回来了？"

闻唐低头靠近她，在即将擦过她的嘴唇时，忽然方向一偏，抵在了她耳边。温热的气息吹在她的耳后，令她浑身一颤，心里瞬间变得酥酥麻麻，这种感觉前所未有。

"你好像不是很乐意见到我？"

"没、没有，怎么会呢？你有什么要紧的事情？不如我们进去说？"温蕴被他这么贴着，紧张得仿佛心脏都要停止跳动了。

"没上班的这两天你都做了些什么？"他又沉声问道。

温蕴有些发蒙，不懂他这是什么套路："见、见了老朋友，去图书馆看看书。"

"什么老朋友你还记得？"

她心虚地答道："总会记得那么一两个。"

"哦？"他拉长了音调，手指在她的腕间摩挲着，"听说你去看了许昌的

105

Chapter 07
八年前的案件

房间?"

温蕴心里咯噔一下。果然,该来的总是会来,想来想去,除了这件事,其他的应该也不劳他亲自过来审问。

她挣扎了一下,想编个圆满的解释,不料他又继续问:"还去了市三院?"

他在她身上装了追踪器吗?怎么什么都知道?

"怎么不说话了?"他低头看向她的侧脸。

"您可真是明察秋毫,什么都逃不过您的眼睛。"

"这个成语是这么用的吗?"

"这是重点吗?"

闻唐似乎轻轻笑了笑,终于放开了她:"既然你对我这么关心、这么好奇,那以后除了晚上睡觉,你都跟着我。"

"什么?"她惊呼道。

"不满意?难道你连睡觉都不想跟我分开?"

温蕴实在没有料到闻唐会提前回来,而且还是一个人——他把林良丢在H市处理后续事宜,自己连夜赶飞机回来了。

一开始,温蕴还以为海城有什么要紧的事情等着他处理,结果第二日,他居然一整天都待在办公室里无所事事,让她不禁怀疑他是不是故意回来监视自己的。

她去了许昌的房间,又去了市三院,以闻唐的敏锐性,不会不知道她心怀不轨,但他什么都不说,什么都不做,这就让她十分心虚了。

所谓敌不动我不动,闻唐一动不动,温蕴一时不知道接下来该如何行动。而且闻唐说到做到,果然到哪儿都带着她,她在工作时完全脱离不开闻唐的视线,没了自由空间。

林良回来后发现这个现象,把温蕴偷偷拽到一边问:"你跟老板之间发生什么事了?"

温蕴淡定地说:"什么都没发生啊。"

"那你们之间感情发展得这么迅速?都快到如胶似漆的地步了。"

"那是闻总器重我。"温蕴干巴巴地笑了两声,眼见林良看自己的神色越发诡异,立即闭了嘴。

"温蕴,你最好没对老板做出什么奇怪的事情来,不然你就死定了。"

当晚,闻唐撇开林良,吩咐温蕴开车,而当他说出目的地时,温蕴整个人都惊呆了。

他居然要去市三院?现在凡是与市三院有瓜葛的人唯恐避之不及,他居然还主动凑上去?

"怎么了?不认路?"见温蕴迟迟没有发动车子,闻唐戏谑道。

温蕴踌躇了一下,小心翼翼地问:"闻总,你平常看八卦吗?"

"关于我的吗?"

"有些是关于别人的,有些是关于你的。其实很多人明明心里知道许多八卦报道都是记者胡编乱造的,但他们还是会跟着节奏走,所以……"

闻唐饶有兴致地看着她:"你到底想说什么?"

"就是……我之前在网上看到,有人说你跟市三院的赖院长有些渊源,怀疑你跟他之间有猫腻,而且那边现在被人盯得紧,你这种时候去不太好吧?"

说完,温蕴长长地松了口气。不知怎么的,自从昨夜他们有过那种暧昧的举止之后,她对闻唐的感觉就变得有些不一样了。

"我行得正坐得直,有什么不好的?别废话了,开车。"闻唐笑呵呵地说着,可眼里全无笑意,温蕴完全判断不出他究竟是什么心情。

市三院门口的情形与温蕴上回来时差不多,车子缓缓靠近的时候,有人认出了闻唐的车,下一刻,蹲守的记者悉数朝车子冲来,拦在了车前。

温蕴有些为难。闻唐开口道:"不用管他们,继续开。"

好不容易蜗牛似的爬进医院,那群记者早已准备好"长枪短炮",等着

107

Chapter 07
八年前的案件

"伺候"他们。所幸医院的保安出来得及时,拉起人墙堵住了那群记者,才让温蕴护着闻唐进了住院部。

"现在不是探病时间,为什么你能进来?"温蕴又碰到了上回两次赶自己走的护士,可这回护士见到闻唐什么话都没说。

闻唐半真半假地说:"我提前预约了。"

"是不是你一早就知道我会来这里,所以事先联系院方赶我走?"

"原来我在你心里是这么神通广大的形象!"闻唐抿着唇轻轻笑着,温蕴不禁有些看痴了。上回他来时,神色淡漠,全身被阴郁的气息笼罩,这回却是天壤之别。

到楼梯口时,温蕴识相地停了下来,打算像上次那样等他回来,哪知闻唐忽然握住她的手腕,把她往前一拖,说道:"你不是想知道那里面住的是谁吗?"

"我没有。"她下意识地反驳。

"那就当作是我想告诉你好了。"

她一时有些不明白他的意思,心里立刻警惕起来。

推开病房门的一刹那,刺鼻的药水味扑鼻而来,温蕴忍不住皱了皱眉,但仍是比闻唐往前多走了半步,把他护在自己身后。

闻唐看她这副紧张的样子,不免觉得好笑,眼神也不知不觉柔和下来,他把她往后一带:"放心,这里安全得很。"

温蕴的视线扫过屋内的角角落落,在她看来,这里不像是病房,更像是监狱。

躺在病床上的人一动不动,好像根本没有听到门口的动静。

闻唐走到床边,熟稔地拉开椅子坐下。温蕴随着他的视线往床上看去,那女孩看起来比上次精神更差了,她半合着眼睛,好像动了动嘴唇,却半天没有发出声音来。

进入病房之后,时间仿佛都静止了,耳边再也没有多余的声音。

温蕴看着闻唐坐得笔直的身影，心里闪过一丝酸楚。过去他每回来，也都是这么坐着静静地看着床上的人吗？他们之间毫无交流，可他看她看得专注而认真。床上的这个人，是他曾经的爱人吗？

直到他们离开，床上的女孩都没动一下，甚至连眼睛都没有完全睁开。温蕴的脚步突然之间变得无比沉重，她跟在闻唐身后，心情莫名地阴沉。

温蕴有些心不在焉，手刚碰到车门把手，就被闻唐拉了回去："我来开车。"

"你不是不开车吗？"她记得他说过，自从那次事故之后，他就不再开车了。

闻唐朝门口那些蹲点的记者瞥了一眼，说："待会儿这些人恐怕会跟上来，你做好心理准备。"

为什么要做心理准备的人是她？她心里藏着诸多疑问，就这么被他按进了副驾驶座。

闻唐显然对被跟车这种场面十分熟悉，应付起来得心应手，没费多少工夫就把记者们甩出了老远。

"那个女孩子……是谁？"

"你不是知道得挺多吗？猜猜看。"他一手把着方向盘，一手搁在车窗口，冬日的风从窗口吹进来，整个车厢瞬间变成了冰窟。

温蕴一时摸不准闻唐的心思，她实在不擅长揣测人心，尤其是闻唐这种从来不会把真心放在脸上的人，可其实……答案已经十分明了了。

"许欣然？"这三个字从她嘴里冒出来时，她自己都觉得不可思议。

然而再看闻唐，毫无讶异的神情，其实他根本就是想试探她究竟知道了多少吧？

"猜得真准，你适合去买彩票。"

"你喜欢她吗？"

闻唐瞥了她一眼，轻笑道："你为什么会有这种想法？"

Chapter 07
八年前的案件

"你好像很紧张她。"

"温蕴,你为什么突然之间想调查我了?"他问得云淡风轻,既无压迫感,也不会让人感到惶恐。

"只是突然对你有些好奇。"

"真的只是突然好奇吗?不是你那位私家侦探好朋友委托你的任务?"

冷不丁地,这句话刺进温蕴耳里,令她浑身一颤。

"你在怀疑我?"

"当然不,你是我花钱请来的保镖,理论上讲,你是我最该信任的人,我没有理由怀疑你。"闻唐又是这种模棱两可的态度,"你还记得吗?我对你说过我聘用你的原因。"

"因为我的记忆容纳不了那么多内容,所以你才放心地让我知道这些?包括许欣然被你藏在市三院这件事?"

可他明明知道,即使她会忘记这些事情,但每一件她都会事无巨细地写下来,白纸黑字是不会像记忆那样凭空消失的。

闻唐闻言摇着头失笑:"你看不出来我是在拉拢你吗?"

温蕴没想到等来的会是这个答案,一时间没有做出任何反应。

"温蕴,成为我的人吧,到我身边来。"

所有的思绪都空了,闻唐的声音仿佛来自遥远的彼方,像优美的旋律般挤进她的脑海,随即到达心尖。

明明知道闻唐的意思,可温蕴心里居然萌生出了一种从未有过的心动。

心跳扑通扑通地加快,脸颊渐渐发烫,她一时间有些无措。

闻唐把她送到公寓楼下,漆黑的车身很快在夜色中消失得无影无踪。

温蕴正要进楼时,突然感到一道疾风闪过,一只手想从背后制住她,她当即一转身,利落地抓住来人,反手扣住对方的手腕,一脚把那人踢趴在地上。

"你是谁?"她看清来人,似乎有些眼熟。

那人还在挣扎,奈何温蕴手上力道之大,饶是一个大男人,也束手无策。

"不想说是吗?那我现在就报警,我们当着警察的面把话说清楚。"

她话音刚落,一道反光猛地刺进她眼里,手腕上传来一阵刺痛,那人飞速地逃离了她的掌控。

温蕴想追,奈何那人飞快地冲进停在门口的车里,随即迅速不见了。

她是被人盯上了吗?那人是从什么时候开始跟着她的?难道是一路从市三院跟过来的?而且那人的确有些眼熟,可温蕴记不起究竟在哪里见过,唯一可以肯定的是,既然她会觉得眼熟,就一定是在一个月内见过的人。

会是在哪里见过呢?她用力拍打着自己的脑袋,努力地回想起来。

海城的另一边,闻唐回到家里,将车钥匙随手一扔,发出咣当的响声,比他早到的林良盯着钥匙看了一会儿才问:"你自己开车回来的?温蕴呢?"

闻唐懒得多说废话,边扯领带边问:"资料呢?"

"都在这里了,这是宋医生和H市那位专家都推荐的脑科医生。不过有一点不太好办,他现在在慕尼黑,短时间内不会回国。"

林良把整理妥当的资料放到茶几上,看到闻唐疲惫的神色,不满地说:"你这么替温蕴找医生,她领情吗?就算找到最好的医生替她治疗,也要她肯配合才行,否则我们现在做的都是无用功。"

他并不认为温蕴得知这件事情后会喜出望外,反而会觉得自己的隐私被冒犯。

"这件事不急,眼下还有件更要紧的事情。"

林良以为闻唐要说许欣然的事情,立即接口:"已经安排人在医院守着了,那些记者靠近不了她。"

然而,闻唐说的却是另外一件事:"温蕴已经开始着手调查八年前那起案子了,你探探她调查到什么程度了。"

林良的眉头紧紧地皱了起来:"就知道她没安什么好心,那个赵阳一直

111

Chapter 07
八年前的案件

　　针对你,她又是赵阳多年的好友,两人串通一气,就为了这个?"
　　"别胡乱脑补,她应该不是那种人。"
　　"那她是哪种人?你才认识她几天?"
　　闻唐摇了摇头,不想忍受林良的聒噪,三言两语把人打发走了。
　　他才认识她几天?他认识她,已经很久很久了。

Chapter 08
他们的年少时光

高二那年,闻唐是整个班乃至整个海城中学的优等生,考试从来没有跌出过年级前五名。他从小到大优秀惯了,习惯站在人群之上,与那些在他眼里的平庸生划开清晰的界限。他从小就有从骨子里散发出来的骄傲,在少年时期尤甚,所以那个时候的他身边是没什么朋友的。

他也从不认为自己需要朋友,若非要说,也仅有那么一两个能说得上话的人,当时的莫庭就是其中之一。

莫庭是跟闻唐性格截然相反的人。闻唐不喜交际,沉默寡言,即使是同班同学,有时也会觉得闻唐成熟得压根不像是他们的同龄人。莫庭就不同了,他能言善辩,口若悬河,成绩虽算不上顶好,但总能维持中上水平,因此深得老师和同学的喜欢。

当初他们两个能成为朋友,着实跌破了一众同学的眼镜。

那年九月开学,夏天的燥热还未散去,闻唐坐在教室最后排靠窗的位子,

Chapter 08
他们的年少时光

懒洋洋地听着班主任介绍新来的转学生。

温蕴那时还不叫温蕴,叫温如蕴,听上去十分诗意的名字,跟她不开口时的长相十分相称。所有人都以为她是个文文静静的女孩子,在学校里,她端端正正地扮演着好学生的角色,没有人察觉到她的异样。

直到十月底的某一天,闻唐在一家小众品牌店遇上了温如蕴。

他一直记得,那天阳光热辣,照得人格外心神不宁,他随母亲在店里挑选东西,安静的店里飘着的古典乐。在这样安静的光景里,店门口的防盗器忽然之间爆发出了刺耳的警报声,环绕在店里的每一个角落。

那个时间点,店里的顾客并不多,他随母亲过去看时,愣住了。

他记得那个女生,可不就是一个月前才转到班上的女同学温如蕴吗?

温如蕴被店员拦在了门口,店员没费周折地就从她身上搜出了没有结账的物品。

"这位同学,是不是忘记买单了?"直到这时,店员还在替她找理由弥补,可温如蕴好像对此并不领情。

"哦,我没有钱。"一个完全出乎大家意料的回答,甚至语气里没有一丝抱歉。

"你这种行为是不对的哦。"

"这种行为叫偷东西吗?那你应该报警抓我啊。"她眼睛弯弯的,露出天真的笑容。

这句话让店员骑虎难下,最后只好把店长请了出来。

半个小时后,温如蕴的父亲赶到店里,当场给了温如蕴重重的一个耳光。闻唐在店长办公室外盯着里面的女孩子,她脸颊上一片通红,淡漠地靠着墙壁,不哭也不闹。

自那之后,闻唐对温如蕴就多了一份关注,她在学校里是个彻底的好学生模样,根本看不出来私下会干偷鸡摸狗的勾当。

有一天,莫庭突然神秘兮兮地凑到他跟前问:"你觉得温如蕴怎么样?"

闻唐向来没兴趣对他人评头论足,白了莫庭一眼,一言不发。

"我挺喜欢她的。你说我要是追她,她会答应我吗?"

闻唐没想到莫庭居然对温如蕴动了这样的心思,心里没来由地憋了一口气:"高中生谈什么恋爱?"

莫庭嗤笑一声:"高中生怎么了?明年我们可就成年了。"

于是,全班同学都知道了莫庭喜欢温如蕴,可身为事件的女主角,温如蕴不解释,不表态,仿佛对此毫不在意。

高二寒假前夕的某节体育课,闻唐打完篮球提前回了教室,发现温如蕴也在教室里。

偌大的教室里,只有他们两个人。大半学期过去了,两个人从来没有说过一句话,温如蕴与其他同学相处得都很融洽,唯独从未主动找闻唐交谈过。

闻唐自顾自地打开数学真题集开始刷题,温如蕴的声音冷不丁地从另一头传来:"那天我看见你了,你和你妈妈一起逛商场。"

他笔下一顿,抬眼看向她,她也正看着他。

可就在他期待她再说什么的时候,她却回过头去,不再说话了。

寒假后半段,莫庭邀请闻唐出去玩,闻唐本想拒绝,但听到莫庭说要和温如蕴约会,请他打幌子时,他竟鬼使神差地答应了。

闻唐到达市中心的游戏厅时,那两个人已经玩得不亦乐乎,俨然一对甜蜜的小情侣,而他则成了局外人。

这样的约会进行了好几次,其实严格来讲,这并不能算是约会,因为莫庭只是单方面的暗恋而已,温如蕴从来没有接受过他所谓的表白。

后来有一次,莫庭去买冰激凌,留下闻唐和温如蕴两人,温如蕴笑着对闻唐说:"你猜猜我为什么每次都答应跟莫庭一起出来玩?"

闻唐没有兴趣玩猜谜游戏,说:"你要是不喜欢他,就别浪费他的感情,这样没意思。"

谁知她却说:"因为这样可以见到你。"

Chapter 08
他们的年少时光

那一刻，闻唐的心脏猛地收缩了一下，随即像爆发了一般，跳动的频率越来越快。他望着她含着笑意的眼睛，不明真假。

莫庭回来的时候，她带着这样的笑又转向莫庭，仿佛刚才什么都没有发生过。

那时闻唐就觉得，她真像个妖精。

高二的下半学期，莫庭与温如蕴比之前走得更近了，闻唐却再也没有接受过莫庭的邀请。他故意将温如蕴屏蔽在自己的世界之外，也拒绝从莫庭那里接收温如蕴的消息，可他越是如此，她那天的笑脸在脑海中就越是清晰。

整个下半学期，闻唐再没有和温如蕴说过一句话。而他没有想到的是，那一天，她对他说的那句话，竟然成了他们青春岁月里的最后一句话。

九月的第一天，温如蕴转学的消息传来，阳光依旧热辣，可闻唐的手心沁满了冷汗。

那一天，一种叫后悔的情绪第一次席卷了他所有的神经。

莫庭对温如蕴转学的消息表现得十分轻描淡写，只说了一句："她好像不太正常。"

他们短暂的相遇，在高三开学那天画下了并不完美的句号。

春节活动当天，赵京安一整天都在酒店内忙碌。趁着午休空当，温蕴避开闻唐去找赵京安。

彼时，赵京安正在酒店二楼的自助餐厅指挥工作人员干活，不料一转身，整个人就呆住了。

她怔怔地望着不知何时站在自己身后一言不发的宋清远，上一次和这个人如此面对面，仿佛已经是很遥远很遥远的事情了。

宋清远身上还带着淡淡的消毒水味，目光深不见底，与她四目相对时，他轻声问道："伤好了？"

赵京安没有想到会在这里碰见宋清远，紧张得差点呼吸不过来，大脑一时缺氧,竟十分乖顺地回答:"好了。"

宋清远听到她的回答后只是点了点头,没有多说话,转身就走了。匆匆地来,又匆匆地去,像一场梦一样,卷过赵京安的心里,却什么都没留下。

那股不知道是奢望还是期待的感觉瞬间落空,赵京安脸上闪过一丝连自己都未曾察觉的失望,这一幕恰好被前来找她的温蕴捕捉到了。

"京安姐。"温蕴出声叫住赵京安。

赵京安的情绪转瞬即逝,回首朝温蕴看去时,早已恢复如常,哪里还看得出刚才的落寞。

"温蕴?闻唐不是说不准你离开他的视线范围吗?你怎么又偷偷跑出来了?过会儿见不到你,他该发飙找人了。"赵京安开玩笑道。

明知只是玩笑,温蕴心里仍有种异样的情愫,她小心翼翼地把那些奇怪的情绪藏起来:"你就别打趣我了。我有些事情想请教你,只要五分钟就行,你有时间吗?"

赵京安叹了口气:"再这样下去,我要被闻唐列入黑名单了。"

话是这么说着,人却已经跟着温蕴到了一处偏僻处。

"京安姐,你见过许瑞德吗?"温蕴确认周围无人之后,压低了声音问。

"许瑞德?你怎么又找上他了?"

"之前我跟闻总一起出去的时候,发现有人跟踪,我怀疑是许瑞德,但我不知道许瑞德的长相,所以没法确认。"

"你想多了,许瑞德就算要跟踪闻唐,他也不会亲自出马。"

"万事无绝对,万一他不按常理出牌呢?"温蕴不依不饶。她在网上搜过许瑞德的照片,可惜毫无收获,只能找赵京安帮忙。

"你到底为什么对许昌的事情这么执着?难道你是别人派到闻唐身边的卧底?"赵京安这么说,既是玩笑,也是试探。

温蕴一下子收敛了表情,正色道:"我不是谁的卧底,我既然是闻总花钱雇来的保镖,就要以他的安全为己任。你应该也一样,不想看他一直背着黑

Chapter 08
他们的年少时光

锅,不解释也不辩解,就这么被人误会下去吧?"

这番话倒是出乎赵京安的意料,她略一思索,点头道:"好,但是我需要时间,有消息我会联络你。"

温蕴悬着的心猛然落地,语气也轻松起来:"谢谢。不过刚才我看到你和宋医生……"

"温蕴,不该问的事情不要问。"赵京安拍了拍温蕴的额头,笑着走开了。

宋清远果然是赵京安的死穴,连提都不能提……温蕴边想着边溜回了林良的办公室。

隔壁的办公室内,闻唐扫了眼林良发来的微信:"回来了。"

随即,他才重新将注意力拉回宋清远身上:"你推荐的这位专家靠谱吗?"

宋清远对好友的质疑分外不屑:"你要是觉得不靠谱,不接受就是了,又不是我巴巴地求着你去找他的。"

"阿远,话可不是这么说,我查过这个谭光耀医生,他是德籍华裔吧?在专业领域的口碑的确不错,但我怎么听说,他之前的某些行为有些偏颇?"闻唐已经把话说得十分隐晦了,虽然这些消息还无法证实真假,但在这方面他不想冒一点点险。

"我曾经在一场学术研讨会上见过谭医生,他为医学事业鞠躬尽瘁,你看到的那些消息……就当作是天才总有些怪癖不好吗?"

闻唐笑着摇了摇头:"可不只是怪癖这么简单,做人体实验,虽然没出过事,但这总不见得是你们医学界的共识吧?"

"你也说了,没出过事。"宋清远淡淡地为他画下重点,"不过我也说了,我只是推荐这个人而已,至于要不要找他,完全由你自己做主。再说了,你能做得了主吗?你怎么能保证温蕴就会听你的话?"

闻唐做出一副伤脑筋的样子:"看来这才是问题所在。"

宋清远懒得同他废话,起身就要走人,结果与刚进门的赵京安撞了个正着。

赵京安眉毛都没抬一下,与他擦肩而过,直接走向闻唐。

"有件事要跟你商量。"她刚说完话,另一头就传来了巨大的关门声。

闻唐看热闹不嫌事大:"看来有人不高兴了。"

"你别急,等我说完,你看看还能不能高兴起来。"赵京安拉开方才宋清远坐过的椅子,笑眯眯地盯着闻唐。

闻唐被她这么看着,心里有些发毛,立即端正态度:"你说。"

"温蕴在调查许昌的案子,你知道吗?"

"她果然去找你了。除了你,她应该也没别人可以找。怎么,你跟她狼狈为奸了?"

"你还真知道?"赵京安瞧着闻唐高深莫测的神情,有些意外。

闻唐大大方方地承认:"她有什么事是我不知道的吗?"

赵京安似笑非笑地盯着闻唐,见他一副嘚瑟的样子,仿佛温蕴已经是他的掌中之物。

"说吧,她找你帮什么忙了?"

"她来问我许瑞德的长相,你说我是告诉她呢,还是不告诉她?"赵京安单手支着下巴,手指轻轻敲着桌面,存心打趣闻唐。

"你都跟她称姐道妹了,还有不告诉她的理?"

"听你的意思,是让我知无不言,言无不尽了?"

闻唐眼里的笑意那么明显,赵京安自认识他以来,还是第一次在他眼里看到真正的笑意,不是那种掺杂着算计的笑意,而是毫无城府的笑意。

"她的事你自己看着办。餐厅的装修怎么样了?"闻唐翻开手边的设计图,与赵京安敲定时间计划。

"餐厅的事情我会看着办的,温蕴的事情我可不敢自作主张。她现在全身心都在许昌的事情上,真的没有问题吗?"

闻唐对她的话不甚在意,连眼睛都没抬:"有什么问题?"

Chapter 08
他们的年少时光

"你是不是太纵容她了？就算她不是赵阳派到你身边来的，那也是和赵阳有多年交情的人，我不担心温蕴对你存坏心思，我是担心她被赵阳利用。"

闻唐自信地说："你太小看她了，她才没有你想的那么笨。"

"这是你说的，那我就自由发挥了，到时候出了事，你可别怪我。"

"出了事我自然会兜着。"

赵京安有些愕然，她还从没见过闻唐对一个人如此纵容。

他何曾对任何一个人如此？

"不得了，你动真心了？"

闻唐抬头看过去，微一挑眉，赵京安立即赔笑摆手："不用回答我，我自有分寸。"

闻唐起身拿起外套出门找温蕴，转了半天才在消防通道里找到人，只见她正蹲在墙角，指间夹着一支燃了一半的烟，一动不动地盯着地面发呆。

闻唐推开门的吱呀声响彻安静的消防通道，吓得温蕴瞬间起身。闻唐本想揶揄她几句，结果一看到她脸色发白，便眉头微微一皱："哪里不舒服？"

温蕴连忙摁灭烟头，直摇头："没有不舒服。怎么了？要出去吗？"

"真没有？"

"真没有！"

闻唐狐疑地看了她一会儿，才转身走向电梯。温蕴忙不迭地跟了上去，心里暗暗地松了口气。

闻唐只带了温蕴一人。车子驶出市区往南边去，最后停在了一大片正在规划的空地边。周围的环境相当不好，到处是尘土飞扬，空地外搭了一处办公的地方。

温蕴跟在闻唐身后，刚走到一半，闻唐就转身提醒她："待会儿在外面等我，别乱跑。"

"要很久吗？"

"不会很久。"闻唐见她眼里闪着担忧，补了一句，"我是来谈工作的，你不用这么紧张。"

能不紧张吗?也不知道谁几次被人袭击?她默默在心里腹诽,按照他的吩咐等在办公室外面。

没想到这个像集装箱的小办公室隔音效果这么好,温蕴竖起耳朵都听不出里面究竟有几个人,她正要探头去看时,不远处传来一声汽车熄火声。

不多时,走来三个人,为首的是曾利。曾利只带了一个人进办公室,剩下的那人等在外面,站在离温蕴不到十米的地方。

温蕴不动声色地打量着那个人。对方身高腿长,略有些瘦,宽大的口罩遮住了半张脸,只露出一双眼睛,但仍看得出是个年轻男人。

温蕴盯着他看了好一会儿,见闻唐一时半会儿没有要出来的迹象,于是走到那人身边,没话找话聊:"你也是保镖?"

那人显然没料到温蕴会找他搭话,吓了一跳,有些拘谨地看了她一眼,点了点头。

"曾总看起来不像是需要保镖的人啊,又不是闻唐那种到处树敌的人。"温蕴佯装喃喃自语,但确信对方一定听得清清楚楚。

"闻总……闻总树敌很多吗?"对方的声音听上去十分紧张,又透着谨慎。

"可多了,你没听说吗?上回好端端地开着车呢,突然有人撞上来,要不是有我,他早就没命了。还有上上回,在机场被几个小混混袭击。得亏他给的钱多,不然谁爱接这活儿啊!"温蕴小声地开启了吐槽模式,末了还不忘问,"给曾总做保镖很轻松吧?"

对方沉吟片刻,才默默地点了点头。

静默之中,身后那扇紧闭的门吱呀一声开了,两人同时回头看去,出来的人是闻唐。温蕴连忙凑过去,乖巧地跟在他身后。

经过那人身边的时候,闻唐连看都没看他一眼,但温蕴明显察觉到那人绷紧了身体。

Chapter 08
他们的年少时光

刚上车,闻唐戏谑的声音就从后座传来:"听说你很羡慕曾利的保镖没什么危险的事?"

他怎么知道的?

"要不是我给的钱多,你还不乐意给我当保镖?"

"你有千里耳吗?"

"那就是个集装箱,你以为有多好的隔音效果?"

"那我怎么听不清你们在里面说话?"她蹙着眉反问道。

闻唐好笑地从后视镜盯着她:"里面还有一个隔间。"

怪不得她什么都听不到。

温蕴清了清嗓子,被他那双深不见底的眼睛一直盯着,她握着方向盘的掌心微微渗出了冷汗。

"闻总,你还记得之前我们打过的赌吗?究竟是我被跟踪还是你被跟踪?"

闻唐挑了挑眉,没说话。

"刚才那个人有点像之前跟踪我们的人。"温蕴说出自己的猜测。

过了良久,闻唐问道:"哪里像?"

"我说不上来,只是直觉。"

温蕴并不是一个靠直觉做事的人,但刚才见到那人,她便有种强烈的直觉,几乎肯定那就是同一个人。可没有证据的事情,即便她说得再振振有词也无济于事。

他们回到酒店时,林良一脸为难地等在电梯门口。闻唐瞧见他这副表情就知道没什么好事,径直往办公室去,林良紧随其后,两人同时把温蕴晾在了身后。

不多时,办公室里传来闻唐大发雷霆的动静,而一墙之隔的地方,温蕴淡定地搜索着海城大学教授闻仲天的资料。

温蕴虽然一直对酒店的经营事务充耳不闻,但也晓得部分高层管理者私下对闻唐十分不满。闻唐手段强硬，说一不二，常常压得底下的人喘不过气来，也只有林良这种跟他一起磨合多年的人才扛得住他的工作方式。

不久前因为五星复评启动，各部门自查，结果查出一堆不符合五星标准的事项，闻唐在早会上大发脾气，下令整改，吓得一干经理话都不敢说。

听说有一位经理不服，把锅推给前任总经理许昌，嘴硬地认为自己没有做错，声称规矩都是许昌定的，现在若要全部整改将是一场浩大的工程，结果当场就被闻唐开除了。

消息传开之后，所有人都不敢议论这件事，生怕下一个遭殃的会是自己。

后来，那被开除的中餐厅经理手下几乎所有的骨干一起向闻唐施压，要求让经理回来，结果无一不被人事部约谈开除。

环球酒店的大多数高层是由许昌提拔上来的，心里自然对闻唐不服气，但那之后再没有人敢对闻唐说半个"不"字，尤其是之前深得许昌赏识的人，无一不夹着尾巴做人。

怎么事情才平复没多久，就又有人敢来招惹他了？

隔壁的风暴持续了大约一个小时，林良回来时，温蕴以眼神向他问话，他对温蕴做了个扭脖子的动作，温蕴便知道那个人又没好果子吃了。

"看不惯闻总的人究竟有多少？"

林良叹了口气："明里暗里使绊子的人多着呢，你以为老板这个位置坐得舒服吗？你别看酒店表面像是镀了层金似的富丽堂皇，其实根里头烂着呢。"

"那闻总当初为什么还要收购这个酒店？"

林良看了她一眼："我要是能猜准老板的心思，那我就是老板了。"

"林助理，你跟着闻总很长时间了吧？是从温哥华跟着他一起回国的吗？"

"你到底想知道什么？"

"我什么都想知道。"温蕴打马虎眼道。开口问林良是唯一的捷径，但她也知道，以林良对闻唐的忠诚度，想从他嘴里套出真话实在是太难了。

Chapter 08
他们的年少时光

林良像是来了兴致,说:"你倒是问问看,我看看我有没有兴趣回答你。"

既然他这么说,温蕴也就不客气了:"闻总和许欣然真的谈过恋爱吗?"

"你打哪儿听来的这些乱七八糟的事情?没有。"

"那闻总喜欢许欣然吗?"

"温蕴,你对老板的感情生活这么感兴趣?"

这……怎么问着问着好像有些变味了?温蕴尴尬地清了清嗓子,连忙转移话题:"我看闻总一直独来独往的,他父母没在海城吗?"

"老板从温哥华回来的,他家人自然是在温哥华了。他父亲早些年就因病去世了,你最好不要在他面前提起这件事情挖人伤口。"

温蕴没想到闻唐的父亲居然已经死了,忙捂住嘴巴,表示自己一定会守口如瓶:"那……闻总的父亲……是不是叫闻仲天?"

啪嗒,林良手里的钢笔猛地掉落,他表情复杂地看向温蕴:"前几天听老板说,你最近对他的事特别感兴趣,看来是真的,你都偷偷调查到这份上了。"

温蕴猜不透林良这话的意思,但听清了他并未否认她提出的疑问,也就是说,她猜对了,当年被卷入女大学生诱奸案的闻仲天,的确是闻唐的父亲。

弄清这层关系,事情的脉络似乎渐渐地清晰起来,难怪闻唐对这家酒店这么执着,恐怕与当年的那件事有重大关联。

隔日,温蕴得空去了趟海城大学,可无论对谁问起闻仲天,对方不是避而不谈就是表示不知道。在她快放弃时,总算碰到一个当年闻仲天教过后来留校任教的学生愿意跟她多说两句。

当年在事情还没有发生前,闻仲天在大学里极受学生们的欢迎,但是事发后,师生之间的关系就变得无比微妙,尤其是后来媒体一天炒作一个话题,舆论愈演愈烈,致使闻仲天不再去学校。

闻仲天从骨子里就是个极为清高的文化人,哪受得了这种诽谤和猜疑?

起初他还会在来访的记者面前替自己争辩几句，但每次采访过后出来的新闻不是胡编乱造就是夸大其词，给他招来更多的骂声，所以后来他就不再接受任何人的采访，把自己关在家里，大门不出二门不迈。

学校在舆论的压力下，停了闻仲天的职，无异于又给了有心人一个制造话题的机会，之后闻仲天被学校开除的传闻无端传出，好像学校已经承认闻仲天就是当事人似的。

这种被舆论撩拨控制的时间大约持续了半个月，学校里再也没有人见过闻仲天。直到半个月后的某一天，受害者突然销案了。

受害者销案本算是件好事，可到了闻仲天这里，又变成了另外一种情况。

传说闻仲天花巨资收买了受害者，逼迫她撤案。这种没有真凭实据的猜测在当时被传得有鼻子有眼，总之不管结果如何，反正大家都认定了闻仲天就是嫌疑人。而一个骄傲又清高到骨子里的人，知道自己百口莫辩后，就再也不在人前多说一句话。

那之后的第二年，闻仲天就携家人举家搬迁，彻底从海城消失了。

温蕴向对方打听闻仲天后来的去向，对方一概不知，却愿意相信当年的闻仲天是被冤枉的，还给她提供了那位女大学生的信息——虽然少得可怜。

根据目前已知的信息，温蕴几乎可以猜测出一个完整的复仇故事，但那个叫赵婷的受害者为什么会突然销案？如果闻仲天不是施暴者，她为什么要死咬着他不放？许昌又是怎么完全撇清关系的？

许家的住所就在距离海城大学两公里处，温蕴顺道去了那里。开门的人是许昌的妻子姜敏，偌大的宅子里只住了这位女主人，就连保姆都被遣散了。

温蕴担心自己进不了门，所以开口的第一句话便是："您儿子许瑞德最近回过家吗？"

姜敏脸色猛地一变，身体死死地抵在门口，狐疑地盯着她。

温蕴又说："我前几天好像见到他了，他现在是在曾利手下做事吧？"

125

Chapter 08
他们的年少时光

这回姜敏的眼神微微波动,她把温蕴迎进了门。她应该已经许久没有说过话了,声音都是嘶哑的。

"你说你见过我儿子了?"

温蕴轻轻点头:"见过了。他现在很好,您不用担心。我想他可能是有要紧的事情要做,所以才没有跟您联系。"

许久,姜敏才扯了扯嗓子开口:"请问你是?"

"许太太,请问您认识赵婷吗?"温蕴没有回答她的问题,而是用最快的速度将自己的问题问出口。

话一出口,姜敏的脸色瞬间变得惨白,看着温蕴的眼神也露出了凌厉的恶意。

"你到底是谁?"

"八年前赵婷在您丈夫的酒店里被性侵一事,您应该知道吧?"

温蕴自顾自地提问,结果迎面砸来一个茶杯,她不躲不闪,茶杯正中她的脑门,不一会儿,一股温热的液体从额头流了下来。

"你走!马上离开我家!"姜敏激动地指着温蕴,身体颤抖得不能自已。

温蕴心里闪过一个猜测:"难道当年侵犯赵婷的人是您丈夫?您应该对这件事的来龙去脉十分清楚吧?"

姜敏嘴唇发白,作势要去拿电话:"你要是再不离开我家,我就报警了!"

现在这种情况,温蕴也得不到什么回应,只得捂着额头转身走了。

姜敏的反应和温蕴想象的一模一样。按照正常逻辑,如果那件事真的跟许昌无关,姜敏不至于反应这么大,而她这种不寻常的抵触,似乎从侧面证实了温蕴心里的某些猜测。

"你额头怎么回事?"赵阳突然出现在温蕴面前,冷不丁地抬手撇开她捂着额头的手。

她怔怔地看着他,下意识地往后闪躲,避开与他的肢体接触。

赵阳眯了眯眼,立即猜到:"你来找姜敏?"

"真巧,你也来找她?"她依旧捂着伤口,殷红的血从指缝间流出。

"温蕴,你到底在干什么?真在调查八年前那件旧案子?"

温蕴不喜欢被人如此质问,不悦地问:"这跟你有什么关系?"

"是闻唐让你调查的?不可能,他应该是最不希望这件旧事被重提的人。你心里在盘算什么?"

赵阳靠近温蕴,步步紧逼。温蕴深呼吸,从他身侧绕开:"我还有事,回头见。"

赵阳想拦住她,只可惜温蕴敏捷地避开了他,快速开车离开,像是躲瘟疫似的。

温蕴变了,也许连她自己也没有发现,自从被闻唐雇用之后,她就不自觉地靠向了闻唐。如果调查这件事情不是闻唐的授意,那么她的出发点就十分耐人寻味了。

赵阳在车里待了一会儿,才拨通了闻唐的电话,接电话的人自然不可能是闻唐本人。

"赵阳,又有何贵干啊?"林良的声音在电话里响起。

"麻烦转告闻总,让他的保镖不要再出现在许家附近刺激许太太。"

林良搁下电话,把赵阳的话原封不动地转达给闻唐,闻唐听后毫无反应,只问:"人还没回来?"

"应该快了吧,从许家到这里,车程也不过十分钟。"

林良话音刚落,外面就有了动静,他瞥了闻唐一眼,转而绕到隔壁自己的办公室,果然看到了温蕴。他本想训斥两句,结果看到温蕴额头上的纱布又呆住了:"你跟人打架了?"

"没有,不小心碰了一下。"温蕴有些为难地说。

"碰一下能碰出这么深伤口?你这么厚一层纱布都染上血了,这得多不小心?"林良毫不留情地揭穿她这个蹩脚的借口,"去找许太太了?"

"啊?"她没来得及反应,呆呆地盯着林良。

Chapter 08
他们的年少时光

"碰见赵阳了吧?你们起冲突了?该不会是赵阳打的吧?"林良凑近看她的伤口,啧啧开着玩笑。

"林助理,你就别笑话我了,我真的只是自己不小心磕了一下,没多大事。你刚才说赵阳是怎么回事?"

"哦,赵阳打电话来警告老板,让他的保镖不要随便接近许家。"

温蕴没想到赵阳告状还挺快,不仅威胁了闻唐,还摆了她一道。她不禁怀疑是不是自己的日记出现了问题,她和赵阳真的是朋友关系吗?

"林助理,我没有给闻总添麻烦……"

"这话你得自己跟老板说。"

闻唐的声音冷不丁地在门口响起:"要跟我说什么?"

办公室里的两个人闻言皆是一抖,温蕴下意识地捂住自己的额头,结果发现闻唐看过来时的眼神微微一冷。

"额头怎么回事?"闻唐问温蕴,林良识趣地退了出去。

"不小心碰了一下。"依旧是相同的回答。

闻唐静静地注视了她一会儿,叫人送来药箱。温蕴本想拒绝,可拗不过他,只能乖乖听从,任凭他为自己处理伤口。

他的动作很轻,手法却很熟稔,要不是现在气氛有些僵,她甚至想调侃他过去是不是经常受伤才养成了这副巧手。

包扎完了,他才双手环胸打量着她:"怎么弄的?"

这回她老实回答了:"被许太太用杯子砸了一下,不碍事。"

"你躲不开吗?"

闻唐越看她越觉得她又呆又傻,怕是当时根本没有想过要躲吧?

"我也没对她说什么好话,被她砸一下消消气也是应该的。"她这话说得很没底气,却是当时心里最真实的想法。

闻唐静静地倚在桌沿,他一言不发看着人时的样子总让温蕴觉得有些瘆人,特别是那双又黑又深的眼睛,仿佛能将人一眼看破。

"温蕴,我让你查八年前那件事了吗?"没有温度的声音缓缓响起,让温蕴肩膀微微一颤。

他果然是知道的,她背着他偷偷调查的事情他都知道,这些日子他什么也不说,不动声色地看着她那些蹩脚的演技……难怪当时他说除了睡觉,她要跟他片刻不离,恐怕是为了能够实时监视她吧?

刚才心底恍然间产生的温情不复存在,温蕴大着胆子问:"闻总,其实八年前那个案子,你父亲是清白的吧?是不是当年许昌嫁祸给你父亲?你回国后执意要接手这家酒店也是因为这个原因?"

闻唐英俊的脸上似笑非笑,温蕴根本无法看透他。

他问:"还查到了些什么?"

"只是一些皮毛而已,毕竟时间过去八年了,想查细节很难。但是我不明白,你既然知道父亲是被冤枉的,为什么不澄清?反而连自己也落得个杀害许昌的罪名?当年舆论能把焦点转移到你父亲头上,今天的你应该也有能力玩这些手段,为自己,也为父亲正名不好吗?"

虽然案件已经过去八年,但重新翻起来澄清也不是不可能。

温蕴眼见闻唐的脸色一点点冷下来,最后连那双眼睛都冷得仿若冰窖。他直起身体靠近温蕴,冷冷道:"温蕴,我纵容你在我背后调查我不是为了让你自作主张,你的建议很好,可惜并不适用。我不管你查到了什么,最好都烂在肚子里,以免给你自己,也给我惹来不必要的麻烦。"

说着,他嘴角微微一扬,既是冷笑,也表明他生气了。

"我只是觉得你没有必要背负那些本不该属于你的罪责。"温蕴迎着他的目光,不甘示弱道。

"这是我自己的事情,和你没有一点关系。你最好记住自己的身份,恪守本分,我可不想浪费时间和精力为你收拾不必要的烂摊子。"

到最后,他的话里已经带了威胁的意味。

闻唐从来没有在她面前展现过的一面,她终于还是见识到了。这个男人

129

Chapter 08
他们的年少时光

究竟有多隐忍,就连怒意都藏在骨子里毫不外露。

闻唐转身离开的瞬间,温蕴心里猛地爆发出一种从未有过的难受,这种难受排山倒海般汹涌而来,席卷了她的每一个器官、每一个细胞。

她蜷在椅子里,下意识地抱住自己的双腿,好像这样就能稍微好受一些,可不知不觉间,她却不争气地哭了起来。

她想要调查这些事情的初衷,或许是从心底里希望他能丢掉那些外界加注在他身上的苛责,可原来这一切都是自己的一厢情愿,而他根本不在乎。

是她越界了,他才会如此生气吧?他从前惯着她,是因为她只有一个月的记忆,所以他可以毫无负担,只等她自己遗忘。

温蕴哭累了又笑笑,反正到了明天,她的记忆就会全部清零,至少,她不会记得这一刻的难受。

Chapter 09
食物中毒事件

天还未亮时,温蕴从睡梦中清醒过来,大脑一片空白。她茫然地盯着陌生的天花板看了许久才起身,在手边放着的纸条的指引下翻开日记本。

闻唐这个名字在她的脑中到处乱窜,她竟然为了这个男人调查了这么多事?他是她的雇主,她是他的保镖,然而就在前一天,他似乎对她发了脾气?

温蕴仔细把先前那些事在脑中过了一遍,提前半小时到达酒店,候在林良办公室门外。

闻唐是和林良一起来的,他看都没看温蕴一眼,径直进了自己的办公室,留下林良叹着气问她:"干吗站在门外?"

温蕴拘谨地指着身后问:"我是和你在一个办公室吧?"

林良的眼里闪过一丝疑惑,下一刻便晓得了,点头说:"老板不外出的时候,你就待在我的办公室里,想干什么都行;老板外出的时候,你必须要寸步不离,保护他的安全。"

Chapter 09
食物中毒事件

温蕴仔细地记下,坐回自己的工位,时刻待命,不敢有半点松懈。

半小时后,闻唐走了进来,温蕴立刻紧张地站起来。虽说他们应该已经认识很久了,可这个月的她还是第一次和他见面,心里难免有些犯怵,尤其昨天他还对她大发脾气。

闻唐半眯着眼看她:"你很怕我?"

"没、没有,怎么会呢?"温蕴不断地在心里告诫自己要镇定,千万不能被闻唐发现她不记得之前的事情。

不对,她依稀记得,日记里有提到闻唐知道她有记忆重置的怪毛病。如此说来,是不是并不需要在他面前强装镇定?

"额头的伤好些了吗?还疼吗?"

"不疼了。"她立即把头摇得跟拨浪鼓似的。

哪知闻唐忽然上前一步,说道:"坐下。"

她下意识地坐下,然后就见闻唐揭开她额头上的纱布,重新上药包扎,温柔得不像日记里的那个闻唐。

温蕴一下子有些蒙,他究竟是个什么样的人?怎么好像有些阴晴不定呢?

"走吧。"闻唐把药箱往角落里一搁,转身走了。

温蕴从林良手里接过车钥匙,忙不迭地跟上去。

温蕴没想到目的地竟然是医院,她跟着闻唐刚走进医院大楼,就被宋清远接走了,美其名曰替她检查额头上的伤口。

可各种精密仪器上头,哪里是检查伤口的阵仗?简直是要把她的大脑里里外外仔仔细细地扫一遍。她一开始不肯合作,宋清远干脆叫人用束缚带将她绑得动弹不得。

温蕴心里隐隐产生了一种莫名的恐惧。闻唐不会无缘无故做这些事情,他一声不吭地把她骗来医院,莫非是想知道她记忆重置的秘密?

若是如此,他未免也太天真了,她花了五年时间都没能查出的病根,怎么可能仅仅依靠这些就得出答案?

温蕴被支配得头昏脑涨,便趁着闻唐和宋清远谈话时等在门口吹冷风,她实在想不通闻唐葫芦里卖的是什么药。

在等闻唐的间隙,温蕴收到林良发来的一则新闻——八年前那起女大学生诱奸案被重新提起,闻唐的父亲再一次被恶毒的语言抹黑,并且新闻中明晃晃地指明:当年的闻仲天就是闻唐的父亲!

许昌的案件再次被推到微博热搜第一,不明真相的网友自发脑补了一出又一出大戏,更是直言闻唐就是杀害许昌的凶手,而八年前那起案件就是他的杀人动机!

温蕴看着手机屏幕上的文字,不自觉地颤抖起来。究竟是什么人突然公开闻唐和闻仲天的父子关系?还带节奏地将八年前的事情和许昌的死联系起来?

不一会儿,林良的电话就来了,温蕴紧张地捏着手机,走到角落接电话。

电话里林良的声音冰冷:"温蕴,这件事最好与你无关。"

温蕴心里咯噔一下:"我没有做过任何对不起闻总的事情。"

"那事情为什么会这么巧?之前许昌死的时候,就算他们再怀疑老板,也没有人提及八年前的事,更没有人知道老板的父亲是谁,怎么偏偏你查到这些事情之后,就暴露出去了?难道只是刚巧爆料的这个人跟你的调查进度相似,也是才查出这件事就迫不及待地爆料出来了?"

林良显然不相信温蕴,偏偏温蕴又是个嘴笨的,隔着电话根本说不清楚,只能一遍遍地说:"不是我做的,我不会做对闻总不利的事情。"

"你们现在在哪里?我马上就过来。"

挂了电话,温蕴的心情还是无法平复,她看向办公室里的闻唐,他正与宋清远谈笑风生,还未察觉网络上这场重新卷起的关于他的风暴。

他会像林良那样怀疑她吗?可事情偏偏就这样凑巧,竟是在她记忆重置后的第一天爆出这种新闻……

温蕴的大脑一度处于空白状态,林良的话在耳边久久挥之不去,以至于

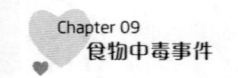

Chapter 09
食物中毒事件

她根本无法冷静地思考。

网上已经掀起又一轮讨论和臆测，网民们用恶意的猜想肆无忌惮地抹黑闻唐，八年前旧案再度引起热议，连闻唐父亲都不能幸免。

那些言辞越是难听得触目惊心，温蕴看着谈笑的闻唐越是发自内心地感到难过，她抬手抚了抚心脏的位置，微微弯下腰。

我这是怎么了？为什么心里这么难受呢？

另一边的闻唐与宋清远交谈间，眼角的余光瞥向温蕴，注意到她自从接完一个电话就变得十分不对劲，脸色苍白，似乎连站都站不稳了。

他匆匆与宋清远结束对话，疾步走到温蕴身边，抓住她的胳膊，沉声问："哪里不舒服？"

温蕴抬头的时候，他看到她眼里含着的泪花，心猛地收紧。

"温蕴？"他握紧她的手心，又唤了她一声，她这才深深地吸了一口气，摇了摇头。

温蕴刚想说自己没事，林良便风风火火地赶到了。

闻唐见到林良，皱着眉头问："你不好好在酒店待着，来这里干吗？"

"十万火急，先上车再说。"林良淡漠地瞥了温蕴一眼，把闻唐往车上赶。

温蕴紧紧咬着嘴唇，安静地开着车。

林良把事情简单地和闻唐说了一遍，虽然没有直接点名温蕴和这件事的关联，但话语间透露的语气不言而喻。

林良说完后，车里的气氛一下子变得十分怪异。良久，闻唐抬手松了松领口，轻松地笑问林良："所以你觉得温蕴背后有人，她在我身边是有心要害我？"

林良摊了摊手，不置可否："时间太凑巧了，之前许昌的事情闹得再大，也一直没有人曝出你和你父亲的关系，说明当时根本没人知道其中的弯弯绕绕，怎么她一知道，就报道满天飞了？"

何况在许昌的案件中，闻唐的杀人动机一直十分模糊，而曝光他与闻仲天的关系，不就正好坐实了他的杀人动机吗？

不管是曝光的时间点，还是曝光者的动机，都太耐人寻味了。

尤其是现在又将闻唐父亲的事情爆出来，无异于在闻唐的伤口上撒盐。

温蕴手心不断渗出冷汗，手指僵硬地握着方向盘，恍然间有种不知今夕何昔的错觉，她没有之前的记忆，所以并不知道该怎么应对现在这种状况。

"温蕴，他说的这些，你承认吗？"闻唐靠着真皮椅背，半合着眼睛问温蕴。

温蕴的心猛地一沉，她明知可能只是徒劳，还是摇头否认："不是我做的，我没有做过对不起你的事情。"

闻唐笑了，扭头看向林良："她说不是她做的。"

"她当然不会承认，坏人会说自己是坏人吗？"林良气急败坏道，但对上闻唐的视线，气焰又一下子被掐灭了。

"不是她，还有一个人也知道我父亲是谁。"闻唐慢悠悠地说着，与林良的急躁相比，他淡定得仿佛事不关己。

"还有谁？"林良蹙眉问道。

"赵阳。"

这个名字一出，不仅是林良，连温蕴都有些不知所措了。

网络上的这些或跟风或落井下石或恶语相向的言论，闻唐早就不在意了，八年前他经历过一次，八年后他又经历过一次，他的心早已刀枪不入。

闻唐查阅完A市旅行社考察团一行三天两夜的行程及会议安排，叮嘱道："让各部门都盯紧一点，不准出一丁点儿错误，发现问题及时来报。"

"放心吧，都已经妥善安排下去了，保证不会出任何问题。"

林良保证得信誓旦旦，可谁也没有想到，就在考察团行程即将结束的最后一夜出事了。

当晚，有两位年长的团员首先出现呕吐、晕眩的症状，被及时送往医院

Chapter 09
食物中毒事件

就医,紧接着团里其他成员相继出现相同症状,一行十四人只有一人幸免。查证过后发现,唯一幸免的团员因傍晚自由活动晚归而错过了酒店的自助餐,而其余十三人均是在用了自助餐后才出现症状。

闻唐连夜让人检查食材,并亲自去医院查看情况。值班的宋清远先一步从同事那里取来报告,报告证实,送医的十三个人全是食物中毒,所幸发现得及时,没有大碍。

然而对酒店来说,这是一个不容忽视的巨大危机。

温蕴走在闻唐前面,担心会有病人因情绪激动对他动手,紧张地护着他到急诊室。闻唐不现身时情况倒还算稳定,他一现身,整个急诊室里的人都愤怒了。

"你们什么五星级酒店,我看是黑店吧,想要谋杀我们?"

"我要告死你们,这件事我们跟你们没完!"

"等着上报纸上电视吧你们!"

还有一些根本无法入耳的国骂在急诊室内此起彼伏。温蕴诧异地心想,这些人食物中毒后看上去体虚无力,骂起人来倒中气十足,嘴脸实在太可怖。

天还没亮,医院里静悄悄的,温蕴紧跟着闻唐到了外面,他忽然停下来,转身对她说:"我去抽根烟。"

说罢,他一个人走到远处,点了根烟,但只吸了一口,就再也没有动静了。

凌晨寂寥的路灯下,他指间一点亮光,吐出的烟圈消散在冷风里。

考察团在阳光环球酒店内食物中毒的消息很快传遍网络,闻唐再次被推到风口浪尖,结合前几天关于闻唐父子的爆料,网络上更是没有好话。

林良查明了食物中毒的起因是自助餐里部分生鲜不干净,事发后他们第一时间与疾控中心取得联系并进行鉴定,确认有问题的生鲜来源于同一个供货渠道。

闻唐立刻做出指示,酒店内所有食材全部封锁重新检查,自助餐厅暂停营业，一切等待最终调查结果。

　　所幸当晚那批有问题的生鲜只供应了那批团客，并未造成其他住店客人食物中毒，但事情发酵的程度远远超出想象。更恶劣的是，有好事网友爆料，阳光环球酒店这批食材的供货渠道早前曾被媒体报道因检验检疫不达标而不得入市，最后通过黑市入市，于是连带着阳光环球被排山倒海般的舆论吞没。

　　这种社会新闻最能吸引眼球，舆论风暴一浪盖过一浪，酒店公关部紧急召开新闻发布会。

　　那天下午，温蕴跟在闻唐身后，全身上下所有的细胞都在警惕着周边。她知道，出席这种发布会很难，面对那些扛着长枪短炮的记者提出的一个个尖锐的问题，更难。可当她看到闻唐像松柏一样笔挺的身姿，那些担忧瞬间就被安抚了。

　　温蕴紧跟着闻唐进入现场，听到台下一片哗然，看到一张张异常兴奋的陌生面孔。他们或许正等着抓闻唐话里的把柄，借此大做文章，以满足围观者过度的好奇心。

　　闻唐面色淡定地站在话筒前，简洁地说明了目前的状况。他话音一落，记者们便蠢蠢欲动，抛出一个又一个问题。

　　温蕴的耳边嗡嗡作响，她已经听不清这些人在说些什么，她的视线里只有闻唐一个人。

　　"希望大家能给我和酒店一点时间，我们一定会查出真正的原因，找到事情的根源，并且妥善处理这件事情，给病人、也给公众一个交代，请大家监督。"

　　那些记者不愿善罢甘休，陆陆续续地提出了一堆与这件事毫无关联的问题，但都被在旁的公关部经理袁洁一一挡了回去。

　　最后离开发布会的时候，温蕴觉得闻唐已经筋疲力尽了。

　　走至门外，突然有人激动地上前对闻唐大肆辱骂，还企图近身推搡闻唐，

Chapter 09
食物中毒事件

好在温蕴反应迅速，拦住那些人，护着闻唐上车离开。

"知道西山公园怎么走吗？"闻唐揉着眉心问道，声音嘶哑。

温蕴点了点头："知道。"

"去那里。"

西山公园位于海城的最南端，是海城最大的城市公园，边缘与大海相连，被称为最佳约会地点、最美落日的观景点。

傍晚的西山公园里游人不多，闻唐似乎常来这里，轻车熟路地穿过公园小径来到海边，在距离沙滩不远的石板凳上坐下，又拍了拍身边的位置，示意温蕴坐。温蕴犹豫了一下，还是坐了下来。

"再过二十分钟就该日落了。"闻唐望着海平线以西，语气是前所未有的放松。

"你现在还有心情看日落？"温蕴双手撑在粗糙的石板凳上，歪着脑袋看他。

闻唐仿佛没有听见她的话，自顾自地说："小时候的周末，我常常被我妈丢到这里玩泥巴，一玩就是一个下午。小时候单纯，被一件事情套牢之后就能玩很久很久，还能跟不认识的小朋友玩得热火朝天。"

温蕴就这么静静地听着，可惜他却不再说了。

她第一次和他坐得这么近，肩膀之间或许连一个手指头的距离都没有。不管网络上把他骂得多么恶劣，可在她眼里，他始终都是一个好人。

夕阳西沉，沙滩上的人渐渐地少了，不知不觉间，这一片只剩下他们两人。风吹在耳边，空气中带着海水的腥味，一眼望去，除了翻滚的海浪，什么都没留下。

等到天色完全暗了下来，闻唐才拍拍衣服起身，对温蕴说："走吧。"

回去的路上，闻唐接了无数电话，温蕴这才知道，当他们驱车前往西山公园的时候他关闭了手机，林良怕是要急疯了吧？

发布会结束之后,林良就找不到闻唐了,所有人对老板的去向一无所知。他找不到闻唐,又找温蕴,偏偏她的手机永远都是静音,就算打爆了也无济于事。

好不容易等到电话通了,却被告知至少需要一个小时才能返回酒店,彼端的林良恨不得租一架飞机立刻把闻唐接回来。

华灯初上,路灯将城市照得璀璨通透,温蕴刚稳稳地把车停在酒店门口,就见林良一个箭步冲上来拉开了后座的车门。

"查到采购清单了,这批食材的供应渠道是第一次用。我问了采购部经理温达,他说是别人介绍的,他看物美价廉,又是熟人介绍,本着压缩开支的想法就用了这个供货渠道,没想到第一次就出事了。"林良急忙在闻唐耳边报告调查的最新进展。

"他知道这个供货渠道之前有出过不良记录吗?"

"据他所说,是不知道的。"林良吞了口口水,小心地查看闻唐的脸色。

闻唐冷笑:"他一个做采购的,在采购食材之前连对供应商的功课都不做吗?我看他是被利欲熏心了,他现在在哪里?"

"在他自己的办公室待着呢。"

此刻所有的后勤办公室都亮着灯,食物中毒事件发生之后,所有人都正襟危坐,不敢随便下班,生怕闻唐找人的时候自己无法及时赶到。

采购部经理有独立的办公室,温达正小心翼翼地结束一个通话,刚搁下话筒,眼角余光就瞥见了门外的身影,吓得他差点从转椅上滚下去。

闻唐踩着沉稳的步伐推门而入,嘴角噙着冰冷的笑意:"温经理这是跟谁通电话呢,吓成这样?"

温达立即站起来,赔笑道:"闻总,我刚刚是打电话给供应商,让他们给我交代清楚这件事呢,居然敢把有问题的食材卖给我们,简直是无法无天。"

闻唐在椅子上落座,长腿交叠,听他胡扯:"哦?对方怎么说?"

"这……对方说会彻查这件事,但是需要时间。"

Chapter 09
食物中毒事件

　　林良冷哼一声，冷眼旁观这位采购经理蹩脚的演技。

　　"温达，我记得采购部除了你之外还有四名助理，分管不同种类的采购事项，一般都是由他们经过比价后选定供应商，再由你签字确认，没错吧？"

　　温达抹了抹额头上的汗，忙不迭地点着头："没错。"

　　"那这家供应商是谁选出来的？"

　　静，屋内一片死寂，气氛几乎令人窒息，温达不断地抹着额头的汗。

　　闻唐把玩着桌上的钢笔，笔头一下一下地敲击着桌面："不说话了？是还没查出来是谁选的，还是不敢回答啊？"

　　温达咬了咬牙，说道："闻总，是我不好，我听信了我好友的介绍，用了这家供应商，才导致客人食物中毒，我愿意承担后果。"

　　"那你倒是说说，你打算怎么承担？"

　　"我……"温达被闻唐问得哑口无言，一时间像失语了似的，完全不知道该如何回答，根本不敢去看闻唐的眼睛。

　　"还没想好？"闻唐笑眯眯地问道，无形的压迫感再度朝温达袭去。

　　"闻总，您再给我一次机会，我一定问清楚。"

　　"温达，你不妨直接说说，是哪个朋友介绍你认识的这个供货商？"

　　温达舔了舔嘴唇，不说话了。

　　"不想说？没关系。"闻唐扭头看向林良，"酒店内的电话都有通话记录，去查查温经理近三个月的通话记录，尤其是刚才我们来之前的那一通。"

　　温达的脸色瞬间惨白，但闻唐的恐吓还不止于此："温经理，你应该很清楚，如果警方介入，你的手机通话记录也是能查的，你到底是要自己说，还是用其他难看的方式交代，你想清楚了。"

　　闻唐起身，给了林良一个眼神，便直接离开了。

　　林良还待在原地，朝温达靠近一步，说："温经理，一旦查出你明知道供货渠道有问题却依旧用他们的食材，可是要负法律责任的。闻总的做事风格你很清楚，如果有什么难言之隐不方便开口，欢迎用任何形式告知我们。"

走到门口时，林良又回头说："对了，事情没调查清楚之前，还得麻烦温经理哪儿都不许去，有什么要紧的事情让其他人去办吧。"

"你们这是要监视我？"温达猛地反应过来，闻唐摆明了想杀鸡儆猴。

"温经理想多了，现在暂时不让你往外走动是在保护你啊，你想，那些食物中毒的受害者家属如果知道这件事是你一手造成的，情绪一激动，找你来要说法怎么办？"林良拍拍温达的肩膀，眯着眼睛冷笑道，"所以啊，就委屈温经理了。"

林良说罢，扬长而去，白炽灯摇晃的办公室里，只剩下面如死灰的温达。

林良下楼时，忽然瞥见闻唐站在灯光照不到的楼梯转角处，吓得他浑身一哆嗦，刚想数落，闻唐却冲他摆了摆手，示意他噤声，而自己的眼睛一直盯着楼外。

这栋办公楼与前面的酒店大楼相比实在有些老旧，楼道里十分昏暗，就连窗户都只有四只手掌那么大，不过足以看清外面的情况了。

林良顺着闻唐的视线看过去，喉头不禁一紧。

门卫室外的路灯下，温蕴拦在赵阳前面。

他们已经在冷风里僵持了十分钟，温蕴个性固执，赵阳不说明白，她就寸步不让。

"你到底想要我什么交代？"被问得烦了，赵阳也无法再好声好气，他也清楚此刻的温蕴又是一个记忆崭新的温蕴，因而实在不想在这种时候跟她起冲突。

"网上那些关于闻唐和他父亲的爆料是你做的吗？"温蕴一字不差地又问了第三遍，似乎赵阳不承认，她就不罢休。

赵阳有些头疼，面露讥讽："温蕴，这种没有道理的控诉你自己不觉得很莫名其妙吗？你有证据吗？"

"你为什么这么讨厌闻唐？你们之间有私交吗？"

赵阳突然被噎住，一双眼睛冰冷地盯着她："温蕴，你不觉得自己很奇怪

Chapter 09
食物中毒事件

吗?你只是他的保镖而已,至于这么替他义愤填膺吗?"

"赵阳,我的日记里提到你是我最重要的好朋友,在我人生最昏暗无光的时候拉了我一把,但是我现在觉得,我怎么会交你这样的朋友?"

赵阳在寒风里蓦地愣住了。

温蕴回到办公室,在距离闻唐几步开外的地方停住。闻唐身后是海城璀璨的夜景,与他身上清冷的气质遥相呼应。

闻唐绷着的神色总算柔和了一些,他忽然问她:"你怎么看待赵阳这个人?"

温蕴完全没想到闻唐会问自己这个问题,如果她没记错的话,闻唐应该知道她和赵阳之间的关系。

见她迟迟不肯开口,他笑着问:"很难回答吗?"

"闻总,你跟赵阳不合由来已久,我不想掺和到你们的私人恩怨中去,但是我不愧对任何人。"

"我知道。"他低头抿了抿唇,淡淡地说。

一句"我知道"让温蕴倏地一愣,她知道,如果闻唐怀疑她,在心思缜密的他面前,她百口莫辩,但他选择相信她,甚至从来没有怀疑过她,在明知道她和赵阳是所谓的好友关系的情况下。

"闻总,你歇一会儿吧,从出事到现在你还没合过眼,我在门口守着,有什么事会及时向你汇报的。"等话出口的时候她才反应过来,她这是在关心他吗?

闻唐揉着眉心摆了摆手:"替我去把林良找来。"

"是。"她立即要走,又被他叫住。

"以后不要为一些莫须有的事情跟人争执,要学会保护自己。"

温蕴愣住,不明白他为何突然说这个,但还是说了声"好"。

林良来的时候看到温蕴两眼发呆地站在办公室门口,意识到自己之前怀疑她理亏,便过去说道:"之前是我不分青红皂白错怪你了,你大人有大量,别跟我计较。"

温蕴怔了怔，连忙摇头："我没有放在心上。"

林良立即笑着拍她的肩膀："我就知道你跟一般女人不一样。"

温蕴："……"

闻唐和林良在办公室里待了一晚上，温蕴则窝在外面的沙发上将就了一宿。隔天一早天还没完全亮的时候，总经理办公室的门忽然开了，吓得温蕴立即从半梦半醒中清醒过来。

闻唐一看见温蕴，立刻皱起眉头："你在这里待了一夜？"

她茫然地点了点头，大脑还未完全苏醒。

"回去休息，下午再回酒店。"

"我没关系……"

"我可不希望我的保镖睡不饱还要跟在我身边拖后腿，万一出事了，究竟是你保护我，还是我保护你？"闻唐拉着她的手臂，拽着她一同进了电梯。

林良跟在他们后头，忍不住叹息。

温蕴被一路拽着穿过酒店大堂，引来其他工作人员的侧目，可闻唐好像浑然未觉，一言不发地拦下一辆出租车，把她塞进车厢，又二话不说让司机开车。

"老板，我怎么觉得你这个保镖记忆重置以后好像对你更上心了？是不是出了什么差错？"林良望着已经开远的出租车感叹道，直到接收到一道来自身侧的冰冷目光，他才赔着笑去开车。

"确定那个供货商跟曾利有来往？"

"应该错不了，他们白爵酒店用的就是这条供货渠道，但是最近突然不用了，不知道是不是跟供货商曝出黑历史有关。"

"查到温达办公室最后那通通话记录了吗？"闻唐面无表情地望着窗外天还未亮的街头，嘴角闪过一丝冷笑。

Chapter 09
食物中毒事件

"是个酒吧。"林良正说着,手机叮地响了一声,他趁着等红灯的空当看了一眼,面上浮出一抹笑意,"老板,你猜昨晚这通电话是谁打给温达的?"

闻唐淡淡瞥了林良一眼,这一眼恰巧被林良在后视镜捕捉到,他立刻识趣地说:"得了,知道你不喜欢猜来猜去。是白爵酒店的采购经理莫棋,昨晚查到那通电话从哪儿打来的之后,我就让人去那里看看有没有熟人,这不,刚才就发来消息了。"

"莫棋?他们平常有交情吗?"

"谁知道呢,明里暗里勾结来勾结去可不就勾结出交情了吗?曾利那只老狐狸一定知道这件事,也许就是他授意莫棋勾结温达呢。"

林良对曾利一向嗤之以鼻,觉得他天天端着架子自以为是,手段又不高明,还喜欢拆别人的台。

闻唐沉吟道:"我记得这批团客是从白爵转过来的吧?"

"是啊,还是营销部从白爵那里抢来的客源呢。"林良被闻唐一提醒,脑筋一转,突然开了窍,"难道是白爵故意让给我们的?当时营销部在晨会上报告这件事的时候我还纳闷,白爵的团客哪会那么容易抢过来,如今这一桩桩的事情联系在一起,我就明白了,曾利这是一早就下了套,等着我们往里跳啊!"

闻唐将车窗打开了一条缝隙,冷风从窗口吹进来,他的大脑倏地清醒了许多:"曾利这是绕了好大一个圈子啊,每一步都算得这么准,但是要让每一步都走得这么准,光靠白爵的人可成不了事。"

林良的心也跟着沉了下去,他原以为有问题的或许只有温达,没想到还有其他人。

闻唐张开修长的五指,轻笑道:"营销部、采购部、餐饮部,直接涉事的就有三个部门。"

"我马上叫人去查。"林良立即说。

"袁洁那边让她暂时停止对外发布任何声明,另外,我记得你手里应该有靠谱的媒体资源。"

"有，都是多年交情，相当靠谱。"

"好，还有那条供应渠道，我要海城所有用过这条渠道的酒店名单。"

林良迟疑了一下："我尽量。"

驱车到市三院时还不到早晨七点，也许因为最近关于闻唐的八卦新闻实在太多，蹲守在医院门口的记者已经所剩无几，其他人都忙着追逐最新热点去了。

热点新闻就是这样，不管前期关注的人有多少，声势有多浩大，过不了多久就会像海浪拍打过后的海面，变得平静且无波澜。

十分钟后，林良等来了闻唐和许欣然，他诧异地注视着许欣然被送进车里，急忙拦住闻唐问："这是要去哪儿？"

闻唐淡漠地说："送她回家。"

"哪个家？许家？"

"她还有其他家吗？"

林良更是丈二和尚摸不着头脑，当务之急难道不是解决食物中毒的事吗？

一路上林良几次欲言又止，他透过后视镜看着呆呆地坐在后座的许欣然，一时无语。他还记得当初追着闻唐的那个许欣然浑身都散发着自信夺目的气质，而此时的她毫无生气，哪里还有从前一分的活泼。

"想家吗？"闻唐看向身边的姑娘，淡笑着问。

许欣然像是听不懂他的话似的，死死地握着双手做出抵御的姿势，一声不吭。

"我跟医生讨论过了，你的病情需要家人陪伴，住院治疗对你已经没什么益处，你母亲已经在家等了你好几个月，她见到你一定会很高兴。"

许欣然仍是无动于衷。

Chapter 09
食物中毒事件

"你也不必太紧张,等你哥哥回来,你们一家人团聚了,兴许你的病也就好了,如果遇到什么难事,还是可以来找我的。"

林良诧异于闻唐的温柔和善解人意,以前许欣然紧追着闻唐不放的时候也没见闻唐展现出现在这种耐心。他忽然觉得闻唐又在精心算计着什么,否则实在无法解释闻唐现在的异常举止。

车子驶进别墅区,停在许家大门外,闻唐绕到另一边替许欣然打开车门,谁知许欣然突然尖声大叫起来。

"我不要来这里!我要回去!回去!"

她声嘶力竭地喊叫,像是发了疯。

Chapter 10
蹩脚的闹剧

这一带的别墅区白天十分安静,尤其是大清早,许欣然的尖叫声几乎响彻半空,林良吓了一跳,闻唐却很镇定,仍维持着刚才那个姿势请她下车。

许欣然像是受到了巨大的惊吓,脸色惨白地死死扒着座椅不肯出来。

"你到家了。"闻唐温和地对她说道。

"老板,她都神志不清了,你跟她说这么多没用。"林良忍不住插嘴道。

闻唐凌厉地扫了他一眼:"你去叫许太太出来,让她把女儿带回去。"

"这……"林良还没搞清楚状况,但被闻唐冷冷看了一眼就把话都憋了回去,忙不迭地去敲许家的大门。

"许太太,许小姐已经给你送回来了,麻烦你开一下门,把人领回去。"

林良敲了半晌,姜敏才颤抖着打开了门。

车子就停在别墅门口,车门大开,闻唐站在边上与姜敏四目相对:"许太太,你的女儿我已经给你送回来了,这几个月她一直在治病,并没有受什么苦,

Chapter 10
蹩脚的闹剧

你可以放心地把她带回去。"

姜敏警惕地盯住闻唐:"你会这么好心?你想干什么?"

"我和许小姐也算有些交情,把她从医院接出来送回家只是把当初的交情结了,许太太不用带着太大的恶意来想这件事。"闻唐语气冰冷,伸手想将许欣然带出来,可手刚接触到许欣然,她就像触了电似的尖叫起来。

"别碰我——我不回家,我要回医院!"

听到女儿的声音,姜敏激动地扑上去,颤抖着握住女儿的手,可许欣然见到她后用力地甩开她往车里躲,生怕被人从车里拖出去。

"欣然,是妈妈啊……"姜敏哽咽着说不出话来。眼前的女儿哪里还有从前的样子,她脸色苍白,精神萎靡,裸露出来的胳膊上甚至还有被勒过的红痕。

"我要回去、我要回去、我要回去……"许欣然嘴里一直念叨着这句话,她不敢去看姜敏,缩成一团,颤抖得越发厉害了。

姜敏悲从中来,哭喊着朝闻唐扑去:"你究竟对她做了什么?你这个疯子,有什么事冲着我来,她做错了什么你要这么对她?"

林良一个跨步把姜敏挡在身前:"许太太,你女儿的精神状况出现严重问题,我老板好心把她送去医院治疗,现在病情稳定了才把人送回来,已经仁至义尽了,你说这话未免也太没良心了吧?"

"呸,仁至义尽?他也配用这个词?欣然为什么会变成这样他心里最清楚!你做了这些伤天害理的事情就不怕遭报应吗?"姜敏声嘶力竭,尖叫声引来了左邻右舍的围观。

闻唐浅笑着摇头:"报应?我没做过什么亏心事,所以不怕报应。倒是许家如今的状况,不知道是不是当初许昌太招摇带来的报应呢?"

姜敏猛然顿住,脸上难掩痛苦之色,她不再和闻唐掰扯,粗鲁地打开另一边的车门把许欣然拖了出来,许欣然奋力反抗,母女两人就这样互相拉扯着,场面一度十分难看。

许欣然似乎被吓得不轻,惨白着一张脸,手脚并用地挣开姜敏的拉扯,一头撞在了车上:"我要回去、回去,我不要来这里……"

不知从哪里传来旁人的议论声:"许家的女儿看来是真的疯了啊,看上去病得不轻呢!"

对好面子的姜敏来说,这无异于在心上戳刀子。

许欣然的额头上裂开了一个大口子,血不断地往下流,触目惊心。

姜敏还想再去拉扯,却被闻唐拦住:"她看起来一点也不想回家,再这么刺激下去,只会让她的病情变得越发严重。我先带她回医院,许太太要是有空,也可以去市三院探望探望。"

闻唐说话完全不是商量的语气,林良拦开姜敏的同时,他把许欣然送进车里。

姜敏疯了似的追着车子跑出很远,最后留在后视镜里的身影哭喊着跪倒在了清晨的小道上。

"老板,这……"

"送回医院。"闻唐冷冷地吩咐道,再也没有多看许欣然一眼,任凭她发着抖,血染半张脸。

许欣然是林良送进医院的,闻唐连车都懒得下,与先前判若两人,更让林良摸不着头脑。

"这场闹剧演得有些浮夸。"静默之中,闻唐不咸不淡地用一句话总结上午发生的一切。

"老板,你是不想再藏着许欣然了?"林良向来不懂就问,虚心求教。

"不是都拿许欣然来试探我吗?我就直接告诉他们,人就在市三院待着,想要人就自己去要。"

闻唐闭目假寐,神情渐渐舒缓下来。

"也是,不过许欣然刚才的反应实在过度得有些奇怪,她当初只是精神受到刺激而已,干吗对那个家那么抗拒?"

Chapter 10
蹩脚的闹剧

闻唐冷哼一声:"你看她能装到什么时候?"

林良手心一紧,许欣然那样子是装出来的?可他看着不像啊……

林良其实一直没弄明白闻唐和许欣然之间的关系。

那会儿闻唐刚回国不到一年,就被许昌邀请合作,自此以后,他就经常出入环球酒店。有一次他和许欣然在酒店偶遇,许欣然对他一见钟情,那之后便开始对他穷追不舍。

但在林良看来,闻唐对许欣然压根没有男女之间的那种感情,可他还是惯着许欣然,纵容她误以为自己是他身边唯一的女人。

当时的林良并不认为闻唐对许欣然是特别的,但是架不住许欣然对闻唐产生的暧昧幻想,许欣然哪怕对闻唐少一分喜欢,后来也许就能少受一点伤。

许昌出事后,许欣然的精神几近崩溃,闻唐让人偷偷地把她送入市三院进行治疗,给了她最好的治疗环境。可那之后,许欣然就再也不说话了,见到任何人都漠不关心,整个人发生了翻天覆地的变化。

许欣然的主治医生告诉闻唐,她的精神受到巨大刺激和打击,一时半会儿难以恢复。闻唐也不急,就那么供着她治疗。

林良原本觉得闻唐还是有些人情味的,不过今天这一出让他想不通,一直小心谨慎不让外人知道许欣然下落的闻唐,居然会主动把许欣然带出医院直接送回家里,闻唐不可能不知道,这一出又该上新闻了。

果然,事发后不到两小时,发生在许家的闹剧就被人传到了网络上,并且被疯狂转载。

林良看了眼实时热搜榜,闻唐的大名果然冲到了榜首,接下来依次是许欣然、许昌,以及这两天酒店发生的食物中毒事件,连带着八年前的案件也上了热搜。

这难道就是老板想要的效果?林良实在不懂。

他边往回走,边茫然地想着这件事,完全没有察觉到温蕴跟在了自己身后。直到进了电梯,他才看到温蕴:"你什么时候来的?"

"林助理,我跟在你身后有好一会儿了。"

林良的嘴角动了一下,伸手按下关门键。

"林助理,闻总为什么突然曝光许欣然?"温蕴看到热搜时也吓了一跳,"是为了钓鱼?"没等林良开口,她又忽然问道。

林良噗地笑出来:"老板可不喜欢钓鱼。"

"现在把八年前的那件事也扯出来了,真的没关系吗?"这不等于二次伤害吗?

林良耸了耸肩,没有回答,事实上他也不知道闻唐的想法。

他撇开温蕴,推门进入总经理办公室,把一份名单摆到闻唐面前:"查过了,海城里和这家供应商合作的大小饭店、酒店有很多,我画出来的这几家是比较大的,曾利的白爵酒店也在其中,而且从季度报表来看,这家是白爵餐饮部的主要供货渠道。"

闻唐蹙眉盯着手里的白纸黑字:"这家供应商的法人代表是谁?"

"一个叫莫光的人,不是海城本地人,为人十分低调,之前被查出不良记录时认错态度良好,应该是个有头脑的人。"

"你再去查一下这个莫光和白爵内部的谁比较熟。白爵这么大的摊子,不可能吊死在一个供应商上,连续几个月从他这里拿货,虽然我说不清有什么问题,但总觉得有猫腻。"闻唐的手指停在白爵的字样上,眯起眼睛思考。

"我马上去办,另外……刚才袁洁问我,网上那件事需要公关吗?"

林良刚才碰到了刻意等着自己的公关部经理袁洁,袁洁不敢自作主张,去见闻唐又被秘书挡在门外,故而只能找林良协商。

闻唐一扬眉,失笑道:"你认为酒店的公关费用已经多到我为了花掉它而刻意自己制造公关危机?"

林良一愣,低声嘟囔道:"那人家袁洁不是没有你这个思想觉悟嘛。"

闻唐揉着眉心,对他扬了扬手。

Chapter 10
蹩脚的闹剧

接连不断围绕着闻唐发生的事情让酒店也不得安宁，不少记者为了追问闻唐，夜以继日地守在酒店外面，再加上时不时有好事者来酒店溜达一圈，酒店安保人员不得不增加人手，二十四小时轮流值班，底下员工的抱怨悄无声息地传开，闻唐却镇定自若。

"食物中毒的那十三个人该出院了吧？"

温蕴跟随闻唐视察时听到闻唐问起这件事。

事发之后，后续处理一直由袁洁亲自跟进，关于对受害者的赔偿也由袁洁逐个去谈，但是对方好像并没有那么好应付，没谈几个袁洁就败下阵来了。

袁洁回答："已经出院了，事情解决之前他们暂时不回A市，但是他们不肯再入住我们酒店，我已经为他们安排了另外的酒店，也仔细叮嘱过对方酒店相关注意事项，应该不会有问题。"

"尽量在这两天把他们的赔偿事宜落实，现在谈得怎么样了？"

袁洁面露难色："不是很顺利，他们对于赔偿金额不太满意，不过我会继续推进。"

闻唐没有耐心，直接问："他们要求多少？"

"比原定金额高出两倍。"袁洁的声音越来越小。

没想到闻唐不怒反笑："袁经理，需要我为你安排一位谈判专家吗？"

隔了两天，阳光环球酒店食物中毒事件的热度总算降了一些，然而酒店的供应商渠道忽然成了新闻热议话题。没多久就有媒体曝光了这家供应商的客户名单，一长串名单里几乎包含了海城所有说得上名字的大小酒店及超市、饭店，不光是酒店业，整个餐饮业都被这次事件牵扯，逼得各大饭店接连发出声明撇清与此供应商的合作关系。

事情的发展令人意想不到，林良刷着新闻，对现在的情况非常满意。这下不仅是曾利，其他同行恐怕都焦头烂额了。

身为餐饮从业者的赵京安气得牙痒痒:"你这伤敌八百自损一千的招数是怎么想出来的?怎么这么损呢?"

闻唐扬眉轻笑:"还有更损的,你要不要听听?"

"这还不是最损的?"赵京安惊呼一声。

"不过还不到展示的时候。"闻唐卖起了关子来。

但看他这副气定神闲的模样,赵京安连日来为他捏着的那把冷汗总算可以歇歇了。

两人你来我往正唇枪舌剑时,林良领着三个人进了办公室。赵京安离开时见那三个人个个战战兢兢的,好像刚被恐吓了似的。

林良简单地做了个介绍:"这位是营销部的张袅,这位是采购部的张伟,这位是餐饮部的齐帅。"

他介绍完后,办公室忽然陷入一片诡异的静谧,站在闻唐面前的三个人大气不敢出一声。

闻唐看了他们一眼,轻描淡写地问道:"知道把你们叫来的原因吗?"

三个人头都不敢抬,这时候倒极有默契,齐齐整整地摇了摇头。

"你们三个互相认识吗?"

还是没人敢说话。

林良不耐烦地皱起眉头,低声训斥:"闻总问你们话,你们是听不到还是不想回答?"

似乎有人轻轻倒抽了一口冷气,营销部的张袅率先开口:"大家都是同事,平时都见过的。"

"那你们呢?"闻唐又问另外两个人。

其他两人跟着点头附和。

"听说A市一行团客是你从白爵抢过来的?"闻唐看向张袅。

整个营销部里,业绩最出色的人莫过于张袅,就在两个月前她刚升为部门副经理,手上的客户资源占了整个部门的三分之二。

Chapter 10
蹩脚的闹剧

"之前听说他们对白爵的客房和餐饮不满意,我就试着去沟通,结果没想到居然把他们拉了过来,只是运气好罢了。"

"白爵的营销部个个都是好手,想从他们手里抢单子可不容易,我听说五年来只有他们抢你们的份,这一回你倒是为环球营销部争了回脸面。"

张袅越听越觉得这不是好话,额头开始冒出阵阵冷汗,她紧张地吞了口口水:"这是部门共同的功劳……"

闻唐冷笑着打断她:"听说你跟白爵的总经理曾利关系不一般,前阵子曾利的老婆还找上门来过?"

张袅猛地瞪大眼睛,错愕地看向闻唐。

闻唐不以为意地笑笑:"曾利这个人的品性我还是很了解的,这批团客该不会是为了讨你欢心才被送来环球的吧?"

"不是的!怎么可能?!"张袅急忙否认,可一对上闻唐的眼睛,她就知道自己辩无可辩。

"张袅,你结婚了吧?中餐厅的主厨朱俊是你丈夫吧?"闻唐和颜悦色地问着,手指轻轻敲着桌面,却一下下慢慢地击溃了张袅心里的防线。

张袅震惊得不知所措,她和朱俊的婚姻关系没有人知道,两人一直小心翼翼地在人前保持距离,正因为如此她才能在营销部大展身手。

闻唐慢悠悠地喝了口茶:"要是让曾总知道自己看上的女人是个有夫之妇,且一直都在欺骗自己,应该会很有趣吧?"

张袅吓得有些腿软,想到身边还有其他两名同事,她觉得自己一直维持着的人设正在一点点分崩离析。

"闻总,我可以……可以单独跟您谈谈吗?"

闻唐看了林良一眼,后者心领神会,领着另外两人出去了。

二十分钟后,办公室的门打开,张袅脸色惨白地走出来,这场面看得张伟和齐帅心惊胆战,之后不需要仔细问就悉数把自己知道的都交代了。

A市旅行社考察团一行人原定入住白爵酒店,曾利不知出于什么目的,假意让给了张衾,这是第一步棋。

出事当天,负责食材的餐饮部齐帅听从张衾的安排,在团客用餐时用了她指定的食材,这是第二步棋。

至于采购部的张伟,他与这件事情并无关联,只不过证实了一个再明显不过的猜测。

"这家供应商的确是温经理执意要用的,我先前调查后提醒过他这家有黑历史,我以为他会就此作罢,没想到最后还是用了。"张伟颤抖着声音说道。

不仅用了,还只单独采购了出问题的那批生鲜。

破晓时分,温蕴等在电梯口发怔。电梯在二十六楼足足停了一分钟才缓缓下来,门一开,她愣了愣,只见闻唐和林良正从里面出来。

"发什么呆?来得正好,走吧。"林良伸手在温蕴面前晃了晃,把车钥匙丢给她。

温蕴一言不发地跟了上去。

"不过你怎么来得这么早?还没到时间吧?"林良系好安全带后问道。

温蕴含糊其词地应了几声,觉得身后有一双眼睛一直盯着自己。

林良倒没放在心上,转过身体与后座的闻唐交谈:"我估计温达就是一时利欲熏心,一听莫棋说有便宜的渠道就心动了,他压根就没有想到会造成这么严重的后果。"

酒店业的从业者之间经常会互通信息,温达作为阳光环球的采购部经理,认识白爵的采购部经理莫棋并不奇怪,但林良深入调查后发现,这两个人之间的交情还远不止于认识这么简单,据说两人私下经常约着喝酒,男人之间的交情通常都是在酒桌上加深的。

温达虽然平时看上去老实本分,其实贼得很,一直偷偷捞油水。听采购部其他人说,先前一直合作的供应链其实已经十分稳定,但在闻唐入主酒店

Chapter 10
蹩脚的闹剧

后,突然切断了与几个重要供应商的联系,当时大家都觉得没有问题,这次出事后才发现其中的猫腻,弄得整个部门人心惶惶。

如果说温达被贪欲冲昏了头脑,林良是信的。

闻唐冷哼一声:"你觉得这只是一时鬼迷心窍?要不要赌一把?我赌他还收了其他不正当贿赂。"

"回扣还不够他吃吗?"林良哑然。

"你真信他不知道这家供应商之前出过问题?"闻唐语气淡淡的。

温蕴把车开进一片小区的地下车库,在入口处远远就看到有个人跺着脚等在那里。她把车停稳后,在林良的示意下,两人一起下了车。

等在这里的人是林良事先约好的莫棋,但莫棋并不想让别人知道他和闻唐见面,更不想影响自己上班,所以才约在自家小区内,并要求必须在他上班之前结束谈话。

车里只剩下闻唐和莫棋两个人,温蕴和林良并肩站在车库入口处。她看向车窗里半隐半现的那张脸,即使隔着些距离,仍能看清他脸上那抹冷意。

"事情查得差不多了是吗?"温蕴转移视线问向林良。

林良如释重负地舒展着筋骨:"是啊,就差收尾了。"

"不会有问题吗?"说不清为什么,可温蕴始终觉得事情不会这么简单。

林良的动作顿在那里,奇怪地问:"你为什么会这么问?"

她摇了摇头,想说只是直觉,就在这时车门开了,莫棋气冲冲地摔门而去,嘴里还碎碎念骂着什么。

而闻唐则云淡风轻地坐在车里,与莫棋的气急败坏全然相反。

温达已经在办公室里待了不知多少天,即使是去卫生间,身边也总有人跟着,仿佛认定了他就是造成这次事件的元凶。

A市旅行社那批团客最终接受了赔偿款,并在十二小时内离开了海城,网络舆论也因那家问题供应商的合作名单而从阳光环球酒店移到了海城整个酒店业,闻唐总算得到了短暂的喘息机会。

但是温达比谁都明白,马上就会轮到自己了。

果不其然,一直紧闭着的办公室门终于开了,闻唐只身一人进来,居高临下地打量着深陷在转椅里的温达。

"你妻子是个老实人,林良随便一问,她就什么都说了。"闻唐清冷的声音里夹杂着某种不为人知的笃定,令温达立即慌了神。

"我什么都没做过,我老婆也什么都不知道,你怎么能去威逼一个女人?"温达急了,从转椅里跳了起来。

"威逼?你连事情的来龙去脉都不清楚,却说是我威逼你妻子?温经理,原来在你心里我一直是这么个形象啊,难怪你会干些吃里爬外的事情了。想必是我无法满足你那些贪欲,所以你才起了歹念?"

温达脸色惨白:"闻总,我在环球干了十几年,对酒店一直忠心耿耿,你不要血口喷人。"

"我是不是血口喷人,你自己心里清楚。"

闻唐掏出一张银行流水账单推到他面前,指着其中一项说:"你妻子账户里的这笔入账,你可以解释一下吗?"

温达万万没有想到闻唐手里居然会有这个东西,他挣扎着想从闻唐手里把账单抢过来,却扑了个空,身体重重地磕在桌角上。

"你担心万一自己的账户被查会露出马脚,所以用你妻子的账户接受这笔钱。我问过你妻子,连她自己都不知道这笔钱是从何而来的,但我查了这笔钱的汇款方,为什么莫棋会给你这么大一笔钱?"

温达的额头直冒冷汗,时至今日,他才感到害怕,双腿哆嗦得厉害,话也说不利索:"是还之前欠我的钱。"

"莫棋可不是这么说的,他说,是你帮了他一个大忙,这是给你的报酬。"

"不,怎么可能?他不可能那样说!"

"温达,我念你是初犯,如果你肯把事情从头到尾讲清楚,我可以考虑

Chapter 10
蹩脚的闹剧

不追究你的责任。但如果你一意孤行,坚持不说实话,我就只能交给律师处理了。"

闻唐言出必行,温达知道他什么都做得出来。

"你不替你的妻女想想吗?"

"我说!"

温达猛地脱口而出,一屁股跌坐回椅子上。

"我、我从来没有想过要给酒店抹黑,我也不知道那批生鲜怎么会出问题。当时我跟莫棋一起喝酒,听他说起这家供应商,说是物美价廉,还能从中赚点小钱,他本来只是随口一说,但我不知道怎么的就一直放在心上。后来我去打听了这家供应商,价格的确比市场价要低,而且我也实地考察过,确认食材是新鲜的,我也不知道为什么单单那批生鲜会出问题。"

温达哭丧着脸,一口气全说了出来,说完之后好像被人抽去了全身所有的力气,面如死灰。

"你只向他们采购了这一批生鲜?"

"因为和原来合作的供应商之间的合同还没到期,我想先试试,所以只采购了这一批,谁想到全用在了那批团客的自助餐里。"

闻唐轻蔑地看着他:"事到如今你还没察觉出来?莫棋只不过是引你上钩而已,他料定你会为了那点蝇头小利去找那家供应商,从而把那批有问题的食材卖给你,你连被人利用都没发现?"

"利用?"温达呆滞地重复了一遍。

"那家供应商的老板名叫莫光,他和莫棋是堂兄弟。"

温达彻底傻了:"我事先并不知道他们有这层关系。"

闻唐嘲讽道:"你自然不知道,就跟你不知道这家供应商之前有不良记录一样。"

"闻、闻总,我真的不是故意的,我要是知道莫棋故意引我上钩,我绝不会这么做!"

闻唐微微往前一倾，冷漠地注视着温达："你不知道，也不是故意的，却心安理得地接受莫棋给你的那笔钱？"

"我……"温达顿时哑口无言。

"温达，这件事归根究底是你造成的，你已经不适合再待在这个位置上了，想必你也没有脸面再留在酒店，我给你一个体面的离开方式。"说着，温达的面前多了一封辞职信，"把它交给人事部，你可以立即解除职务离开这里。"

温达浑身无力，瘫软着看向闻唐。

"另外，这次因你的贪念而造成的损失，酒店会发赔偿单给你，记得走之前把钱结清。"

"不、不是说只要我全部交代就不追究我的责任吗？"

"我只是说，不追究你的法律责任。"

闻唐冷冷地丢下这句话，离开了昏暗的办公室。

随后闻唐再次召开新闻发布会，通报了调查结果和处理决定，事无巨细地给了大众一个交代，里子面子都做到了满分。

"涉事部门的那几个人要怎么处理？"林良虽然心里已经有了预案，但仍需要闻唐首肯。

"这些心不在酒店的人，留着等过年？"闻唐不动声色地剜了林良一眼。

林良心领神会，将早已拟好的人事决定发送到人事部经理邮箱。无论如何这几个人都不可能再留在酒店，索性趁机杀鸡儆猴，给其他有异心的人敲敲警钟。

然而，变故就发生在事情了结的两日后。

当天，温蕴接到闻唐后没有急着去酒店，她从后视镜看到闻唐眉心紧蹙，一路都在看手机。

不知发生了什么事，眼见再拐过一个红绿灯就到酒店了，闻唐却忽然开口：

Chapter 10
蹩脚的闹剧

"调头。"

"啊?"温蕴诧异地看了他一眼,反应迅速地变换了车道。

闻唐把手机递到她面前,指着上面的一个地址说:"去这里。"

他说着接通了导航,温蕴听着机械的导航声,心里产生一种怪异的感觉,在她的记忆里,闻唐从来没有像今天这样看一路的手机。

"闻总,是不是发生什么事了?"为了确保闻唐的安全,温蕴还是决定直接问出口。

闻唐盯着手机上的路线图,漫不经心地回答:"距离目的地还有八分钟,到时候你不就知道了?"

温蕴被噎了一下,一时无言,但是很快就调整过来,正色道:"闻总,我希望你能明白,我是你的保镖,要为你的安全负责,以后如果有这种路线上的突然变化,能不能提前告知一声?"

闻唐故作诧异地挑了挑眉:"我没有提前告知你吗?"

"你这是临时告知!"

"温蕴,你太紧张了,放轻松一些,不会有事发生,总不会有人看不惯我,对我不利吧?"

那是一片位于市中心的城中村,因早年拆迁后还没来得及开发,周边并没有什么居民,自然也没有能停车的地方。

温蕴跟着导航提示一路走进一条深巷,巷子很长,两边的墙壁上爬满了青苔,沿路到处都是坑坑洼洼的积水,风在巷中穿梭。现在虽然是白天,但周边渺无人烟,再加上天色阴沉,这地方透着一股阴森森的感觉。

肩上忽然一沉,温蕴猛地吓了一跳,反手就要把人撂倒,然而动作到一半的时候想起对方是自己的雇主,她硬生生地停止了动作,手就那么好巧不巧地按在了他的手背上。

闻唐附在她耳边,似笑非笑:"你太紧张了。"

这已经是他第二次说这句话了,她看起来真有那么紧张吗?

闻唐的手一直搭在温蕴身上，两人并肩走出巷口，眼前豁然开朗，只见一栋黄色的老旧洋房，外面挂着大大的门牌号"17"。

闻唐低头看了眼地图，收起手机。他正要上前开门时，被温蕴伸手拦了下来："我来。"

她这副将他护在身后的样子，闻唐倒是看出了几分大义凛然。

门没有上锁，推门而入，一股霉味扑面而来。房子的面积很大，一楼是客厅和厨房，但是东西都已经被搬空了。温蕴踩在年久失修的地板上，莫名觉得压抑。

两人又往二楼走，可刚上楼梯，温蕴就闻到了一股类似于汽油的味道，她心里一紧，立刻环顾四周，同时伸手拽住了闻唐的手腕。

闻唐转头看向她，眼眸中似有点点星光。

"闻总，是谁约你来的？这都不可以说吗？"

或许是听出了她的紧张，闻唐将手机举到她面前。屏幕上是一条陌生号码发来的短信，只有短短一行字，说要与他见面详谈关于许昌的事情，并附上了时间地点。如果仅仅是这些并不足以让闻唐赴约，他之所以会在这里，是因为最后的落款——许瑞德。

温蕴轻叹口气，闻唐不可能犯这种错误："你真的认为约你来这里的人会是许瑞德？"

"我并不这么认为，所以才更想知道是谁。"他满不在乎地笑。

说时迟，那时快，一道银光忽地闪过，一阵疾风从闻唐的方向扑来，温蕴下意识地把闻唐拉到自己身后，反手抓住突然出现的那只手，用力一扭，逼得对方松手扔掉了手里的刀。

对方还不死心，另一只手立刻又掏出一把明晃晃的刀子，疯子般用力朝闻唐扑去，但他身手并不矫捷，被温蕴从背后拽住一脚踢飞，重重地摔在了地上。

温蕴不敢大意，急忙挡在闻唐面前，警惕地观察四周。

Chapter 10
蹩脚的闹剧

昏暗中，闻唐看清了躺在地上的那个人，冷冷地叫出他的名字。

"温达，你这是什么意思？"

只见温达痛苦地倒在地上，脸色又青又灰，眼神凶恶地盯着闻唐，好像要把他生吞活剥了一般。

他呵呵冷笑道："我早就知道，你杀死了许总，是不可能放过我们这些旧部下的，你早就想把我们这些老人都清理了吧？这次的事情说不定就是你的阴谋诡计，就是为了除掉那些你看不顺眼的眼中钉，你这种人除了会玩诡计还会干什么？"

闻唐不怒反笑，上前一步："温经理，医院的检查报告表明，那批团客的确是吃了有问题的生鲜才会食物中毒，那批生鲜也的确是你亲自经手，到现在你还不认为自己有错？怎么又变成了是我故意耍手段要清理你们呢？我不妨告诉你一句实话，在我眼里，你们这些许昌的旧部下根本翻不起什么浪花，我没有必要花这些心思对付你们。再者，真要清理你们，还需要这么麻烦？"

温蕴警惕地盯住温达，以防他有进一步动作，心里却在腹诽，闻唐这家伙能不能不要再刺激人了？

"你就是这种卑鄙小人，为达目的不择手段，你以为我会相信你说的话吗？你让我赔偿那么大一笔钱不就是把我往死路里逼吗？我哪有这么多钱赔给你？"温达声嘶力竭地吼叫。

"你给酒店造成这么大的损失，难道不应该赔吗？"闻唐反问。

温达嘴角嚅动了一下，忽然怪异地一笑："我老婆知道这件事后跟我闹翻了，那么一大笔钱我是肯定还不出的，我反正是活不成了，拉一个垫背的也不错。"

温蕴心里立即警铃大作。

就在这时，温达的手里忽然多出一点火光，温蕴和闻唐还未及反应，就见他将打火机猛地朝身后那间屋子丢去，一瞬间火光四起。

温蕴一个激灵,难怪刚才她就闻到一股类似汽油的味道,果然如此!因为汽油都洒在房间里,他们的注意力又被温达吸引,所以还没来得及查看其他房间。

她连忙带着闻唐往楼下走,没想到温达居然扑了上来,一把抱住了闻唐的小腿。

火越烧越旺,温蕴暴力地踢开温达,推着闻唐三两步就下了楼,好在一楼的家具都已经被搬空,他们毫无阻碍地冲出了洋房。

到了外面温蕴才发现,不只是她死死抓着闻唐不放,闻唐也一直用力地握着她的手。

"闻总,你站远一点,马上报警,我去把温达弄出来。"温蕴放开他就要往回冲,却被闻唐拽住。

"他就算死在里面也是咎由自取,没有必要为这种人冒险。"

"不行,好歹也是一条人命,我去去就回,不然就来不及了。"温蕴用力撇开闻唐,迅速冲进洋房。

手掌落空的一刹那,一股无法言语的失落从闻唐的心底倏然升起,但此刻并不是想这些的时候,他迅速打电话报了警。

眼见火势越来越大,从二楼蔓延至一楼,他的视线一刻不离地盯着门口,却始终不见温蕴的身影。不知过了多久,也可能连一分钟都不到,闻唐等得心焦,正要冲进去救温蕴时,温蕴总算出现了。

她手里拖着半死不活的温达,奋力将他丢了出来。就在他们出来的下一秒,门内的木头廊柱轰然掉落,溅起了无数火光,也将唯一进出的门堵得严严实实。

闻唐一个箭步上前揽住温蕴,心里忍不住后怕。

"有没有受伤?"闻唐刚问完,就看到温蕴小腹处的外衣上竟然染满了血,双目顿时变得猩红,"怎么回事?"

刚才神经一直紧绷着,所以感觉不出任何疼痛,这会儿放松下来,温蕴

Chapter 10
蹩脚的闹剧

才觉得小腹处隐隐传来刺痛。下一秒,她的身体忽然腾空,她被闻唐打横抱了起来。

她慌忙推开他:"你干什么?"

闻唐脸色铁青:"去医院。"

被丢在一旁的温达无人问津,恰巧警察和消防队也赶到了现场,闻唐向警察交代了几句,迅速朝巷子外走去。

是怎么受伤的呢?

温蕴用力捂着伤口,一路想了好久,应该是救温达时不小心被划伤的,那时温达像疯了似的挥着手上的刀子,而她只想着快点离开,所以忽略了他手上拿着凶器。

嘶——还真是有点痛。

"你一直都这么圣母吗?"闻唐死死地握着方向盘。

"你生气啦?你不希望我去救温达?但如果温达死在里面,对谁都没有好处,我权衡再三,觉得他还是活着少些麻烦。"温蕴尽量用轻松的口吻,试图打破车内一沉到底的气氛。

闻唐闭口不言。

"闻总,你是不是因为我受伤所以过意不去啊?我是你的保镖,保护你是应该的,你不要有心理负担。"温蕴笑着伸手拍拍他的肩膀。

温蕴受的只是皮外伤,流点血而已,对她来说虽算不得家常便饭,但也没什么大不了的,她自己倒不是十分在意,不过这么好的机会,不敲白不敲。

"闻总,你要是心里实在过意不去,就多给我点奖金?"

谁知闻唐一个白眼飞过来,冷冷地命令道:"闭嘴。"

Chapter 11
你很喜欢钱?

温蕴的伤势并不严重,确实只是皮外伤,但自那以后,她一连好几天没有再见到闻唐,连林良都不知所终。她向秘书打听过,秘书却闭口不言。

整个楼层空荡荡的,仿佛只剩下温蕴一人,她感到十分诧异,按理说,闻唐外出她应该随行才是。

"你一个人发什么呆呢?"安静的办公室里忽然响起一个语带揶揄的声音。

温蕴抬眼望去,愣了几秒,在脑海中快速搜索,来人应该就是赵京安。

"我来楼下的餐厅监工,顺便上来看看你,听说你又受伤了?闻唐这个剥削者,居然不让你在家里好好养着?"赵京安如入自家办公室,惬意地往林良的软椅上一坐,边关心温蕴边吐槽闻唐。

温蕴有些尴尬地摆手:"没什么大事,是我自己不要休息的,跟闻总无关。不过你知道闻总这几天在忙什么吗?"

Chapter 11
你很喜欢钱?

"你不知道吗?大概在处理温达的事情吧,他把温达交给警方处理了,又是故意伤人又是受贿的,我估计没有十几二十年出不来。"

"他要把温达送进牢里去?"温蕴错愕地问道。

赵京安反问道:"你觉得不应该吗?"

温蕴瞬间哑口无言。说到底,可怜之人必有可恨之处,这一切都是温达咎由自取,到最后他甚至对闻唐起了杀意,换任何人都不可能对他放任不管,更何况是闻唐这般记仇的人。

"温蕴,闻唐可不是妇人之仁的人,他走到如今的地位,哪怕有半刻心慈手软,都早被人赶下来了。你之前调查过他的事情,你不是应该了解的吗?"

了解是一回事,亲眼所见又是另一回事。

"走吧,反正闻唐也不在,正好我今天带了厨师过来,你来帮我一起试试菜?"虽是问询的语气,但赵京安不容置疑地就把温蕴拉了起来,完全不给她拒绝的机会。

温蕴压下满腹疑问,既然是闻唐的决定,那她一个保镖就不该对他有任何异议。

赵京安的餐厅设于二楼,与一楼穹顶相连,试菜试到一半的时候,她们忽然听到一楼传来一阵骚动。

"好像来了警察,说是要查看监控和入住信息,大堂经理和保安部经理还在跟对方交涉。"餐厅服务生把看到的情况说了一遍,脸上还带着疑惑。

"警察?"

赵京安看了温蕴一眼,两人十分有默契地一同起身走向餐厅外,隔着栏杆正好能看到整个前台的情况。

只见几名警察一脸严肃,场面有些混乱。

"无缘无故怎么会招来警察?"赵京安喃喃自语道。

"这些是民警,应该不是什么大事。"

不一会儿,来的警察分成了两批,一名留在前台查入住信息,另外两名则被保安部经理带去监控室查看监控。

到了下午她们才知道警察来酒店的原因——海城一个十八岁的女孩于四十八小时前离家出走，父母见孩子迟迟不回家，联系了学校和几个要好的同学，但都表示没有见过她，父母在走投无路的情况下报警找人。

据失踪女孩的同学透露，她或许会去阳光环球酒店找人，因此警察才找上了门。

酒店的监控录像显示，该名失踪的女孩的确在一天前住进酒店的1902房间，此后一整夜都待在房间里，直到第二天早晨七点用完餐后离开酒店，至此下落不明。

温蕴趴在办公桌上，不知何时睡了过去。

她做了一个很奇怪的梦，梦里她在一间冰冷的手术室里，她看到自己孤零零地躺在手术台上，浑身是血，无论她怎么喊，躺在手术台上的自己都无法清醒过来。

她像是梦魇住了，额头上全是冷汗，她伸出手，好像想抓住什么一般，忽然，一只微凉的手抓住了她的手。

这种触觉太过真实，她猛地从睡梦中惊醒过来，呆呆地望着闻唐，手还被他握着。

"做噩梦了？"他没有放开她的手，低声温柔地问。

温蕴的心跳猛地漏了一拍，她不敢去看他的眼睛，忙缩回手摇头否认。

"我让你好好休息，你怎么不听？"

她茫然地看着他："我在休息啊。"

"噗。"林良的笑声不知从哪里传来，很快又憋了回去。

"你办完事了？"温蕴被闻唐看得有些慌神，假装心不在焉地岔开话题。

"嗯哼，刚才顺便去了趟你们保镖公司。"

她立即紧张起来："你去那儿干什么？"

Chapter 11
你很喜欢钱?

"去提给你涨薪的事啊,之前你不是让我多给你点奖金吗?"

原来他还记得她说过什么。

"不过温蕴,我很好奇,你很喜欢钱吗?"

温蕴不假思索地点了点头。

"有多喜欢?"

"可以为了它拼命。"

"你当初愿意做我的保镖……"

"因为钱多。"

闻唐的表情无奈中又带着些许纵容,他摇着头叹息:"你这么耿直会被老板讨厌的。"

"你希望我对你撒谎?"

"那倒不是。你这么急着攒钱是为有朝一日的治疗做打算?"

闻唐问得很隐晦,但足以让温蕴听懂,既然在他面前已经没什么可隐瞒的了,温蕴大大方方地点头承认。

闻唐了然地微微颔首。

此时,保安部经理高伟面色阴沉地走了进来,他跟林良耳语了几句后,就见林良脸色微微一变,然后踱到闻唐身边说道:"高经理有事情要报告。"

一看林良的脸色,温蕴就知道不是什么好事。

监控室内,高伟将其中一个暂停的画面指给闻唐看,并将事情的来龙去脉交代了一下。

中午警察来查的失踪女孩叫冯蓝,她曾入住在登记名为胡杨的房间里,并于第二天很早就离开了。警察查过她的行踪后没什么重大发现,所以很快就离开了。

但是高伟向来心思缜密,他觉得事情没那么简单,于是让人把两天内所有的酒店监控录像都查了一遍,结果居然在员工通道的监控里发现了已经失踪的冯蓝。

据监控录像显示,冯蓝在昨天夜晚十一点半左右从员工通道进入酒店,而后乘坐员工电梯直接到达19楼,进的却不是前一晚她留宿的房间,而是位于走廊尽头的总统套房1938,那之后就再也没有出来过。

也就是说,自她进入总统套房已经过去将近十六个小时,而中午警察来酒店调查的时候,她就在酒店房间里!

闻唐大致了解情况后问高伟:"1938退房了吗?"

"还没有,我一直让人盯着1938外面的监控镜头,没有发现她出来。闻总,要不要过去看看?"高伟心里隐隐有种不好的预感。

闻唐看了眼林良,林良立即联系了客房部经理。

"客房部那边说,1938的房间一早就打电话来要求打扫,他们进去打扫的时候发现里面还睡着个人,但是由于打电话的客人说过不要打扰睡觉的客人,所以他们打扫完后就马上离开了。"林良如实汇报道。

"你去问一下前台,1938原先预定时间是几天,另外,把吴霞叫来。"

闻唐说罢,大步流星地离开了监控室。

一行人到达1938房间门口,敲了好半天门都无人应答,闻唐示意客房部经理陆英直接刷卡进去。

房间的客厅内依旧是上午打扫过后的样子,没有被人动过的迹象。次卧没有人,但主卧的门是关着的,敲了好几声都没人应门。

负责打扫的保洁小声说:"早上我们进来的时候也是这样的,客人可能睡得太熟了,直到我们打扫完出去,床上的人都没动一下。"

"一动没动?"闻唐犀利地问道。

保洁冷不丁地一颤抖,下意识地点了点头。

这时,林良带着大堂经理吴霞赶来。

"老板,查过了,1938原本只预定了一个晚上,但今天上午十点半的时候客人又续费了一晚,没见到人,直接划账的。"

闻唐眼底一片阴沉,他推开卧室的门,吊灯亮起的同时,卧室内的黑暗一

Chapter 11
你很喜欢钱?

扫而空,然而饶是如此,床上的人依旧毫无反应。

"你们上午进来的时候客人就是这样躺在床上?你们有没有看清客人的脸?"陆英连忙问自己的手下。

两名打扫该房间的保洁均表示,因为客人整个人都包在被子里,所以看不清客人的长相,而且直到她们打扫完离开,床上的人都维持着同一个姿势。

床上被紧紧包裹成一团的棉被皱巴巴地耷拉着,在闻唐的示意下,温蕴轻手轻脚地走近床边,深吸一口气,伸手将被子掀开。

被子里果然躺着一个女孩,蜷缩着身体,闭着眼睛毫无知觉,可是雪白的脖颈上,一条红痕异常刺眼。

温蕴心里咯噔一下,伸手探了探女孩的鼻息,良久才直起身看向闻唐,眼里闪着莫名的情绪:"闻总,没气了。"

听到温蕴的话,闻唐像是早料到了最坏的结果,冷静地对林良吩咐道:"报警。"

警察来得很快,随行的法医立即上前检查尸体。警察分别给在场的人做了笔录,完成初步询问后,法医的初步尸检结果也出来了。初步判断,女孩应该是死于窒息,脖颈上的勒痕是致命伤,但还需要进一步尸检。

送走警察后,闻唐对林良吩咐:"这件事你亲自负责跟进,如有需要,其他部门全力配合。"

林良脸色凝重:"明白。"

温蕴随即跟上闻唐的脚步,迅速离开案发现场。

阳光环球酒店近来不太平,自从两个多月前原老板许昌去世后,接二连三地出事故,先是食物中毒,再是发现海城失踪的十八岁女孩死在酒店的总统套房内。

案发后的第二天傍晚,阳光环球酒店再次登顶热搜,闻唐的大名也再次出现在各大新闻当中。

有所谓的知情人士指责，酒店方面对于死者冯蓝的死亡有着不可推卸的责任，认为冯蓝既然已经进入酒店，酒店就理应负责她的安全，不管冯蓝是从哪个入口进入酒店，没有发现她就是酒店方面的失责。

这位知情人士还爆料，1938房间登记的客人是酒店的常客，与酒店各部门都很熟悉，酒店方面恐怕是和凶手串通，明知冯蓝已经死了却故意隐瞒拖延报警时间，给凶手争取逃脱的时间，同时增加警方破案的难度，否则保洁在冯蓝死亡当天早上打扫房间时，怎么会全程都没发现客人已经死亡？

明明是漏洞百出的说辞，却引起了大量网友的附和，类似谣言在各大网站如雨后春笋般出现。

闻唐一纸律师函将首先造谣污蔑的网友告上法庭，并声称绝不接受和解，一切由法律定夺。

大约是看到律师函怕了，被告网友的微博瞬间清空，连账户都注销了，不明真相的网友们又认为爆料人受到了闻唐的人身威胁，于是骂得更凶。

在他们眼里，千错万错，反正都是闻唐的错。

温蕴对闻唐直接把网友告上法庭的做法并不认同，她担忧地说："你这么做可能会适得其反。"

闻唐不以为然："我是在替他父母教育他，虽然网络世界是虚拟的，但是造谣污蔑同样是违法的。"

"也许对方只是个小孩子呢？"

"小孩子就可以不受法律的约束？小孩子就可以随意中伤他人？小孩子就能不分青红皂白地随便朝人丢石头吗？更何况以这个人的谈吐和思维逻辑，我觉得你多虑了，此人大概率已经年满十八。"

温蕴张着嘴，半天说不出话来。她知道自己没有资格对闻唐的决策指手画脚，也理解他这么做的原因，却无法苟同。

林良见气氛有些微妙，出声打圆场："温蕴，你听没听说过一句话？造谣一张嘴，辟谣跑断腿。上次食物中毒的事情你还没发现有些人就是满满的恶

Chapter 11
你很喜欢钱?

意吗?我们从一开始就选择用法律的武器保护自己,避免后续更大范围的造谣,是为了及时止损,现在很多网民不会看辟谣的。"

林良苦口婆心地向她解释其中的利害关系,温蕴不是个不通情达理的人,只要让她了解内情,她自然会认同。

谁知还没等温蕴开口,闻唐已经嘲讽道:"就让她保持这颗圣母心吧,不用说太多。"

温蕴瞪了闻唐一眼,离开了总经理办公室。

这边案情还没水落石出,酒店在各大点评网站的评分却在一夜之间一落千丈,许多水军的账号不仅频频给酒店打低分,还在留言处肆意造谣诋毁酒店。

这些评论中有些甚至是夸张地直接复制粘贴,好像生怕别人看不出自己是恶意诋毁一般。

袁洁快速做出反应,暂时关闭了各大网站上的点评功能,却被抨击为做贼心虚。

温蕴终于意识到了恶意言论可能造成的严重后果,即便酒店里发生的命案跟酒店一点都没有关系,这些人却可以凭借一些无端臆测随便诋毁中伤他人。

难怪闻唐执意要将散播谣言者告上法庭,其实他心里比谁都清楚,即使告赢了也没有人会在意,那些造谣诋毁在网络上已经留下了痕迹,根本不可能因一张判决书就消失不见。

这大概就是所谓的"造谣一张嘴,辟谣跑断腿"。

后半夜时,海城忽然下起了暴雨,温蕴一夜未眠,静静听着大雨肆无忌惮地拍打窗户。屋内漆黑一片,她睁着眼睛躺在床上,不知过了多久,外面的雨渐渐小了,尖锐的手机铃声刹那间划破了屋内的寂静。

此时已经是早晨六点过后,来电的是赵京安。温蕴刚划开接听键,赵京安的声音就急急地传了过来。

"温蕴,你能不能去看一看闻唐?"

温蕴的大脑还处于停摆的状态,一时不明白她的意思,还没来得及回应,赵京安又说:"许昌的案子连带着八年前跟闻唐父亲有关的那起案件都被翻出来热议了,我有点担心他。他手机关机了,我联系不到他,他现在住在哪里?你把他的地址发给我。"

温蕴把闻唐的住址发给赵京安后上网查看,发现从凌晨三点多开始,各大媒体官方账号陆续发出新闻,称几个月前许昌的自杀并非偶然,需要追溯到八年前发生在环球酒店的一起诱奸案上。报道称,当年被指认为嫌疑人的闻仲天实则是被人陷害,而真正的主谋是已经去世的前环球总经理许昌。

这些人大半夜都不用睡觉的吗?但温蕴现在无暇关心这些事情。

清晨的马路被暴雨冲刷一净,雨仍不停歇,温蕴紧握着方向盘,想到这样的天气,闻唐的腿必定又是疼痛难忍,心里隐隐作痛。

她深深吸了口气,想要把这种陌生的感觉从心里挤压出去,可只要一想到闻唐现在或许正承受着本不该由他承受的伤害,她就觉得呼吸都沉重起来了。

明明闻唐也是受害者,但所有的恶意揣测和谩骂都如同潮水般毫不留情地向他涌去……温蕴突然有些后悔之前与他发生的口角。

她赶到闻唐住处的时候赵京安还没到,门铃响了三声后,闻唐才慢悠悠地前来开门,见到门外的人他有些诧异:"你比平常早了两个小时。"

温蕴看他一身居家服的打扮,脸上完全没有睡过的痕迹,难道他也一夜没睡吗?

她忽然上前一步,不由分说地抱住他,巨大的落地窗被雨帘模糊了外面的世界,这一刻她只想告诉他,并不是所有人都站在他的对立面。

闻唐被她突如其来的动作吓了一跳,低头看向怀里的人哑然失笑,他拍着她的头顶问:"你怎么回事?"

Chapter 11
你很喜欢钱？

"不要去看那些不好的东西，并不是所有人都相信那些胡编乱造的东西的。"她的声音闷闷地传来。

今天的温蕴与往日的温蕴大不相同，卸掉那张强装冷漠的面具，她看上去反而鲜活了许多。

"我是那种会因为这种事就不开心的人吗？我的心可是石头做的。"他拍拍她的背，幼稚地开着玩笑，把她领到沙发处。

她当然知道，她一贯知道他的内心犹如铜墙铁壁。

温蕴脸上泛着不同寻常的绯红，她有些不好意思地别开视线，这才看到茶几上扔着几包止痛药，她不由自主地看向他的腿："又疼了？"

他不否认："也没那么疼。"

这种后遗症本来就无法完全根治，受过伤的关节随着年纪的增长会在潮湿阴冷天里酸痛难忍。

"原来赵阳说的是真的。"

她奇怪地看向他，不明所以。

此前闻唐曾不小心听到赵阳与温蕴的对话。

当赵阳问她"你是不是喜欢上闻唐了"时，站在暗处的闻唐呼吸不由得微微一窒。当时他说不清自己是什么想法，却很想知道温蕴的答案，然而温蕴什么都没有说，转身落荒而逃。

门铃再度响起，温蕴急忙按住正要起身去开门的闻唐，大约是担心他的腿，眼里忧心忡忡的。

来人是赵京安，她见到温蕴时惊愕地瞪圆眼睛："我是不是来得不是时候？"

"你知道就好。"闻唐佯装不悦地揶揄。

"你看新闻了吗？知道发生什么事了吗？"赵京安再度看向闻唐，闻唐优哉游哉的样子让她觉得自己简直是替皇帝着急的太监。

"最近新闻太多了，你说的是哪条？"

"你装傻是吧？我说的当然是许昌和你爸八年前那件事啊。"赵京安嘴快，一股脑儿脱口而出。

"你说那件事啊，"闻唐漫不经心地揉着左腿膝关节，"我知道。"

"那你还这么淡定？"

闻唐抬头瞄了她一眼，语出惊人："是我找人发的新闻。"

温蕴和赵京安同时愣住，一瞬间，屋内死一般的寂静。

"你们至于这么惊讶吗？"他好笑地看了她们一眼。

半晌，赵京安讷讷地问温蕴："你事先知道这件事吗？"

温蕴茫然地摇头。

"闻唐，你到底要干什么？还嫌现在不够乱吗？命案还没有结案，你又整这一出，是生怕媒体不来找你麻烦吗？"赵京安头疼地揉了揉眉心。

"京安，你看上去很暴躁。"

赵京安哑然，她能不暴躁吗？身为朋友，她并不希望闻唐陷入困境当中，也不希望他被那些流言蜚语诽谤中伤。

闻唐笑着将视线从赵京安转向温蕴："待会儿跟我一起去趟医院。"

听到医院两字，温蕴立刻紧张起来："你哪里不舒服吗？"

"我要去跟阿远见一面。"他摆了摆手示意自己没事。

宋清远的名字一出，赵京安立刻安静下来，原本想说的话也活生生地咽了回去。

闻唐又笑眯眯地问赵京安："你要一起吗？"

赵京安咂了咂嘴："我就不当你们的电灯泡了。"

说罢，她又叮嘱了闻唐几句，这才迅速撤离，给两人留足了私人空间。

闻唐早几天就和宋清远约了见面时间，只是没想到这场突如其来的暴雨会下得这么持久，他看着沿路被风雨肆虐的林荫，眼底渐渐浮现一丝倦意。

温蕴将闻唐送到宋清远的办公室后本想回避，谁料却被闻唐按在了宋清远对面的病人座位上。她心里顿时闪过一丝不好的预感，她记得上一回也是

Chapter 11
你很喜欢钱？

这么莫名其妙地被带来医院，做了各项脑部检查。

对了，上次的检查结果到现在都还没有告诉她。

宋清远面色如常地走进来，照例与闻唐互损几句后才转向温蕴："上回做的检查结果出来了。"

温蕴的心猛地揪了起来，她摇了摇头说："我曾经在慕尼黑做过脑部全面检查，医生告诉我受过的创伤已经痊愈，没有任何问题，从医学的角度他也无法解释为什么我的记忆会出现这种情况，他推测或许是心因性的，也许在将来忽然就痊愈了也说不定。"

宋清远皱起了眉头："是在替你做手术的那家医院做的检查吗？"

温蕴理所当然地点了点头。

"所以那之后五年里你再也没有做过检查？"宋清远有些不可思议地看着温蕴。

按理说像温蕴这样清楚知道自己脑部受损的人至少应该做到一年一次脑部检查，然而她居然五年都没有检查一次。

宋清远叹了口气，把她的脑部CT片放到桌上："如你所言，光从片子上来看没有任何异样。"

闻言，温蕴不知是松了口气还是提了口气，宋清远这个答案显然并不是她所期待的。

宋清远将脑科专家的分析向温蕴转述了一遍，说话语气无波无澜，就像只是把一堆专用名词背了一遍而已。温蕴听得云里雾里，只知道宋清远说的情况大致与五年前医生说的相同，过了五年，她的大脑似乎毫无改变。

可能是之前也没有抱太大希望，所以当宋清远说完，温蕴也没有太多失望的情绪。

临走时，闻唐随意找了个借口支开了温蕴，一脸阴郁地问宋清远："到底是怎么回事？"

只剩下他们两个人，宋清远的话锋忽然一转，仍是刚才那张CT片，他指着其中一个小白点，神情严肃地说："这里有一个盲点，虽然无法确定，但我们怀疑她的大脑里被植入了芯片。"

一大清早，雨依旧不停歇，雨声太大，因而当门铃响起时，姜敏有些没反应过来。

自从丈夫许昌死后，找来这里的人没一个是好人，他们都想从她口里听到诋毁丈夫的话，用尽一切办法来套话。时间久了，她开始害怕听到敲门声，有时候即便在家，但通过可视对讲机看清来人后，她就会躲在家里一声不吭，假装家里没人。

这次也一样，她照例想假装家里没人，甚至连看都懒得去看来人是谁，可门铃始终响着，不绝于耳。

她沉思了一会儿，蹑手蹑脚地走到玄关，像往常一样打开可视对讲机，然而只那么一眼，她便如遭雷击，整个人都呆住了。

姜敏的呼吸渐渐变得急促，大脑还来不及思考的时候，手上已经迅速地做出了反应。

门一下子被打开。

"你还知道回来？"

姜敏努力平复情绪，盯着眼前许久未见的儿子。丈夫出事后，她一直试图联系儿子许瑞德，但许瑞德就像从人间蒸发了一般，所有人都说没有见过他。

许瑞德带着一身雨水闪了进去，歉意地向母亲低头："抱歉，妈，我不是有意要避开你，我有我自己要做的事情。"

姜敏眼眶微微泛红，责备的话到底还是没有说出口，家里突逢剧变，即使他回来了又能改变什么呢？

"听说妹妹曾经回来过？"许瑞德回到家后直奔主题，他也不确定母亲是否看到了最近铺天盖地的报道，面带忧色。

姜敏扶着额，看上去一下子老了十岁："闻唐带她回来过，但是她像疯了

177

Chapter 11
你很喜欢钱？

似的，好像已经不认识我了，死活不肯跟我进家门，还求着闻唐把她送回去。作孽啊，真是作孽啊……"

"妹妹有精神疾病，一直在市三院治疗，听说爸出事后她就一直在那里，你之前一点都不知道吗？"

"什么？"姜敏迟钝地接收到来自儿子的信号，碎碎念道，"怪不得她那么奇怪，原来……原来……一定是闻唐把她害成那样，她那个时候那么喜欢那个男人，跟着了魔似的。"

许欣然喜欢闻唐这件事，姜敏起初并没有任何疑义，甚至还认为闻唐是个年轻有为、不可多得的人才，哪知道他居然包裹着狼子野心。

"妈，我这次回来就是想跟你说一声，我准备约闻唐见面。"

虽然他羽翼未丰，可他容不得那些人践踏已经死去的父亲的尊严。自从新闻曝出八年前那起案件后，死去的父亲再次成为舆论焦点，其中不乏一些刺耳难听的话，他认为这一切都是闻唐设下的圈套。

"到时候我会设法跟闻唐谈判，让妹妹回来。妈，我现在是咱们家唯一的男人了，我会扛起这个家，保护好你和妹妹。"许瑞德歉疚地说。

几个月前他回国时，生生忍住没联系母亲，当时父亲惨死，妹妹不知所终，连他也失去联系，母亲的日子想必十分难熬。所幸这些都已经过去了，他和闻唐之间始终要做一个了断。

谁知姜敏却问："非要如此吗？"

许瑞德不明白她的意思，以为她在担心自己，于是宽慰道："妈，你放心，他现在腹背受敌，不会对我怎么样的。"

姜敏早已心力交瘁："总之，回来就好，你会搬回来住吗？"

"当然，我会和妹妹一起回来，这个家没有散。"

母子二人时隔几年，紧紧地抱在一起。

这些天，许昌再度成为新闻焦点，不仅仅是他的死，八年前的案件更是被网友再度扒皮，越扒越触目惊心，越扒便发现许昌是当年诱奸案主谋的可能性就越大。

温蕴时不时就会关注网络上的进展，她始终无法理解闻唐主动曝光这件事的行为。

这时，一直不肯现身的许瑞德终于出现了。

温蕴在心里哀叹一声，果然如闻唐所料，每一步都恰如其分。

许瑞德约闻唐在市三院见面，闻唐没有异议，欣然答应。

闻唐的腿在雨天走路不那么利索，上车时他对温蕴笑道："你哭丧着脸的样子一点也不好看，来，笑一个。"

温蕴面无表情地怼他："你努力开玩笑的样子也一点都不好笑。"

她默默地护着他上了车，驶向市三院。

温蕴对市三院的观感着实算不上好，住院部阴森森的，医护人员不苟言笑，或许是这些特殊的病人给他们带来的压力实在太大，每个人都冷冰冰的。

如果不是闻唐要来，她一点都不想再来这个地方。

可是许欣然在这里待了将近半年，偶尔神志清醒的时候，她又是怎么忍受这个如牢笼般的冰冷世界的呢？

"不要这么紧张，这是在医院里，他不会做出格的事情。"闻唐感受到身边的人的僵硬，笑着安慰她。

温蕴眼角的余光瞥向他，咂了咂嘴，沉默地跟着他前往住院部。

住院部楼下停着一辆黑色的轿车，车窗大开着，可以看到后座坐着一个年轻男人，像是在等人。

闻唐看清车里的人，抿嘴笑笑，低头附到温蕴耳边说："那个人就是许瑞德。"

温蕴的手立刻握成拳头，微微侧身挡在闻唐身侧，像是母鸡护着自己的小崽子。

Chapter 11
你很喜欢钱？

许瑞德下了车,与闻唐之间隔着几步距离,他看了温蕴几眼,才把视线又转回闻唐身上,笑道:"闻总这么小心?连来医院都不忘带着保镖?"

"许少爷,你把我约在这儿,是想来看看妹妹?"

"既然闻总这么直接,那我也开门见山了,我想把我妹妹带回去,闻总应该不会介意吧?"

闻唐耸了耸肩:"你母亲应该告诉过你,不是我把她绑在这里,是她自己不肯回去。"

"是啊,可见我妹妹病得非常厉害,这里的医生对她束手无策,我想带她去国外看看,说不定会出现转机。"

闻唐此前并不曾见过许瑞德,他接触许昌那会儿,许瑞德还在国外读书,所以他对许瑞德的为人和作风并不熟悉。现在看来,眼前这个年轻人虽然说话心思都十分缜密,但毕竟不善于争斗,心里想的什么,闻唐大概也能猜到几分。

"我跟欣然从前也算是朋友,如果她的病能好起来,我自然是很开心的。你是她的哥哥,带她走是你的权利。"闻唐淡淡地笑着,也不点破,顺着他的话往下说。

温蕴则不动声色地观察着许瑞德,她的日记里曾经提过,她曾在多个不同的场合碰上过一个疑似许瑞德的男人,原来就是他。

按理说,许瑞德和闻唐之间应该有着不可磨灭的仇恨,他和其他人一样,认为许昌是被闻唐害死的,现在却能如此平静地面对所谓的"杀父仇人"。

闻唐的态度就更耐人寻味了,在温蕴的印象里,闻唐对许瑞德可说不上有什么善意。

"要不要见一见她?"闻唐说着,朝住院部大门走去。

三人进了许欣然的病房,温蕴跟闻唐寸步不离,眼睛更是盯在许瑞德身上,警惕地观察着他的一举一动。

今天的许欣然倒是与往日不同,漂亮的脸上毫无狰狞之色,她十分平静地坐在角落的凳子上，仰头望着顶上的那扇窗子。

市三院的病房与普通医院的病房不同，窗户都在病人无法够到的高度，窗口不大，因而病房里常年都是阴冷的。

许瑞德见到许欣然时，浑身猛地一颤，喉头不自觉地一紧，他走到许欣然面前蹲下，低声喊了一句："欣然，我是哥哥呀。"

温蕴见过许欣然为数不多的几次里，许欣然都处于茫然无意识的状态，原以为这次情况也应该相差无几，没想到许欣然见到许瑞德后，表情渐渐起了变化。

"哥哥？"许欣然轻轻地重复了一遍。

"是哥哥，哥哥让你受苦了，跟哥哥回家好不好？"

她仿佛没听到他的话，嘴里仍念着："哥哥？"

许瑞德看到许欣然这副样子痛心极了，许欣然越是不清醒，他心里对闻唐的恨意就越深，是这个人害他失去父亲和原来的妹妹，生生地拆散了他的家。

"许少爷，人你已经见到了，是不是该说明你约我来这里的目的了？"闻唐淡漠的声音在病房里响起。

许瑞德的手猛地握紧，他带着伪善的笑站起身："闻总，名利、地位、金钱，你想要的都已经得到了，我父亲死得不明不白，就算你的酒店现在遇上了什么麻烦，也用不着把我父亲拉出来为你转移视线吧？"

"既然你提到这件事了，我倒是想问问你，你对这件事有什么看法？"闻唐双手抱胸，从容地望着他。

"我的看法重要吗？"

"如果不重要，你何必在背后做那些下三烂的勾当？"

许瑞德剑眉微蹙，他毕竟比闻唐小几岁，光是气场就输了一大截，不管他装得如何淡定，也掩盖不了本能流露出来的怯意。

"我不明白闻总的意思。我父亲已经死了，母亲只是个不问世事的家庭主妇，我无依无靠，就算想做什么也举步维艰，闻总是不是误会我了？"

Chapter 11
你很喜欢钱？

"你不是还有个愿意为你撑腰的曾叔叔吗？"

许瑞德的笑有那么一瞬间凝固了。

"煽动舆论，找人曝光所谓的真相，找水军在点评网站刷恶评，包括我在机场被人袭击以及那场莫名其妙的车祸，应该都是拜你所赐吧？你这些手段虽然很拙劣，不过不得不承认，效果不错。"

"闻总真是幽默，你该不会是有被害妄想症吧？这些事情跟我可没关系，你别随随便便就把脏水往我身上泼。"

闻唐虽然笑着，眼神却是冷的。

"许瑞德，我没有时间也没有耐心陪小孩子玩过家家，是时候让游戏结束了。"

Chapter 12
喜欢你这件事

从医院接回许欣然后，许瑞德也搬回了家。

许欣然回到家三天，一直把自己关在房间里，一声不吭，眼神空洞。许瑞德甚至不确定妹妹究竟还认不认得自己，而姜敏经历过上一次事情之后更是不敢随便靠近她。

许瑞德翻看今天的报纸，才知道发生在阳光环球酒店的十八岁失踪少女案已经结案了，凶手正是酒店房间的登记人胡杨。

胡杨没有正经工作，高中毕业后就跟着一个老板混，挣了不少钱。他与死者冯蓝是情侣，冯蓝在他的诱惑下也不愿意再上学，冯蓝的父母发现她有早恋倾向后，对她又打又骂，于是冯蓝一气之下离家出走。

当时冯蓝无处可去，只好打电话找胡杨，胡杨就把房间号告诉了她。一开始都还好好的，然而当第二天冯蓝再去酒店的时候，发现胡杨除了自己之外居然还有其他女人，她一气之下不仅和胡杨发生了口角，还动起了手。

Chapter 12
喜欢你这件事

男女力量本就悬殊,冯蓝当然不可能是胡杨的对手,胡杨错手杀死了冯蓝。发现冯蓝死亡后,他吓得当场就逃跑了,最终还是被警察拦在了高速公路上。被逮捕归案后,胡杨供出了一切。

许瑞德冷漠地看完关于这起案件的整篇报道,他原以为这件事情至少能让闻唐再焦头烂额一阵子,没想到案子这么快就破了,实在是无趣至极。

许瑞德出门坐上曾利的车,曾利别有深意地看了眼许家别墅,问道:"欣然怎么样了?"

"不太好,自从我和她见面之后,她一句话都没有说过。"

"毕竟受了刺激,何况闻唐一直把她藏在医院里,谁知道他对欣然做过什么?慢慢来,不着急,总之回来了就好。"曾利拍拍许瑞德的肩膀,看似关心,却听不出半点焦虑。

许瑞德回国后一直在暗中寻找妹妹的下落,当他得知许欣然居然一直被关在市三院的时候,整个人都震惊了。

一个没有病的人被关在精神病医院里,饶是正常人都不可能完全不受影响。

于是曾利提议试探试探闻唐,市三院院长的事便是曾利找人抖搂出来的,但仅是这样,根本试探不出任何有价值的信息。

闻唐对藏匿许欣然的态度一直成谜,在不知道他的目的之前,许瑞德不敢轻举妄动。直到有一天,他发现了那个叫赵阳的私家侦探。

赵阳似乎对闻唐很看不顺眼,且处处与闻唐作对,许瑞德不清楚这两个人的关系究竟恶化到了什么程度,只知道有一天赵阳去酒店找过闻唐,结果第二天天还没亮,闻唐就把许欣然从市三院接出来送回许家。

可谁都没有想到,许欣然对母亲避而不见,歇斯底里地哭喊着要回医院。

许瑞德至今都没有想明白,一直隐瞒许欣然下落的闻唐为什么会突然大张旗鼓地把这件事暴露出来,甚至当许欣然疯子似的哭喊的视频被传到网络上后，闻唐都置若罔闻，这一切都太不像闻唐的作风了。

"现在网络上对闻唐的负面舆论已经愈演愈烈，酒店里的中层和骨干对他或多或少都有些意见，既然你父亲的死和八年前那起案子被旧事重提，那我们不妨借着这个机会，一举把他打趴下。无论他是否是真的凶手，只要让大多数人相信他就是凶手，你就有机可乘，到时候把酒店抢回来也不是一件难事，你明白吗？"

许瑞德听后，心里仍有顾虑："但如果他不是凶手……"

"闻唐要是有证据证明自己不是凶手，他早就拿出来了，不会平白背着杀人凶手的嫌疑这么久，只能说明他对洗清自己的嫌疑也束手无策。"

曾利的话听上去颇有道理，许瑞德一时找不出反驳的点，他低低应了一声，心里却觉得事情不可能像曾利说的那么简单。如果闻唐真的这么容易就能被打趴下，曾利也不会屡战屡败，最后还得靠与刚刚失去父亲的他联手才能勉强和闻唐对峙。

说到底，曾利自己都没有足够的信心能赢闻唐，而许瑞德只想替父亲报仇，把属于父亲的产业重新抢回来。

静默之中，曾利的秘书忽然出声："曾总，闻唐好像约见了好几位记者，听说是有有趣的事情要向公众曝光。"

许瑞德一听，没来由地紧张起来，急忙问道："没有具体消息吗？"

曾利的秘书无奈地摇了摇头："这几个记者平时和我们没有什么来往，我让人去打听了，但是什么都没打听出来。"

与许瑞德相比，曾利显得十分淡定，他摆了摆手道："他玩不出什么花样来，不用这么紧张。"

林良手里的媒体资源比公关部经理袁洁的还多上不少，但闻唐很少动用他的这些人脉，林良也就从来不过问这些细节。那天闻唐忽然要他邀约几个相熟且信得过的靠谱记者，他就知道闻唐可能要进行反击了。

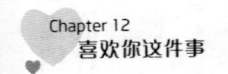

Chapter 12
喜欢你这件事

果不其然。

陈芳出现在会议室里时，林良吓了一跳。

陈芳是许昌的秘书，大学刚毕业就进了环球酒店为许昌工作，在许昌身边待了三年多。她长得漂亮甜美，性格也很温顺，深得许昌的赏识，那时候酒店员工间私下有传言，说她和许昌有暧昧关系。陈芳自己倒不介意，听说在许昌身边工作三年赚了不少钱。

许昌死前一个月，陈芳突然递交了辞职报告，按照酒店的人事规定，在递交辞职报告后，她还要再待一个月进行工作交接。而许昌死后的第二天，正是她离开酒店的最后日期。

当时调查许昌死亡事件的刑警曾经去找过陈芳，但没有得到任何线索，那之后她就不见了踪影，没想到她会出现在这里。

跟陈芳一起进来的还有温蕴。

两天前，闻唐交代温蕴去机场接个人，并要求温蕴贴身保护，当时林良还在思忖究竟是谁这么重要，竟然能让闻唐动用保镖，没想到居然是陈芳。

陈芳看上去和从前没什么变化，虽然长得漂亮，但有些唯唯诺诺的，尤其是在面对这么多记者的时候，仿佛视线都不知道该往哪里放。

"老板呢？"林良凑过去问温蕴。

"说是五分钟后到。"温蕴回他。

"你这两天真的一直跟这个女人在一起？寸步不离？"

"林助理在怀疑我的专业性？"

"温蕴，你这就曲解我的意思了，我分明是在问你，这个女人有没有什么古怪的地方？"

温蕴哑然，寻思着他那句话里究竟哪个字是这意思？

会议室里的几个记者正在交头接耳，大概都在猜测自己被叫到这里来的原因，但闻唐现在是风口浪尖的人物，难得有机会和他面对面，他们一个个难掩激动之情。

186

温蕴望着陈芳有些失神，她在机场接到陈芳的时候就觉得这个女孩似乎承受了极大的压力，这两天里她虽然与陈芳寸步不离，但两人之间的对话不超过十句。

会议室的门再度被打开，这回进来的是闻唐，他对林良使了个眼色，会议室里的气氛顿时紧张起来。

温蕴悄悄地退出会议室，在门外静静地听着里面的讲话内容。在一个多小时的时间里，她一动不动地守在会议室门口，垂在身侧的手紧了又松，松了又紧。

不知从何时开始，她的脸上开始无端发烫，心跳也逐渐加速，整个人仿佛踩在棉花上，使不上一点力气。

"怎么回事？你的脸怎么这么烫？"

闻唐的声音倏地响起时，她才惊醒过来，吓得连忙往后一闪，闻唐想探她额头的手就这么落了空。

温蕴勉强笑道："结束了？"

再回头一看，会议室的门已经大开，记者们正陆续离开，独留陈芳坐在原处，垂着头不知在想什么。

"结束了。走，去看看赵京安，她的餐厅今天开业。"闻唐本来想握她的手，但须臾之间，他又不动声色地将手收了回去。

温蕴出奇地沉默着，闻唐侧目看她："你没什么想问的？"

"你想让我知道吗？"

"如果我不想让你知道，不会允许你留在会议室外，那个地方不是全都能听到吗？"

"闻唐。"她不再规规矩矩地喊他闻总，她扭头看过去，像是要看清他似的，"我有时候真的不懂你，你明明可以证明自己的清白，偏偏要背负杀人凶手的骂名这么久，就是为了等许瑞德上钩的这一天吗？"

闻唐笑着摇头："跟许瑞德无关，不过是许瑞德想火上浇油，我就成全他

Chapter 12
喜欢你这件事

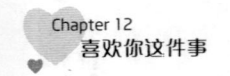

而已。"

"你想亲自为你父亲平冤,所以才阻止我把事情说出去?"

"温蕴,这一天我已经等了很久了。"

闻唐的话音刚落,电梯门叮的一声开了,将方才那句话里的悲喜通通都敛了去。

他说这一天他已经等了很久了,所以只要能等到这一天,这八年里受过的所有困苦和艰难,他都可以无条件忍受。

温蕴甚至觉得,其实他早就已经做好了两败俱伤的准备。

她急急忙忙跟上去时,与刚巧从楼梯上来的宋清远撞了个正着。宋清远穿了一身浅灰色的休闲装,脱去了白大褂,他看上去更加精神。

"宋医生。"温蕴向他问好。

宋清远向她点头示意。

两人并肩走进餐厅时,闻唐在吧台与人交流,他见到宋清远有些意外:"你怎么来了?"

"是我请宋医生来的。"温蕴连忙挡在宋清远面前说,"我觉得京安姐应该也想见见宋医生。"

谁知闻唐居然对她竖起了大拇指:"干得漂亮。"

温蕴没想到会得到闻唐的肯定,尴尬地干咳了两声,默默地去找赵京安,不多时两人便一前一后从后厨出来了。

赵京安见到宋清远显然十分惊愕,但她什么都没问,一切如常地招待宾客,等忙完后才发现,原本温蕴他们三人的那一桌只剩下了宋清远一个人。

她想了想,还是走了过去。

"你怎么来了?"赵京安替自己倒了杯茶以掩饰心里的慌乱。

宋清远诚实地答道:"温蕴请我来的。"

赵京安微微诧异:"温蕴?"

"她看着冷冷淡淡的,对你的事情倒是挺上心。"

"我想她可能误会了什么,你不用放在心上。"

宋清远的反应却出乎赵京安的意料,他说:"如果我想放在心上呢?"

她错愕地抬起头,灯光之下,她竟然觉得自己有些微醺。

"赵京安,你不觉得我们当初结束得太仓促了吗?"

赵京安甚至已经不记得当初是因为什么事情而和宋清远分开的了。

那会儿他们都有各自的事业要忙,无法完全兼顾彼此的感情,她向来对感情看得没那么重要,而宋清远呢,一心一意只忙着工作,虽说两人的恋情刚刚开始,相处的模式却奇怪得像老夫老妻。

没有激情,也没有浪漫,而且两人不管是观念还是处事风格,都截然不同。

赵京安不喜欢宋清远思想老派、固守己见,宋清远不喜欢赵京安作风豪放、肆无忌惮,两人之间的误会越来越深,以至于最后终于无法再互相忍耐。

她其实早就预见了他们分手的结局,以为这一次还会跟从前一样,潇洒地分手,再潇洒地开始另一段感情。可她没有料到的是,那之后,她竟然再也没有谈过一次恋爱。

宋清远把玩着餐桌上的摆件,状似无意地笑道:"赵京安,我们要不要再来一次?"

赵京安瞪大眼,眼底全是宋清远那张清俊的脸,她的思绪还没反应过来,嘴里却已经不由自主地说出一个"好"字。

赵京安就这么稀里糊涂地再次与宋清远恋爱了,可她对这段重启的感情始终不敢抱有太大希望,她早已将很多事情看淡了。

"京安姐,你们又和好了吗?"温蕴远远地瞧着宋清远走了,才凑到赵京安耳边小声问道。

赵京安的脸唰地一下就红了,根本无须开口就已经不打自招了。

随温蕴一起来的闻唐笑道:"可以啊,温蕴,看不出来你还有做红娘的潜质。这是功劳一件,我给你记上了。"

Chapter 12
喜欢你这件事

赵京安收起笑容,佯装生气道:"你们两个是故意来给我难堪的吗?"

"我早就看出阿远那小子对你旧情难忘,就算温蕴不多管闲事,我也会多管闲事,这下可好,了了一桩心事。"

"那你们呢?我看你们两个也挺般配,要不我也管管闲事?"

闻唐笑眯眯地握住温蕴的手往后退:"我们嘛,就不用你多管闲事了,我们会自己解决。"

说罢,他拉着温蕴离开了吵闹的餐厅。

温蕴被闻唐一路拉着到了停车场,心脏扑通扑通直跳,紧张得手心全是汗,她几次想抽回手,都被闻唐用力握了回去。

"闻总……"

她想提醒他可以放手了,可闻唐玩心起来后就没个正经样。

"温蕴,你还记得我们高中那会儿的事情吗?"

温蕴哑然,他是故意的吗?明明知道她根本不会记得那么早之前的事情。

"其实那会儿我就喜欢你了。"

一瞬间,仿佛风静止了,空气也凝固了,除了眼前的人,温蕴再也看不见别人。

她从来没有想过闻唐会对自己说出"喜欢"两个字。她整个人都呆住了,小心翼翼地呼吸着,生怕自己听错了什么。

闻唐好笑地伸手在她眼前晃了晃:"怎么傻住了?我喜欢你这件事就这么令你惊讶?"

他怎么能这么轻易地说出喜欢呢?她不解他究竟是何意,不敢轻易开口。

"温蕴,许多事情你不记得了,我却记得清清楚楚。那会儿你有轻微的抑郁症,经常跟你父母对着干,你父母觉得你给他们丢了人,于是就把你送出了国,是这么回事吗?"

温蕴惊讶地睁大眼睛,日记里的确是这么写的,闻唐居然知道得这么清楚。

"温蕴，在北海道的时候我就认出你了，还有你来面试保镖的时候，那时你虽然不记得我了，但是我记得你。你之前不是问过我，为什么独独选了你做保镖吗？因为我想把你留在我身边。"

他笑弯了眉眼，眼里少了平日里的冰冷，眼神变得十分温柔。

"闻唐……"

温蕴不知道该说什么，低头的瞬间，一个女声骤然响起："闻唐！"

在两人还没反应过来的时候，一个女人倏地与闻唐擦身而过，下一刻，闻唐的手臂被划了一道深深的口子。

许欣然？

温蕴惊骇得说不出话来，在许欣然拿着刀再度朝闻唐扑过去时，她动作利索地一脚踢开了许欣然。

"闻唐，你这个浑蛋，我要替我爸爸报仇！"许欣然歇斯底里地喊着，一脸的疯狂，她不断地想要冲向闻唐，又一次次被温蕴挡了回去。

闻唐一手按着手臂处的伤口，一边制止温蕴，慢吞吞地走到许欣然的面前，居高临下地打量着被温蕴打趴在地上的人。

他冷漠地说："你总算清醒了！"

"你这个忘恩负义的东西，我爸爸对你这么好，你居然杀了他，你不得好死！"

闻唐低低地笑了一声："你父亲干过的肮脏龌龊的事情可比我多得多，如果我不得好死，那你父亲又该如何？"

"你少污蔑我爸爸，我爸爸一生都在做慈善，要不是你，他怎么可能死得不明不白？"许欣然脸色煞白地尖叫起来，十足像一个疯子。

"我建议你回去问问你母亲，是否认得一个叫赵婷的人。"闻唐不欲与许欣然再纠缠下去，转身走了。

就在温蕴准备跟上去时，许欣然突然凶猛地举刀扑向闻唐的后背，温蕴来

191

Chapter 12
喜欢你这件事

不及多想,眼看刀尖就要刺伤闻唐,她扑过去抱住许欣然,借力滚向一边。

许欣然发了疯似的狂叫,疯狂地对温蕴拳打脚踢。

闻唐眼中闪过一丝厉色,上前将温蕴拉起揽在怀里,冷冷地盯着许欣然道:"如果你再无理取闹,我不介意把你送进监狱冷静冷静。"

望着闻唐离去的背影,许欣然哭得撕心裂肺。

闻唐在酒店附近的诊所进行了简单的包扎,他对自己的伤势一点也不在意,但整个人十分阴沉,眉宇间挂着一丝厉色。

温蕴自然知道他从前和许欣然的那些纠葛,如果许欣然的病情突然好转,想起之前发生的那些事情,那么她今天会做出这些举动来就一点也不奇怪。但是以闻唐睚眦必报的性格,他居然会这么轻易放过许欣然……

"你对她于心不忍?"温蕴忍不住轻声问道。

闻唐面无表情地冷哼一声,一言不发,这让温蕴更加猜不准他的心思,她之前没有想过要去揣摩他的心思,但有时候却控制不住自己。

她又说:"她哭成那样,恨的不是你,而是她自己吧?因为她无法忘记你?还是因为她其实一直无法控制自己爱着你?"

"温蕴,这件事到此为止,我跟她之间的情况并没有你想的那么复杂,也没有外界传的那么矫情。"

他的意思是,他和许欣然之间从来没有过恋爱关系吗?

"你刚才对她说'你总算清醒了',其实她根本就没有病是不是?她一直在装病?而你知道,却故意装作不知道?"

突然之间,温蕴终于明白为什么每次闻唐去市三院的时候,身上总有股说不清道不明的阴冷,原来这么久以来,他一直都在容忍着许欣然,他容忍她欺骗他,没有一句苛责,甚至把她留在市三院,或许也只是为了护她周全?

温蕴很想笑,她从来不觉得自己有多聪明,可这一刻,她反倒希望自己能够笨一些,许多事情知道不如不知道。

一股巨大的失落感席卷了她整颗心脏,她也不知道自己究竟是怎么了,心里很不是滋味。

"温蕴,她的病情的确没那么严重,但我装作不知道也有自己的考量,不过无论是什么考量,都跟所谓的感情没有关系。"

闻唐揉了揉她的头发,恶作剧似的把她的头发揉乱,这才心满意足地收了手。

"可是她喜欢你。"她低声说道。

"她喜欢我,我就要去喜欢她吗?那我喜欢你,你怎么就不喜欢喜欢我?"

温蕴喉头一紧,猛地抬头撞进闻唐含笑的眼眸中,刚才的低压气氛骤然消失,他又变回了那个可以严肃也可以毫无顾忌开玩笑的闻唐。

"喜欢是可以这么轻易说出口的吗?"她蹙着眉问。

"喜欢为什么要藏着掖着?这是什么见不得人的事吗?"趁她不注意,闻唐突然俯下身,在她唇上轻轻一吻。

霎时间,温蕴浑身上下像被电击一般动弹不得,圆睁双眼,露出不敢置信的表情。

闻唐趁她还没有反应过来迅速远离战场,眼里含着的笑意瞬间拂去了周身的那股冷漠。

温蕴平生从没有过这样的经历,即使有过,在她的记忆里也不会出现这种经历过的感觉。

那天夜里她失眠了,满脑子都是闻唐。

他笑的样子,他生气的样子,他严肃的样子,他冷漠的样子……她在黑暗中静静将他的轮廓想了一遍又一遍,才发现自己居然记得他所有的细节。

这就是喜欢吗?想到他,她的心跳就会不自觉地加快;想到他,她的脸颊就开始发烫——原来这就是喜欢一个人的感觉?

天亮的时候,温蕴并没有疲惫的感觉,反而精神十足,但一想到马上就会

Chapter 12
喜欢你这件事

见到闻唐,她就有种不知所措的感觉。

只是她没想到,正打算出门时,竟被门外的赵阳吓了一大跳。

"你怎么在这儿?"温蕴警惕地瞪着他。

赵阳的脸色很差,眼里全是冷冽:"你早就知道了是不是?"

"你在说什么?"

"闻唐不是杀害许昌的凶手。"

温蕴松了口气:"我早就跟你说过他不是凶手,是你执意要调查他的。"

"但你没有说过他手里还握有决定性证据。"赵阳阴沉地说道,眼神十分凶恶。

"我虽然不知道具体发生了什么事,但他不是凶手这件事情,你本来就该有觉悟才对,否则当初警方为什么会结案?"

赵阳看温蕴的眼神渐渐地变了,眼前的温蕴根本不是他所熟悉的温蕴,以前的温蕴纵使每个月都会忘记他,但对他总归带着一些敬意,可现在,她眼里全是冷冰冰的疏离,仿佛恨不得离他越远越好。

他心里猛地一个激灵,突然用力握住她的手:"你是不是跟闻唐好上了?"

温蕴心里一惊,想甩开他,但她越是挣扎,他捏得越重。

"赵阳你放手!"她喊了一声,如当头一棒。

赵阳摇着头放声大笑,边笑边往后退:"好,好,你现在果然是一心向着他了。你迟早会后悔的,我跟你说过的,他不是什么好东西。"

温蕴听不得别人这么说闻唐,面色冰冷地说:"他是不是好东西我不知道,但在我眼里,他是个好人。"

曾经以为坚不可摧的友谊,只不过是虚妄的幻影。

赵阳被温蕴气走了,但温蕴压根不知道他为什么一大早跑来自己面前演了这么一出。直到见到闻唐,她才知道发生了什么事。

闻唐昨天约见的那些记者连夜写完新闻,经过林良审核后,陆陆续续发表出来，一下子占据了各大媒体的头条位置。

这些日子以来，温蕴在网络上看到闻唐的名字就心有抵触，但这一次与之前都不一样了。

因为这次，是闻唐自己一手主导的。

虽然温蕴昨天在会议室外听得清清楚楚，但她并不知道闻唐真正的打算。

然后她就听到了那段录音——陈芳亲口转述的事实。录音一出，顿时掀起了轩然大波，因为许昌的秘书陈芳亲口证实，闻唐并非杀害许昌的凶手，许昌是自己跳楼自杀的。

紧接着，一段视频被放到了网络上，视频清清楚楚地记录着许昌死前的一举一动。视频虽然经过剪辑，但重点都突显出来了——画面上，许昌看似走投无路，神情呆滞地走到窗边跳了下去。

这与闻唐一直以来强调的事实完全吻合，可那时没有一个人相信他，比起跳楼自杀，人们更愿意接受凶杀这种有戏剧性的版本。

温蕴这下彻底明白了，难怪赵阳会找上门来，原来他一直坚信的以为是事实的东西突然被铁证击败，所以他内心的坚持也跟着崩溃了。

可她更心疼闻唐，他明明有人证、物证可以证明自己的清白，却要选择在自己认为最有利的时机公开。

他那个人，城府实在太深，连自己都算计在内。

许瑞德不顾一切冲进来的时候，闻唐一点也不意外，他屏退林良和秘书，只留了温蕴一个人在身边。

"酒店几个部门的骨干突然都提出离职，是你从中捣的鬼吧？"闻唐笑眯眯地看着许瑞德。

"留不住人是你的问题，人往高处走，水往低处流，这是自然规律。"

"好一个人往高处走，曾利的白爵真是个高处？许少爷，你这个人其实挺好，就是没什么心眼，你信不信一旦你对我没了任何牵制，第一个要甩掉你这

Chapter 12
喜欢你这件事

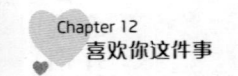

个包袱的就是曾利。"

许瑞德神色微微一变,连温蕴都看出来他现在只不过是在逞强,大概他自己也知道,曾利之所以会帮他,无非是因为他有给闻唐添堵的能力,他一旦跟闻唐再无瓜葛,那么他对曾利来说便只是一个没用的包袱了。

"闻唐,你故意找人抹黑我爸,简直太不要脸了。"许瑞德紧紧握着拳头,浑身上下紧绷着,狠狠地盯着闻唐。

闻唐好笑地靠向身后的真皮椅背,慵懒地说:"你也相信那些都是真的,否则你不会赤手空拳只身前来。你父亲做过的不要脸的事情还挺多,我都一一给他记下了,你要不要听一听?"

"那段录音究竟是怎么回事?是你找人恶意剪辑的对不对?我爸怎么可能跳楼自杀?分明就是你把逼死了他,又塑造成他自杀的假象!"

许瑞德咬牙切齿的样子,连温蕴都忍不住开始同情他了。明明事实已经摆在眼前,却不愿意相信,还挣扎着要以自己的想法揣摩别人,认为人人都见不得他好。

"如果你执意认为那是假的,我也无话可说。"

"那个人呢?我爸的秘书,你让她出来,我要当面和她对峙。"

温蕴以为闻唐不会应允许瑞德的要求,结果没想到他早就猜到许瑞德的反应,在许瑞德提出要求后不到五分钟,陈芳就进来了。

陈芳看上去柔柔弱弱的,与许瑞德一对视,就慌乱地躲开视线。

"许少爷是个明事理的人,你知道什么,看到什么,大大方方地跟他讲,不用担心。"闻唐怡然自得,神情轻松。

陈芳弱弱地点了点头,仍旧不敢去看许瑞德。

"我……我毕业之后就来了这家酒店工作,当时许总器重我,把我留在身边当他的秘书。我本来以为、以为就只是秘书工作而已,谁知后来许总越来越过分,几次都对我动手动脚的,我不敢反抗,只能一直这么忍着。我担心许总终有一天会对我做出不利的事情来,所以在他的房间里装了针孔摄像头。我不是有意这么做的,我也是为了自保,毕竟、毕竟许总也不是没有前科……"

许瑞德整张脸都扭曲了,他下意识地要扑向陈芳,然而温蕴挡在陈芳身前,谨慎地盯着他,不让他有机会靠近陈芳。

"闻唐给了你多少钱让你这么胡说八道?你也不怕遭报应?"

陈芳激动得语无伦次起来:"许少爷,我说的话没有一个字是假的,你爸爸就是那种人!如果我说假话,我出门就被车撞死!"

视频里已经清清楚楚,许昌就是跳楼自杀,与闻唐毫无关系!

可许瑞德无法接受这种结局,他蓦地指向闻唐:"就算我爸是跳楼自杀的,你也别想撇清你自己,要不是你蓄意吞并他的酒店和资产,他怎么可能跳楼?起因还不是你?"

闻唐脸色猛地一沉:"你们许家的人还真不是一家人不进一家门,你身上不愧流着许昌的血,连没脸没皮都这么像。上回我建议你妹妹回家问问你母亲,是不是认识一个叫赵婷的女人,你母亲回答了吗?"

许瑞德的身体狠狠一晃,许欣然问过母亲,但母亲一听到那个名字就像发狂了一般,他们什么都问不出来。

"你母亲什么都没有说是不是?当然了,你母亲怎么可能说呢?说出来了,不就证明你父亲许昌就是一个道德败坏的社会败类吗?"

"不许你侮辱我父亲!"

当儿子的怎能忍受别人这么羞辱自己的父亲,许瑞德失去理智般冲上前,想狠狠教训闻唐一顿,好让他立刻闭嘴。

可有温蕴在,谁都不可能伤到闻唐,这是温蕴作为闻唐保镖的使命和责任。她敏捷地捏住许瑞德的手腕,将他狠狠往边上一甩,后者立刻跟跟跄跄地跌倒在地上。

闻唐冷眼盯着许瑞德,示意陈芳继续。

陈芳哆哆嗦嗦地说道:"我……其实我也是有一次在许总醉酒的时候听他

Chapter 12
喜欢你这件事

说起,说以前、以前他玩过一个女大学生,很、很刺激,而且用办法给自己开脱了。我听了之后很害怕,担心自己会重蹈那个女大学生的覆辙……我也不知道到底是真是假,但许总的作风……"

陈芳毕竟是和许昌接触颇深的人,许昌是什么样的作风她自然有发言权,她说许昌有前科,那必定是她曾亲眼见过许昌做见不得人的事情。

"许少爷应该都听明白了,你先出去吧。"

陈芳像是得了特赦令一般,飞快地逃离了这个如战场般的房间。

许瑞德单膝跪倒在地,低着头冷笑道:"我爸已经死了,死无对证,你们当然是想怎么说就怎么说了。"

"许瑞德,我本来还觉得你稍稍有些脑子,没想到你也是个没脑子的人。"

许瑞德猛然抬头:"我知道,你不就是为了给你爸报仇吗?八年前的事谁不知道啊?你爸干了那种龌龊的事情,最后没法在海城立足,只好移民,不就证明那些所谓的谣言都是真的吗?你爸替自己辩解过一句吗?没有!因为那些都是事实,他根本辩无可辩。但你一厢情愿地不相信,认为是我爸陷害你爸,所以你接近我爸伺机报复逼死我爸!你以为我不知道你打的什么主意吗?现在随随便便找个女人来就想给我爸定罪?想把你爸做过的那些伤风败俗的事情扣到我爸头上?门都没有,你爸就是个强奸犯,你洗不清的!"

这些话字字诛心,实在太伤人,温蕴眼见闻唐附在后背的手捏成拳头,脸上却不动声色地笑着。

他这种看似强大的面具下,究竟藏着多少不为人知的痛?

"许瑞德,既然你非要这么说,我也没有办法。不过事情马上就会水落石出,不仅是你父亲死亡的真相,还有八年前的案子。"闻唐不欲与许瑞德多争辩。

门口忽然有了动静,林良带着两个保安冲进来,一左一右架起许瑞德往

198

外拖。许瑞德的情绪有些失控，嘴里一直激动地骂着闻唐。

温蕴心头被一层阴影笼罩，难过得无以复加。她上前轻轻掰开闻唐的拳头，温柔地握住他的手。

他的手心不仅冰冷，还冒着冷汗，可见刚才他花费了多少力气和意志，才让自己硬生生忍下那些侮辱。

闻唐忽然一翻手反握住她，顺势把她带进怀里，下巴抵着她的发顶发出一声叹息："累！"

他从来没有说过累，即使在暴风雨里，即使在所有激烈言辞中伤他时，他也不过一笑置之，笑看风云，可在今天这一出后，他说他累，温蕴就知道，他是真的累了。

"你不是说马上就结束了吗？"她温柔地抚着他的后背，仿佛只有这样才能抚平他心里那些创伤。

他抱着她喃喃道："是啊，很快就要结束了。"

结束这八年来的惶恐不安，结束这半年来的日夜坚持，八年前的纠葛，是时候画上一个句号了。

只有在抱着温蕴的时候，闻唐心里才能感受到平静，她就像药，令他上了瘾。

Chapter 13
无限接近真相

凌晨时分,许家大宅灯火通明。

客厅里坐着沉默的母女二人,虽然许欣然已经回家多日,可她和母亲姜敏之间的心结仍没解开,母女二人在一起时,常常相顾无言。

"你哥哥要是有个什么三长两短,你就是罪魁祸首。"长久的沉默之后,姜敏恨恨地把气发泄到了女儿身上。

许欣然像没听见似的,一动不动。

"当初要不是你对闻唐死心塌地,引狼入室,你爸爸会发生那种事情吗?你哥哥现在至于是这种处境?"

气氛僵凝之时,许瑞德回来了。

姜敏立即冲了过去,想查看儿子是否受伤,可她一触到许瑞德的眼神,又被吓了回去。

许瑞德先是冷冷地瞥了姜敏一眼,而后才看向许欣然:"你去找他了?"

许欣然怔怔地坐着，不声不响。

许瑞德被惹恼了，走到她面前大声斥责："你被他送进医院的时候我不在国内，妈一个人毫无办法，只能委屈你，你现在这是什么态度？你还放不下他？"

许欣然终于有了动静，她嘴角泛起了一抹冷笑："好一个毫无办法，你们难道不知道我被丢进那个可怕的地方后会遭遇什么吗？是，我当时精神方面的确出现了问题，医生也替我治疗了，他曾找人告诉我，如果我想走，随时可以离开。我没走，我继续装病，找机会接近他，想替爸爸报仇。我也恨，恨他逼死爸爸，可在你们眼里我算什么？怎么我就成了这一切的源头？"

她的眼里充满了恨意，愤愤地看向母亲："你扪心自问，源头真的是我吗？"

姜敏急了，上前一巴掌狠狠打在女儿脸上："不是你还能是谁？难道是我吗？"

悲痛到极致，许欣然反而笑了起来："你到底想掩盖什么？我问你赵婷是谁的时候，你为什么不回答？你不敢回答，因为那对你来说是耻辱！"

姜敏脸色发白，浑身无力地跌坐在沙发上，双目空洞地盯着地毯。

许瑞德双眼猩红，对母亲步步紧逼："到底是怎么回事？你还有什么事情瞒着我？"

"你到底是从哪里听来的这些乱七八糟的事情？这个赵婷跟我们家没有一点关系，她根本就不重要。"姜敏躲开许瑞德的目光，身体却不由自主地发起抖来。

许瑞德不怒反笑："妈，你真当我是傻子吗？我听到赵婷这个名字的时候就觉得十分耳熟，于是去查了查——她就是八年前那起发生在酒店里的性侵案的受害者，是不是？"

姜敏全身哆嗦得厉害，却不肯回答。

许瑞德懂了，母亲的态度已经非常明显，这个赵婷一定有什么问题。

Chapter 13
无限接近真相

"妈，您要是不想说也可以，我不逼你。闻唐应该已经把事情的来龙去脉都调查清楚了，我去问他，他应该会很乐意告诉我。"

许瑞德的威胁果然起了作用，姜敏猛地从沙发上弹起来，厉声喝道："你不准去找他！"

在场的人都知道姜敏的心理防线已经决堤。许瑞德硬下心肠冷冷盯着母亲，心尖却在颤抖。

"那个叫赵婷的女人不是什么好东西，当年在你们爸爸的酒店出事之后，她还要挟过你们爸爸，声称如果不给钱就把事情闹大，要让你们爸爸身败名裂。"

兄妹两人屏住呼吸，静静地望着母亲。

姜敏显得十分烦躁："总之，事情就是那样，结果你们也看到了，跟你们爸爸没有关系，是那个大学教授害了赵婷。你们看了新闻吧？我也是看了新闻才知道，当年那个大学教授就是闻唐的父亲，闻唐现在就是故意在你们面前挑拨离间，他就是为了替他爸爸报仇来的。"

"既然赵婷不是被我爸害的，为什么会要挟我爸？"许瑞德问。

"她那种女人贪得无厌，好不容易逮到这么个好机会，肯定要狠狠地敲一笔。那个大学教授能有几个钱？当然就把主意打到你爸爸头上来了。瑞德，听妈妈一句劝，这件事已经过去八年了，没必要再纠结了，闻唐现在不过是在转移你的注意力罢了。"

可姜敏的话前后矛盾，疑点重重，完全无法让许瑞德信服。

"既然你说害了赵婷的人是闻唐的父亲，闻唐又回来报什么仇？"

姜敏张着嘴，被儿子一句话问得哑口无言，当场愣在那里。

许瑞德眼里闪过一丝嘲讽，自嘲地笑道："妈，事到如今您还不肯说实话？"

"我说的都是事实，你既然愿意相信杀害你爸爸的杀人凶手，那我也没有办法！"

"他不是杀人凶手！"许瑞德忽然提高音量，几乎失控地吼了出来，"您也看到那个视频了吧？我爸是自己跳下去的！不管跳下去的原因是什么，是被闻唐逼得走投无路也好，是因为其他什么原因也好，事实就是，我爸死的时候闻唐压根就没有在现场！"

姜敏被儿子如此一训斥，再次瘫软在沙发上。

许瑞德的心像是在滴血，如果他能挖开胸腔看看自己的心脏，想必此时此刻早已经鲜血淋漓了。

"妈，八年前那个诱奸案，闻唐的父亲根本就不是犯案的人，是不是？"他顿了顿，仿佛鼓起了莫大的勇气，才把心中的怀疑讲出来，"是我爸对吗？"

许欣然瞪大了眼睛，眼泪已经干了，她呆滞地望着母亲，无论如何都想不到居然还有这样的隐情！

姜敏拼命否认："不是的、不是的，跟他没有关系，是那个大学教授干的，跟你们爸爸没有关系……"

可越到后来，越是无力。

许瑞德像是被抽干了全身力气，一屁股坐了下来，目光呆滞。原来闻唐说的都是真的，原来八年前的案子真的有蹊跷，难怪他会一直纠缠着不放……

事到如今，闻唐已经不可能放手，他要的就是这一天，等着看许家彻彻底底被击溃。

第二天，除了许昌曾经的秘书陈芳的录音及许昌跳楼的视频被广泛热议外，赵婷这个被尘封八年的名字再次成为舆论焦点。

温蕴守了闻唐一夜。他睡得并不太安稳，半夜的时候喃喃地说着梦话，可以想象在过去的八年时间里，他一直都是这样煎熬着度过的。

父亲的冤屈像沉重的枷锁，束缚着他喘不过气来，而他自己又背负着杀人

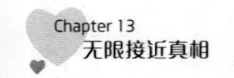

Chapter 13
无限接近真相

凶手的恶名，当时的他心情又是怎样的呢？

闻唐醒来第一眼见到温蕴，内心的阴霾渐渐退去，他伸手摸了摸她的脸颊，这种真实感就像一剂良药，渐渐治愈那些溃烂的伤口。

早上九点，公寓的门铃准时响起，是闻唐事先预约好的律师团。

律师团一共三人，温蕴一个都不认识，她记得酒店有法律顾问，但是闻唐没有用他。

一行人分两趟车，林良开车载着律师团在前，温蕴则与闻唐一起。

滨江新区是海城的新兴发展区，这个新区一面临海，十分宜居，因此这里的房价常年居高不下。

他们在新区中心的一片公寓区停了车，由林良带路。

闻唐做事向来出其不意，温蕴从来都不知道他究竟要做什么，她一路跟随着闻唐，心里仿佛有千斤重。

这八年来，他一刻都没有放过自己，直到他父亲沉冤昭雪的那一天。

公寓门打开的一瞬间，一股浓浓的脂粉味和着香水味扑鼻而来，温蕴微微蹙眉。开门的是个打扮俏丽的女人，虽然门外来者是男人，但她身上仍穿着性感蕾丝睡衣。

直到一行人进了门，女人往身上套了件长风衣，然后懒散地对闻唐说："麻烦快一点，我还要赶去约会。"

显然是事先约好的。

三名律师在长沙发上一排而坐，那个女人和闻唐各坐在面对面的单人沙发上，温蕴和林良则站着，屋内的气氛有些怪异。

温蕴不知道这么大的架势究竟所为何事，直到为首的那名律师喊出"赵婷女士"，她才诧异地看向闻唐。

竟然是赵婷？八年前让闻仲天背上骂名的那个女人！温蕴听说，当年赵婷销案后就离开了海城，没想到她竟然还会回来？更不可思议的是，闻唐居然找到了她。

他是什么时候找到赵婷的？该不会与陈芳一样，明明已经证据确凿，却还要等最佳时机？

赵婷斜靠着沙发，慵懒地应了一声。

主办律师问："你接下来所说的话都负有法律责任，如果你说了假话，我们会依法处理，你明白我的意思吗？"

"我明白，你们不就是想知道八年前那件事吗？"赵婷终于看向闻唐，"其实我也挺过意不去的，既然许昌已经死了，那我也没什么顾虑了，你们放心，我会知无不言，言无不尽的。"

"那好，我们开始吧。"主办律师示意另一人做记录。

半个小时后，律师团开始做收尾工作，从进门之后一句话都没有说过的闻唐忽然起身离开了公寓，温蕴急忙跟了上去。

闻唐站在电梯口，却没有按上下键，他有些烦躁地点了根烟，温蕴极少见他抽烟，烟圈环绕在他周身，她下意识地停下了脚步。

很久之后，闻唐忽然回头看她，无奈地笑问："是不是觉得很可笑？"

温蕴无言地摇了摇头。

"我父亲含冤八年，当年无论他说什么都没有人相信，甚至惹来更大的猜疑和风暴，我眼看着他遭受精神打击，一天比一天消沉，直到死的那天都不能瞑目。我经常想，如果没有发生那件事，他现在应该还健在，每天和老朋友们下下棋、遛遛鸟，生活似乎也很不错。"

温蕴不知该说些什么安慰他，问："你母亲呢？"

她好像从来没有听他提起过母亲。

"我母亲留在温哥华，死也不愿意再回海城半步。"闻唐猛抽了一口烟，突然仰起头，隔着几步距离，温蕴看到了他眼角的泪光。

温蕴的心钝痛起来，她走过去从背后抱住他，把额头抵在他背上，轻声说："都结束了，一切都结束了，你不必再背负这些。"

"八年了……"

Chapter 13
无限接近真相

八年了，多少个日夜，他凭着要还父亲清白的执念坚持到今天，没想到即将结束的这一天，他心里竟然没有半点释然。

他摁灭烟头，回身把温蕴紧紧抱进怀里，只有这样，才能依稀感受到自己的心脏仍在正常地跳动。

下午两点，公关部经理袁洁以闻唐的名义召开新闻发布会，更是在林良的授意下买下海城市中心最大的商场大屏幕，进行同步直播。

因闻唐近期一直处于风口浪尖，再加上许昌之死突然真相大白，人们渐渐开始怀疑当初围绕着闻唐的流言蜚语究竟有几分真几分假，因此发布会吸引了上百名记者，偌大的会议厅里黑压压地挤满了人。

两点过后，袁洁上台，无数的长枪短炮对准了台上的人。

客套过后，袁洁打开了一段录音，这段录音是在她临上台前才拿到手的，连她都不知道内容。

录音开头是律师的几点提醒，大约一分钟后，一个女人的声音传遍了整个会议厅。

"八年前发生在环球酒店的那件事，其实我一直对闻教授过意不去，但当时我整个人都懵里懵懂的，根本不知道究竟是怎么回事。那天醒来的时候，我发现自己被侵犯了，闻教授就睡在我旁边。我当时害怕极了，立刻报了警，警察开始调查这件事。最初，我以为侵犯我的人就是闻教授，但我后来发现闻教授是清白的，这一切都是有人栽赃嫁祸给闻教授，真正侵犯我的人是……是当时环球酒店的总经理许昌。我当时不过是个大学生，再加上突然遇到那种事，根本没法做出正确的判断。许总找到我，希望我不要声张，并且给了我一笔不小的封口费，我承认当时我被那一大笔钱收买了，有了贪念，我收了钱，但并不知道许昌会让这件事如何发展。到后来，舆论忽然铺天盖地地抹黑中伤闻教授，相反地，侵犯我的许昌成了受害者，不知道许昌提交了什么证据，总之后来连警察都认定了闻教授就是嫌疑人。本来我拿了钱打算远走高飞，从此再也不回来，但是临走前，我还是背着许昌销了案。事情大致就是这样,闻教授从来没有碰过我,侵犯我的人也不是闻教授,而是已经死去的许昌。"

被掩藏了八年的真相毫无预兆地曝光,曝光者还是受害者本人。

录音播放完毕,全场哗然,记者们七嘴八舌地开始对袁洁提出问题,一个个恨不得把闻唐和赵婷抓到眼前问个究竟。

"请问这位赵婷女士现在人在哪里?可以请她出来当面说明吗?"

"闻总是否能够现身说两句?"

"为什么时隔八年之后,赵婷才把真相说出来?"

"这些事许家人是否提前知晓?"

袁洁面不改色地说道:"感谢各位记者的莅临,闻总只是把真相告诉大家,算是对近来发生的事情做一个交代。另外,为了保护赵婷女士,她也不会出面,录音里的内容就是她要告诉大家的全部,以上内容均受法律保护,经过我们的律师团见证。事情的真相就是如此,希望大家不要再胡乱揣测。闻总希望八年前的案件和许昌的案件能够真正尘埃落定,还请各位记者朋友高抬贵手。"

温蕴根本无心听会议厅内的那些纷纷扰扰,她整颗心全系在闻唐身上,她只担心闻唐的状况。

"袁洁一个人能搞定,走吧。"闻唐对她微微一笑,握住她的手往外走。

温蕴温顺地任由闻唐牵着,第一次从他手心里感受到温暖。

杜湖公墓位于海城市郊,温蕴上次来时,对闻唐充满怀疑和芥蒂,此时的心情却截然不同。

这几年他每次来祭拜父亲,究竟抱着怎样的心情呢?

"我爸死之前,一再要求落叶归根。"闻唐边微笑,边擦拭着墓碑,可墓碑上连张照片都没有。

"录音里赵婷说的那些事情已经经过美化,其实你的心肠也没有那么

Chapter 13
无限接近真相

冷硬。"

闻唐无奈地轻笑："你可能对我有误解，我可是个铁石心肠的人。"

别人不知道，但温蕴就在现场，亲耳听到赵婷所说，自然清楚那段录音已经被剪辑得将对死者许昌的不敬降到了最低。

依照赵婷所说，当年在发生那件事之前，她和许昌就已经有了不可说的关系，那次在酒店里也并非她第一次与许昌见面，但当时许昌不顾她的挣扎强行占有了她。事后她威胁许昌要让他身败名裂，许昌担心事情败露后有损自己的名声，眼看着赵婷报了警，恰巧那时闻仲天走错了房间，于是就被许昌利用了。

许昌迫不得已答应了赵婷提出的巨额封口费后落荒而逃，而无辜的闻仲天莫名其妙地变成了性侵者。一夕之间，闻仲天的人生发生了天翻地覆的变化，他不再是受人敬仰的大学教授，而是人人唾骂的性侵犯。

其实当时也有另一种声音为闻仲天辩驳，称事情十分可疑，可这种声音很快就被淹没在网络茫茫的口诛笔伐当中。许昌反而成了受害者，他一边做慈善维系自己的公众形象和酒店声誉，一边暗中坐实闻仲天的罪行。

赵婷拿到那笔钱后决定出国远走高飞，但在走之前她偷偷摸摸地销了案。尽管如此，闻仲天已经无法再在海城待下去，于是举家移民温哥华，而在移民后的第二年，他就因为精神状况急转直下，心肌梗死发作去世了。

从头到尾，这都是一场因为赵婷的贪婪而引发的悲剧，她包庇许昌，甚至为了钱冤枉好人，可在这种情况下，闻唐居然还是把赵婷的口供进行了美化，确保她不会再遭受非议。

这大概就是闻唐从不表现出来的柔软之处，他想为父亲讨回公道和清白，又不愿意因此毁了另一个人。

温蕴屈膝坐在台阶上，侧着头看闻唐："你当时一定十分难过，有力使不上的感觉，对吗？"

"许昌这个人太狡猾了，他当时几乎把事情掩盖得天衣无缝，根本无法从他身上下手。唯一的突破口就是赵婷，但是赵婷拿了钱之后就走人了，茫茫人海，根本不可能找到。"

"你找了她八年？"

闻唐紧挨着她坐了下来："真是幸运，至少找到了，不需要再等另一个八年。"

"你是什么时候知道这些真相的？"

"事发之后，我父亲口述过无数次，我清清楚楚地记得他话里的每一个细节。我一直相信他，所以回国后也极力想找到证明我父亲清白的证据，事实证明，我的猜测与结果相差无几。"

温蕴有些心疼这样的他，鼻子微微有些酸涩："你接近许昌也是为了报仇吗？"

他扭头看她，问："如果我说是，你会不会觉得我这个人太卑鄙？"

"不，我会觉得你很勇敢。如果是我的话，我可能隐忍不了这么久，也许在看到他的时候，就崩溃得想杀了他。"

"当时我回国后，很快在海城有了立足之地。曾利和许昌不对付，他们两人那时正是势均力敌的时候，都忙着拉拢人心，于是许昌找到我，希望我能成为他的同盟。我那会儿正愁找不到接近许昌的机会，没想到他自己先找上门来了，我自然一口应允。他完全没有察觉到我有古怪的地方，一心想着要和我联合对付曾利，依旧跟当年一样心术不正。"

当闻唐真正与许昌接触后才发现，环球酒店内部问题重重。这家老牌五星级酒店多年来不思进取，经营路线出现严重偏差，负债累累，且完全无法跟上当下行业潮流，以至于曾利的白爵酒店进军海城后，无论是品牌、口碑，还是业绩，都更胜环球一筹。

随后，闻唐便动用自己的人脉，使环球酒店面临破产边缘，又暗中接触酒店的大股东，几个股东因不看好环球酒店的未来，纷纷将手里的股份转手给闻唐，之后闻唐强行收购环球酒店。这大概就是逼死许昌的最后一根稻

Chapter 13
无限接近真相

草,最后许昌被逼得走投无路,跳楼自杀。

"他死之前知道你就是他当年处心积虑陷害过的人的儿子吗?"温蕴问道。

他毫不含糊地回答:"知道。"

"难怪他会自杀了,如果他不知道你的真实身份,可能还不会这么想不开。"

"环球酒店是许昌从他父亲手里接过来的,结果断在他手里,他心里本就过不去这个坎,再加上当时几个股东全在逼他,他孤立无援,最后只能是这个结局。"

"其实你也料到了吧?你是故意逼他自己了结?还有那个陈芳,你也一早就知道她安装了针孔摄像头监视许昌的一举一动?"

闻唐一脸无辜,当即否认:"这我可不知道。许昌死后陈芳才找到我,把东西交给我换了一笔钱远走高飞。她也是受害者,当许昌秘书的这段时间里没少被他骚扰。"

闻唐的话只能听一半,如果陈芳当真受不了许昌的骚扰,完全可以辞职走人,想必也是闻唐要求她忍辱负重,待在许昌身边搜集证据,换言之,陈芳可能早就是闻唐的人了。

闻唐轻笑着摇头,拍了拍她的额头:"这些都已经过去了,不提也罢。来说说你,你当时怎么会跟莫庭在一块儿的?"

温蕴眨了眨眼,半晌才想起莫庭是谁,她对这个人的印象实在没那么深刻,要不是日记里提到她第一次与闻唐见面是因为莫庭,她早将他抛到九霄云外了。

"大概……可能是因为觉得身边有个人做伴也不错,所以就在一起了。"她并不是有意想隐瞒什么,而是实在不知道自己和莫庭在一起的原因。

闻唐的心情仿佛突然之间好转了,扑哧一声笑道:"你谈恋爱一直都这么莫名其妙吗?"

"我没有谈过恋爱。"她蹙眉纠正道。

"和莫庭不叫谈恋爱吗?"

"那应该只是觉得好不容易遇到了一个熟悉自己的人,所以互相作陪,他说我们是高中同学,天知道,我对他根本不可能有印象。"

"他高中那会儿应该挺喜欢你。"闻唐想起许多年前,莫庭常常与自己探讨温蕴。

她满不在意地耸了耸肩:"也许吧。"

良久,闻唐握住她的手扣进掌心,轻声说:"找机会回一趟慕尼黑吧。"

"为什么?"她奇怪地问。

"你不想弄清楚自己为什么会变成这个样子吗?"他轻轻戳了戳她的脑袋,眼里闪着光,却看不出情绪。

温蕴抿着嘴不再说话,她当然想知道原因,可她连当年手术前后的细节都记不清了,就算要查也是困难重重。

"温蕴,我在你身边,我会帮你。"

话题戛然而止,温蕴显然对这个话题有所抵触。闻唐并不着急,如果逼得太紧,会让她感到无谓的紧张。

他起身把她从地上拖了起来,拍拍外套:"该走了,林良应该已经找人找疯了。"

虽说有林良和袁洁善后,但在这种时刻,他这个当事人不见踪影显然不是什么明智之举。

没想到,他们在酒店门口被许瑞德拦了下来。

许瑞德的状态看上去很差,双目猩红,满脸戾气,想来他应该已经得知发布会上的全部内容,所以才跑来找闻唐。

"赵婷说的都是真的吗?"许瑞德的眼里闪着泪花,像最后的挣扎,咬牙切齿地问闻唐。

"你没有听完整的录音吗?她向我的律师保证,她所说的每一句话都受

211

Chapter 13
无限接近真相

法律的保护和制约。"

许瑞德浑身紧绷着,脸色僵硬,挫败地握紧了拳头。

"许瑞德,你也是被瞒着的那个人,我没有心思向你讨说法,但是你之前造的那些谣,是否是时候澄清了?"

闻唐早就知道那些谣言的来源,也知道许多事情都有许瑞德在背后做手脚,他不动声色地等到这一刻,等着许瑞德自己承认,撕下最后一片伪装。

许瑞德低垂着眼,原来真相果真鲜血淋漓,他逼着母亲说出实情时,母亲还有所保留,结果竟然是从那个女人口中听到了所谓的真相。他一直坚持着的东西在那一刻轰然崩塌,父亲的死是自杀,凶手不是他一直认为的闻唐,而自己的父亲居然又是当年害过闻唐父亲的人。

兜兜转转,并不是闻唐对不起他,而是他对不起闻唐!

"只要你把自己做过的事情说清楚,我既往不咎,从此以后我和你之间再无瓜葛。"

闻唐转身离开的刹那,许瑞德的声音很轻很轻,却还是入了他的耳。

"我代我父亲向你道歉,八年了,对不起。"

闻唐等这一天等了八年,可当这一天真正来临的时候,他反而有种说不清的感觉。

并不欣慰,也不喜悦,只不过是一种事情终于尘埃落定的平淡感。

"老板,现在可不是你多愁善感的时候,虽然事情都解决了,许瑞德也公开表示之前对酒店的谣言都是他一人所为,但你别忘了,曾利才是真正的幕后黑手,我看我们还是想想怎么挽回酒店的声誉吧。"

林良把一沓策划书放到闻唐面前。虽说闻唐已经洗清了杀害许昌的嫌疑,但之前食物中毒事件和酒店里发生的命案,还是对酒店造成了巨大的负面影响,并且很难在短时期内恢复声誉。

既然许瑞德不再是那颗定时炸弹,那么现在首要的,就是提高酒店声誉。

闻唐只用了十分钟就翻完了他们花了一天一夜做出来的策划宣传方案,并通通无情地毙掉。

林良哭丧着脸问:"你有没有什么好主意?"

"我记得前段时间有电视台来联系过,想做一档旅游类的真人秀节目,希望我们酒店成为指定下榻酒店?"

"对啊,但当时你不是不同意,就推了吗?"

"当时是当时,现在是现在,情况变了。你再去联系联系,看对方是不是已经选定酒店了。"

闻唐的提议林良不敢不从,转头就联系了当时造访酒店的节目制作人。令人欣喜的是,节目开拍在即,但节目组还没有确定合作酒店,他当即便和对方敲定了合作意向。

二十四小时三百六十度全方位无死角的拍摄,这的确是对酒店品质的极大考验,一旦出现问题,都将直接暴露在全国观众面前。

林良起初不理解闻唐的想法,直到拿到具体的节目策划方案,他才明白,他们不仅能通过镜头宣传酒店的专业及品质,还能通过节目的热度吸引全国各地的游客入住,拉动业绩。虽然需要花去一笔不菲的赞助费,但获得的关注度却是前所未有的,无论怎么算都稳赚不赔。

合作敲定,合约签订,距离节目拍摄还剩半个月时间。

温蕴这个月记忆的最后一天,闻唐坚持守在她身边,这让她感到浑身不自在。这么多年里,每当她记忆重置的那天,她都是独自一个人面对的。

"我想看看你记忆发生变化时是什么情况。"闻唐温柔地替她拂去额前的发丝,笑起来时眼里闪着光。

温蕴不禁看得有些愣怔,以往闻唐眼里大多都是冷冽和漠然,极少有温暖的东西。

"可是我会忘记你。"她提醒他的同时,陷入失落。

Chapter 13
无限接近真相

"但是你又很快就会知道我。"

话虽如此,可对温蕴来说,这是一件极为私密的事情,更何况,她实在不希望被闻唐见到这样的自己。

她的人生就像缺失了最重要的一部分,已经变得不完整,即便嘴上从来不说,也不刻意去想,可她内心的某个角落,仍然藏着无法说出口的自卑。尤其是在面对闻唐的时候,这种自卑感就像毒素,在血液里膨胀、蔓延,它们肆无忌惮地侵蚀着她。但是她没办法拒绝闻唐,这个提议对她来说就是一个巨大的诱惑,她根本说不出不字。

闻唐难得下厨,在厨房里一顿忙碌,张罗好一桌菜的时候,温蕴等得太久,已经在沙发上睡着了。

闻唐蹲到她身边,捏了捏她的鼻子,她立刻清醒过来,下意识地要从沙发上弹起来。

"别紧张,是我。"他又把她按回去,顿时眉开眼笑。

"下次不要开这种玩笑,我怕伤到你。"

"我是那么容易就能被你伤到的人吗?"他说着,把人从沙发上拉起来,"吃饭去,尝尝我的手艺。"

温蕴看了眼菜,怀疑地问:"你真的不是趁我睡着的时候叫了外卖?"

"谢谢,我姑且把这当作是褒奖。"

她尝了口黄豆排骨汤,鲜味立即沁入舌尖,虾仁炒青豆也十分入味,完全是大厨级别的水准,温蕴压根没想到闻唐还是个能下厨的人。

"是不是又偷偷在心里给我加了一分?看不出来我这么能干吧?"

温蕴连眼睛都没抬一下,说:"你脸皮真的挺厚的。"

"脸皮不厚怎么敢追你?"

"咳……"她一口汤呛在喉间,咳得面红耳赤,手忙脚乱地找纸巾捂住嘴。

闻唐愉悦地眯起眼睛笑了起来:"听到我追你,这么开心吗?"

温蕴好不容易才缓过来，小声嘟囔："你别开玩笑了。"

"我可没跟你开玩笑，我不是说过了吗？我喜欢你。"

她讷讷地盯着汤面，突然觉得有些食之无味："你喜欢我什么？喜欢我每个月记忆都能清零？你应该很清楚，即使我现在喜欢你，到了明天就会把你忘了。这不是一朝一夕的事情，也许我到死都得这么度过。"

"那敢情好，你每个月都重新爱上我一次，我会非常受用。"闻唐起身到她身边蹲下，温蕴从没见过他如此虔诚的眼神，"温蕴，你知道我这个人说一是一，我说喜欢你，就表示我喜欢你的一切，同样希望能跟你一起面对你的困境。"

他抚摸着她的脸颊，想着过去五年里，她在不安彷徨中无措地度过，身边没有亲人，没有朋友，像海面上的孤舟，遇见任何事情都只能自己解决。

"说起来有点矫情，但我想成为你的港湾。"

从来没有一个人对温蕴说过这些，五年来，她独来独往，拒绝与人交往，失去了最基本的社交能力，她不对任何人说自己的过去和现状，默默地把自己变成了别人眼里的奇怪的人。

但是闻唐是例外，应该说，对他们而言，彼此都是对方的例外。

温蕴沉浸在闻唐温柔的眼里，放任自己沉溺其中，一言不发地紧紧抱住了他。

"跟我说说高中的事情吧，我不记得了。"

温蕴倚在闻唐身上，晃着手里的酒杯，从刚才到现在，她已经足足灌下了小半瓶红酒，但是闻唐并未阻止。

闻唐想了想，半开玩笑半认真地问道："你想听你高中的时候有多不受欢迎，还是想听听我那会儿为什么会喜欢你？"

"你可以自由发挥。"

闻唐把玩着温蕴的手指，想起高中时短暂的一年，年少时光对他来说并没有太多值得留恋的地方，如果有，与温蕴同班的那年必定是其中之一。

Chapter 13
无限接近真相

"你高中的时候特别酷,跟现在一样独来独往,也没什么朋友,你刚转学来的时候,班上其他同学想跟你搭讪,但你很少搭理人家。有一次要分组做实验,结果没人愿意跟你一组,莫庭看你可怜,抛下我直接找你去了,最后反而是我落了单。"

温蕴听着这些明明事关自己却又毫无记忆的年少时光,感觉新鲜又陌生:"还有这样的事?"

"莫庭那会儿特别喜欢你,天天跟你腻在一块儿,但是你从来没有对他说过一声喜欢。"

"那我那时候到底喜不喜欢他?"对这个问题,温蕴自己也很好奇,当时从日记里看到自己跟莫庭恋爱,还差点嫁给他的时候,她感到不可思议。

闻唐又开始玩她的头发,他蹙着眉,佯装苦恼地说:"喜不喜欢?我当时对你没什么兴趣,所以没注意过你到底对莫庭有没有意思。"

"你上回还说你从高中时代就开始喜欢我了。"她不满地提醒他注意说话。

"你知道你那会儿就挺会撩人了吗?有一次我跟你说,如果不喜欢莫庭就不要浪费他的感情,结果你告诉我,你跟他一块儿玩是因为可以见到我。"

温蕴立即摇头:"不可能,我怎么会说出这种话?"

"你现在记不得了就不认账了?"

她不确定地眨了眨眼睛:"我真那么说的?"

"你那时候就是个小妖精。"

小妖精,这个词她喜欢。

"那时你还叫温如蕴,为什么要改名?"

"你不觉得温如蕴这个名字听着土里土气的吗?温蕴听着多洋气?"其实并没有特别的原因,只是因为有一回温蕴在填写资料的时候突发奇想,觉得三个字念着绕口,干脆直接改成了两个字。

"当时做手术的时候……你一个人吗?你父母呢?"

从重逢到现在,他一次也没有听温蕴提起过父母,但他明明记得,温蕴是土生土长的海城人,按理说她的父母也应该在海城才对。

温蕴嘴角的笑意迅速凝结,她苦笑一声,似乎不愿多谈:"他们移民了。"

"挺好,以后就由我一个人照顾你。"他抱紧她,想将过去几年缺失的温暖悉数补尽。

温蕴躺在他怀里一阵轻松,她不知道之前有没有体验过这种感觉,但在此时此刻,一种幸福感包围着她,她内心柔软得像是踩在棉花上。

像过去每个月都会做的那样,日记本已经被她放在显眼的位置,她安心地在闻唐怀里闭上了眼睛。虽然不知道明天醒来后发现一个陌生男人在家里会是种什么体验,但是想想都觉得十分刺激。

等温蕴睡着后,闻唐才把她抱回卧室。

温蕴睡得很不安稳,半夜的时候一直在说梦话,闻唐想叫醒她,但一切都是徒劳,直到天蒙蒙亮的时候,她终于醒了。

一睁眼,一张陌生男人的面孔就进入温蕴的视野,她警惕地哗啦一下从床上坐起来。

闻唐慢条斯理地把日记本递给她。

半晌后她看完日记,错愕地再度看向闻唐。她喜欢这个男人?或许吧,至少日记本里是这么写的。

"你感觉怎么样?"闻唐放低了声音温柔地问她。

"还可以。"温蕴的回答十分生硬,大概还不知道该怎么跟他相处,满脸狐疑,"我是你的保镖?"

"现在还是我的女朋友。"

"女朋友?"温蕴简直不敢相信自己听到了什么。

这个世界实在太奇怪了,她的记忆一片空白,醒来的时候发现家里有一个陌生男人,他告诉自己,她是他的女朋友……

"我不介意你短暂的不记得我,不过昨晚你答应过我,每个月都要重新

Chapter 13
无限接近真相

喜欢我一遍。"他俯下身,在她唇上轻轻一吻。

轰的一声,温蕴的脑袋里像是有什么崩塌了。他刚才是……吻了她?在她还没有完全搞清楚状况的时候,自己居然被吻了?

温蕴在闻唐的注视下勉强吃完了早餐,两人正要出门时,赵阳来了。

一见到闻唐,赵阳就炸了,他对温蕴怒目而视:"他怎么会在这里?"

温蕴无奈地耸了耸肩:"我还没问。"

"你家里从来不来外人。"赵阳冷冷地对温蕴说道,他感到内心有一股无名怒火。

闻唐清了清嗓子,礼貌地说:"确切地说,我不是外人,你才是外人。"

"你这话什么意思?"

"我们现在是交往中的男女朋友关系,你说我和你,谁是外人?"闻唐揽住温蕴,故意刺激赵阳。

赵阳一双眼睛猩红,紧紧盯着闻唐揽着温蕴的那只手。温蕴居然没有推开他?她明明最讨厌和人发生身体接触,但此时此刻,她竟然这么温顺地任由闻唐搂着?

"他说的是真的?"

"日记本上的确是这么写的。"温蕴如实回答,除了日记本,她没有之前的记忆,对她来说,甚至连赵阳都是陌生的。

"话已经说清楚了,应该没有别的事情了吧?我们还得回酒店。"

闻唐拂开赵阳想要靠近温蕴的手,眼里全是独占欲,完全隔开了温蕴和赵阳。

赵阳脸色铁青,有些失控地对温蕴吼道:"你真打算跟他走?"

Chapter 14
慕尼黑往事

这一早上发生的事情已经够让温蕴措手不及了,她自己正处于茫然状态,被赵阳这么莫名其妙地一吼,也没了好脾气:"我是他的保镖,他到哪里,我就得跟到哪里,当然要跟他走。"

"温蕴,这份工作不适合你,我去找陆杰,让他给你换个活儿,你不用跟他走了。"赵阳试图把温蕴拽到自己身边,但没有成功。

"哎?你这话听着信息量很大啊,莫非当初是你为温蕴安排的活儿?是你让她来给我当保镖的?你想让她当卧底监视我,随时给你提供信息?"

从时间上来讲,闻唐的分析合情合理,那会儿赵阳正忙着暗中调查许昌的案子,整天跟他过不去,想在他身边安插双眼睛也能说得通。

"闻总,这是我跟温蕴之间的事情,请你不要插嘴。"

闻唐挑了挑眉,回头问温蕴:"你要跟他在这里处理你们的私人问题,还是跟我回酒店?"

Chapter 14
慕尼黑往事

温蕴想也不想地上前按下电梯按钮，她现在可没空也没心思跟赵阳处理所谓的私人问题，况且她认为今天的自己与赵阳之间没什么可说的。

闻唐满意地笑了笑，和温蕴一前一后进了电梯，而赵阳就像一个不知趣的第三者，被冷冷地撂在了原地。

呵，他的确是不知趣了，他知道今天是温蕴记忆重置的第一天，于是一大早赶来看她，结果居然遇上这么一出。

赵阳从来没有像现在这样后悔把温蕴推向闻唐，如果当初他没让陆杰把温蕴带去闻唐面前，现在就不会生出这么多事了。

闻唐对温蕴的企图实在太过明显，赵阳一个局外人都看得清清楚楚。闻唐究竟是从什么时候开始对温蕴有了想法的？

一丁点暗黑的情绪在赵阳心间弥漫开来，太阳穴突突直跳，但他浑然未觉，只恨不得闻唐立刻从温蕴身边消失。温蕴是他花了五年才能完全接近的人，他闻唐有什么资格插上一脚？若论先来后到，也轮不到他！

宋清远意外地等在闻唐的办公室里，听林良说，他已经等了将近四十分钟。

闻唐诧异地挑了挑眉，这可不像视时间如金钱的宋清远的作风。

"看来你有很重要的事情要告诉我？"闻唐泡了两杯咖啡，神情愉悦地抿了一口。

宋清远看着他问："有好事发生？"

"算好事吗？还不确定。"

宋清远习惯了闻唐偶尔的神神道道，并不把他的自我愉悦放在心上，而是正襟危坐道："我似乎有了点眉目，关于当初为温蕴动手术的那名科研人员，确切地说，他是位脑科医学博士，一生都在为医学事业做研究，在那之前，他一直都在慕尼黑医科大学研究所工作。"

闻唐的手顿住了，他扬起眉，示意宋清远继续。

"但是在温蕴的手术之后,不知道什么原因,他的精神状态好像出了点儿问题,他们提议让他接受心理治疗,不过被他拒绝了,他现在已经不在研究所工作了。"

闻唐有些没明白宋清远的意思,问:"也就是说,他已经不在慕尼黑了?"

宋清远的神情有些复杂,他清了清喉咙,像是终于做好了心理准备一般,开口道:"不,他当然还在慕尼黑,仍旧是位受人敬仰的脑科专家。你还记得之前我推荐给你的那位姓谭的医生吗?"

闻唐心里突然闪过一丝不好的预感,他很了解宋清远,宋清远不会在事情没有明了之前发表任何自己的意见,一旦他尝试解说时,大概就已经拨开云雾见天日了。

"你该不会是想告诉我,你推荐的那位叫谭光耀的德籍华裔医生就是当初为温蕴做手术的人吧?"

一刹那,办公室里死一般的寂静。

"恐怕是的。"宋清远略显无奈地揉了揉眉心,刚开始他也不敢相信,可现实往往就是这么巧合。

闻唐雕塑般愣在那里,他想起当初调查谭光耀后得到的信息:心术不正,做人体实验,等等。当时他只是觉得这种行为有些过火,却没放在心上,可如果这个被做实验的人是……

"你上次说,温蕴的大脑里可能被植入了芯片?"

宋清远点点头:"是。"他把一些零散的资料拼凑起来交给闻唐,"不知道是不是巧合,五年前温蕴动手术的那天,你也在慕尼黑。"

闻唐深吸一口气,这当然是巧合,他还记得五年前在慕尼黑与温蕴重逢时,那种铺天盖地而来的喜悦,那是真正意义上他与温蕴自高中时代分开后的第一次重逢。

直到现在,他都无法找到一个确切的词语来形容自己在慕尼黑玛利亚广场上见到温蕴时的震惊和喜悦。可彼时,当地正发生一起严重暴力事件,

Chapter 14
慕尼黑往事

所有人都在四处乱窜，警察布满街区，烟幕弹随处可见，整个广场上萦绕着白色烟雾，于他们而言根本不是重逢叙旧的最佳时机。

当时，温蕴陷进了慌乱的人群中，差点被卷入暴力事件中心。当闻唐在茫茫人海中看清她时，不顾一切地将她从人群里拉扯出来，他还记得那时温蕴看清自己时的满脸震惊和不可思议，他知道，她也认出了他。

可他们没有更多机会说话，因为骚乱，他们被迫分开，等回过神来时，闻唐已经找不到温蕴了。两天后，暴力事件平息，慕尼黑又恢复了平静，他却再也没找到温蕴。

后来闻唐找了当地的私家侦探帮忙找人，仍一无所获，仿佛那一切只是他的一场梦，他所见到的那个女人也只是自己的幻觉。

这一分开，又是五年，直到他们又在东京偶遇，可她看他的眼神陌生、疏离，再也不是高中时那个会开着玩笑对自己说"因为和他约会可以见到你"时的温如蕴了。

办公室里气氛有些古怪，温蕴坐在据说是属于自己的工位上，警惕地观察四周，当然还有这个与自己共处一室的男人。

林良处理完工作，有意无意地叹了声："我都忘了，今天又开始了崭新的一个月。"他忽然扭头去看温蕴，"昨晚过得好吗？"

"我必须回答这种跟工作无关的问题吗？"温蕴坦诚地问道。说实话，她一点也不想跟林良多说话，总觉得这个叫林良的助理跟他的老板一样，似乎对自己的情况一清二楚。

林良不在意地摊了摊手："你当然可以不回答，我也只是无聊地问问而已。话说回来，你现在的大脑应该是一片空白吧？"

温蕴眯了眯眼，他果然是知道的。

"也就是说，你也忘了自己喜欢老板这件事？"

温蕴知道林良口中的老板指的就是闻唐，可是喜欢？她之前真的喜欢闻唐吗？早晨被闻唐牵着的时候，她心里莫名产生一股悸动，她还以为是自己的心脏出了问题，但后来反反复复思考过后，她确认，那是心动的感觉。

虽然种种迹象表明，她和闻唐已经认识挺久了，但从理性上来讲，她仍然认为今天才是她认识闻唐的第一天，她居然会对一个第一天才认识的男人心动？

"我可告诉你，老板一直把你放在心上，我跟着他这么久，还是第一次见到他对一个女人这么上心，你要是辜负了他，会遭天打雷劈的。"

温蕴张了张嘴，想说的话卡在了喉咙里，天打雷劈……没有这么严重吧？

午餐时，闻唐带温蕴去赵京安的餐厅用餐，她小心翼翼地察言观色，结果刚站定，就被闻唐轻轻一扯："坐下吃饭。"

"可是我在工作。"

"现在是吃饭时间，你平时不吃饭的吗？"闻唐手上微微用力，她没法，只得跟着他们一同落座。

宋清远也在，正目不转睛地观察着温蕴，自从知道温蕴的记忆重置状况之后，他一直对她的大脑非常感兴趣。

赵京安瞧着温蕴和闻唐，揶揄道："你们两个闹别扭了？"

"没有。"温蕴立即回答。

"那你怎么坐得这么远？好像他会吃了你似的。"

在赵京安的眼神示意下，温蕴才发现自己的身体竟然下意识地往闻唐的反方向倾斜，她轻咳一声，重新坐正。

"这位是宋医生，之前替你做过脑部检查。"闻唐介绍道，正想往下说时，被温蕴截住了。

"我知道，他叫宋清远，这位是赵京安，看来你们都知道我记忆有问题这件事了？"看样子，她在这些人面前是没有秘密的。

赵京安松了口气，当她得知温蕴的情况时简直不敢相信，她无法想象，在失去记忆的那个清晨，温蕴醒来大脑一片空白时会有多恐惧。

赵京安推了推宋清远，两人心照不宣地同时起身走向办公区域。

Chapter 14
慕尼黑往事

温蕴不解地问闻唐："他们为什么突然走了？"

"温蕴，我想跟你单独聊聊。"

其实来时温蕴就察觉出来了，闻唐和早上的状态有些不一样，难道是因为自己？

"这个问题听上去有些愚蠢，不过你还记得在慕尼黑做脑部手术前后发生的事情吗？"

温蕴愣了愣，这是属于她自己的秘密，但不知道为什么，面对闻唐的询问，她竟然愿意说出来："我不记得，但是我的日记本里应该记载了那些东西。"

"可以给我看看吗？"

"为什么？"她突然警惕起来，要把自己的隐私完全暴露在这个男人面前，至少现在的她还没有做好这种心理准备。

"因为五年前，在你动手术之前，我曾在慕尼黑见过你。你应该也知道，我和你曾经是高中同学，当时在慕尼黑和你重新相遇我很开心，但因为一些意外，我们再度失散了，我曾经找过你，但是一无所获。我想知道那段时间，你究竟发生了什么事？"闻唐从来没有如此耐心地向人解释过自己的想法，"温蕴，我向你保证，我绝对不会伤害你。"

温蕴呆呆地望着他，她没有想到闻唐会对自己做出承诺，内心瞬间像有暖流注入一般，那条被自己刻意拉起的防线在顷刻间荡然无存。

"也不是不可以，但我得回家找找。"

闻唐满意地勾起唇角："我可以等。"

他这样温柔，反而让温蕴感到不知所措。

虽然闻唐提出了想看温蕴日记本的请求，但温蕴一直没有给出确切答复，他便再没有提起过，一直到半个月后，温蕴终于下定了决心。

半个月，足够让她了解闻唐了。在她试图了解闻唐的过程中，她终于发现为什么之前的自己会爱上他，换作任何一个女人，恐怕都不能抗拒这样的男人吧？

温蕴把筛选过后的日记本整齐地堆在书桌上,向闻唐解释:"每一本上都有日期,你可以按照你想看的日期找。"

闻唐的眉眼温柔缱绻,他忽然轻轻吻了吻她的眼睛。温蕴忍不住心跳加速,紧张地想避开,却被他伸手揽进怀里。

"温蕴,我们是恋人,恋人之间能做的事情我们都可以做,包括接吻。"说完,他的唇落在了她的唇上。

201X年1月17日

今天慕尼黑下了大雪,这么冷的天气,那些暴力分子居然还敢上街闹事,整个玛利亚广场就像战场,一片狼藉。我路过那里,不小心卷入了骚乱,人们四处乱窜,此起彼伏的尖叫声令人绝望。

那个时候,有一双手用力地把我从人群里拉扯出去,当我看清我的救命恩人时,整个人都惊呆了,我从没有想过,有生之年居然还能再见到闻唐。距离我们分开已经有多久了呢?说实话,我已经想不起来了,这些年的日子对我来说太漫长了,漫长到几乎像是过了一生。

闻唐比从前更英俊,也更成熟了,他身上有一种成年男人的稳重与魅力,真是难以想象,多年前那个不可一世的少年身上居然会透出岁月沉淀过后的沉稳。

他应该也认出了我,但是我们还没来得及说一句话就再次被人群冲散,我们就这样在短暂的相遇过后又分开了。

我本来想再回去找他,可他已经不见踪影了。

201X年2月1日

我醒过来之后茫然不知所措,所有人都用悲伤的眼神看着我,仿佛我是这个世界上最可怜的可怜虫。我的大脑一片空白,记不起任何事情,甚至连自己为什么会躺在病床上都不清楚。

Chapter 14
慕尼黑往事

　　　　为我做手术的是个德籍华裔医生，他能说流利的中文，于是跟我做了简单的沟通。概括来讲，就是手术很成功，但不知道是哪个环节出了问题，连他们都无法用现有的医学常识来解释这种现象，总而言之，或许我的记忆会受到影响，但这都要再观察才能得出结论。

　　我很害怕，担心我会一直记不起以前的事情，又忘了现在的事情，于是决定坚持写日记，把重要的事情记录下来。我找到了这本日记本，奇怪的是上面只有一篇日记，也许那天对我来说是个重要到值得记录下来的日子？总之，我不记得了。

201X年3月3日

　　我简直不敢相信我听到了什么，我的医生已经对我束手无策了，连他都感到绝望，我不知道该说什么。

　　今天我醒来的时候，脑袋一片空白，毫无记忆，围在我身边的那些医护人员都震惊了，我确信我一点都没有夸张，他们惊讶得说不出话来。后来，我的医生茫然地得出了一个在我看来无比奇葩的结论：我的大脑只能储存一个月的记忆，每隔一个月我的记忆就会被迫清零。

　　这是怎样荒唐的结论！

201X年4月2日

　　我恐怕不得不接受他们提出来的荒谬结论。

　　今天醒来之后，我的大脑再次空白，据日记本里记载的情况，我又忘了过去的事情，为我做手术的医生之一再次强调，我的大脑或许只有三十天的记忆容量，它没有办法承载更多。

　　我在医院里住了两个多月，我已经烦透了这种状况，其间我问了无数位脑科专家，他们不是认为我该去看精神科医生，就是对我的病状束手无策。我想，不是我疯了，是这个世界疯了。

我还去找了当时为我做手术的主刀医生，但是很遗憾，听说他离开了研究所，现在不知去向。

不管怎么样，都到了我该出院的时候了，一直待在医院里解决不了任何问题。

201X年4月18日

今天我遇见了一个奇怪的人，他说他叫赵阳，称我们曾经是朋友，但我根本无法分辨他说的是否属实，因为我不记得了。不过他看上去是个好人，我想他应该值得信任。他问我是不是有回国的打算，其实早在出院之初我就想过了，以我现在的状况恐怕已经不适合再待在慕尼黑了，或许回国才是正确的选择。

闻唐并没有把每一篇日记都看完，他只挑了重点，便大致了解了当时的状况。等他再抬起头来的时候，窗外的天已经黑了。

温蕴抱着双腿蜷缩在沙发里，安静地一动不动，看上去又乖巧又无助。听到动静，她迅速朝闻唐看过去，目光微一闪躲："看完了？"

"只看了一部分，你后来有没有再去找过为你主刀的那位医生？"他坐到她身边，抓起她握成拳头的手，一根一根把手指掰开来。

"起初也找过，但没有音讯，后来觉得找到了又能如何呢？他如果有办法改善我记忆的问题，一开始就不会让这种事情发生了。"

闻唐握着她的手指，低垂着眉眼："你知道那位主刀医生的姓名吗？"

"只知道姓谭。"

"你连对方的底细都不知道，就敢把自己的脑袋交给他？"闻唐开玩笑似的揉乱她的发丝，想让气氛不这么沉重。

但她固执地说："病人应该听医生的话。"

"好，但是一个在研究所工作的科研人员突然消失得无影无踪，所有人

Chapter 14
慕尼黑往事

都不知道他的去向,你不觉得奇怪吗?你就没有想过,也许这场手术本身就是一个事故?"

温蕴浑身一颤,呆滞地望着闻唐,像是不明白他在说什么,她被握在他掌心的手指一点点僵硬起来,清清楚楚地向他传递着此刻的心情。

"温蕴,我查看了日记本,你只写了当时醒过来之后的状况,但是我找不到你接受这次手术的原因。"

"因为在那场事故中我的脑部受到了严重创伤。"

"严重到需要开颅?你真的确定自己需要接受手术的原因吗?"

闻唐的一声声质问,像雷击一般重重地砸在温蕴心上,她此前从来没有想过这个问题,更谈不上怀疑了。

谭医生是为了救她的性命才替她做了手术,任何手术都有风险和不确定性,病人本来就不该因为一些预料不到的结果去揣测医生最初的动机。更何况她和谭医生素不相识,完全没有必要以阴谋论,她不过是一个普通人,不值得别人花费这么大的力气。

可她无法反驳闻唐。

闻唐找了慕尼黑当地的私家侦探帮忙调查谭光耀,不到一周就有了消息。

林良脸色不善,小心翼翼地观察着闻唐:"这是那个私家侦探发过来的资料,你最好做好心理准备再看。"

"是什么重大的事情还需要我做好心理准备?"闻唐没把林良的话放在心上,随手打开了文件袋。

当一份简易资料出现在眼前时,闻唐的笑容倏地顿住,他将视线移到旁边那张一寸照上,虽然看上去拍照的时间距离现在已经有些久远,可他还是一眼就认出了照片上的人。

"这个不会是赵阳吧?"闻唐指着照片上的人问林良。

林良犹疑地点点头:"看上去恐怕是。"

其实根本不需要他们猜测，随这张照片附上的还有一份个人档案，虽是英文，却清清楚楚写着"ZHAO YANG"。

谭光耀的调查报告里居然会出现赵阳，闻唐在事前可完全没想到，他甚至根本没有想到要把这两个人联系在一起。

"这份报告上说，赵阳和谭光耀是父子关系。"

难怪温蕴会和赵阳成为朋友，如果他们之间有着这么层关系，倒也顺理成章。

闻唐看完谭光耀的资料后，双手有些抖，他把资料扔到桌上，往后靠去。他需要安静，需要足够的时间去消化刚才看到的一切。

如果这份资料无误的话，如果他请的这位私家侦探没有搞错的话，那么赵阳接近温蕴的目的就十分蹊跷了。

赵阳知不知道温蕴的记忆出问题是由他父亲造成的呢？换言之，他是不是知道了什么，却有意隐瞒呢？他是抱着怎样的心情接近温蕴的？因为同情，还是因为其他不可告人的事情？

闻唐记得温蕴在日记本里写过，她回国后几乎没有朋友，只有赵阳。如果没有赵阳的帮助，她不知道自己会怎么样，就连现在这份保镖的工作也是赵阳替她找的，可以说在他们的相处当中，赵阳对她的照顾是无微不至的。

闻唐当然看得出赵阳喜欢温蕴，可如果早在遇见温蕴之前，赵阳的目的就不单纯呢？

"老板，慕尼黑那边还在查，需不需要我找人再查查赵阳？"林良见闻唐的脸色不大好，小心翼翼地问道。

闻唐摆了摆手:"赵阳的底细你我都再清楚不过了，当时我们不就已经查过他了吗？"

林良愣了愣:"是啊，查过了，但是没有查到他和温蕴之间还有这一层联系。"

Chapter 14
慕尼黑往事

这层联系太过私密，如果不知道其中隐情，很难查到。

"先不要告诉温蕴这件事情。"闻唐将资料原封不动地放回文件袋，低声叮嘱林良。

"但是一直这么瞒着温蕴好吗？我看赵阳好像很喜欢温蕴，如果不是你突然横插一脚的话，他们可能……"

闻唐冷冷地瞥了林良一眼，这一眼太有杀伤力，林良立即识相地闭上嘴走开。

然而谁都没有想到，温蕴会在门外。

林良打开门见到温蕴时，整个人几乎要跳起来。

"你怎么……"

没等林良把话说完，温蕴便推开他，径直走到闻唐面前，紧紧地盯着他问："你说什么事不要告诉我？"

闻唐面不改色地淡淡回答："没什么重要的事情。"

"闻唐，如果是关于我的事情，我有权利知道。"

闻唐凌厉地瞥了一眼林良，林良立即关上了门，办公室内只剩下闻唐和温蕴两人。思绪在转瞬间落定，闻唐起身带着温蕴落座。

"我可以告诉你，但是你要保证你能控制好自己的情绪，绝不乱来。"

温蕴的脸色惨白，习惯性地握紧了拳头，他既然说了这样的话，就必定是大事。

"赵阳和为你的主刀医生谭光耀是父子关系。"

没有迟疑，也没有缓冲，闻唐突然说出了这一句极具冲击性的话，令温蕴一瞬间无法反应。

"怎么可能？"她颤抖着嘴唇，慌乱得不知道该看向哪里，"他们连姓氏都不一样。"

"赵阳跟他母亲姓。"闻唐耐心地回答，他把她拥进自己怀里，企图安抚她躁动不安的心，"温蕴，你听我说，这件事还不知道究竟是怎么回事，虽然你一直把他当朋友看,但赵阳这个人已经不适合再出现在你身边了。"

"但是、但是他曾经帮过我很多。"

"也许他是出于某种愧疚,也许他是知道什么关于你的秘密却对你故意隐瞒,总之他从一开始接近你的目的就不单纯,他利用了你忘记过去这件事情,把自己变成了你唯一的朋友。"

温蕴连心尖都在颤抖,自从那天闻唐问了她那些之后,她就一直在质疑当初自己的脑部手术是否必要,可事到如今,想要知道五年前的事情着实不那么容易。

今天再度听到这种消息,她整个人如坠冰窖,如果连一直待在自己身边,被当作唯一朋友的人都不能相信,那她还能相信谁?

闻唐温柔地吻了吻她的嘴角,像哄孩子似的轻轻抚着她的后背。

"别担心,万事有我。"

在闻唐忙着调查赵阳和谭光耀时,在酒店拍摄的真人秀节目也正式播出,并且大获成功,取得了很好的成绩。

自节目播出以来,因为明星效应而入住酒店的住客比例高达百分之二十五,酒店业绩也随之被带上了半年来的新高度。与此同时,赵京安的网红餐厅也为酒店带来了客流量,之前的阴霾仿佛一扫而空,闻唐可谓打了个漂亮的翻身仗。

虽然酒店业绩喜报连连,但赵阳仍是闻唐心里的一颗定时炸弹,不解决掉他,他始终无法安心。

闻唐约赵阳见面,赵阳却姗姗来迟。

赵阳脸上没有半点歉意,反而不耐烦地说道:"有话快说,我还有很多活儿要干。"

闻唐紧抿薄唇,一言不发地将几张照片丢到赵阳面前。

赵阳淡漠地看了眼照片,面无表情地问:"你这是什么意思?"

Chapter 14
慕尼黑往事

"你认识照片上的这个人吗?"

"不认识。"他想也不想就矢口否认。

"真不认识?我怎么听说这位叫谭光耀的德籍华裔医生是你的亲生父亲?"

他们之间的气氛徒然冷却下来,闻唐面带笑意,淡漠地盯着赵阳。

"闻总,我只是一个小小的私家侦探,跟你们这种生意人没得比,你没有必要调查我吧?"

"你这是承认你跟照片上的人是父子关系了?"

赵阳慵懒地拿起照片,认认真真地看完,说:"不好意思,刚才没仔细看,这会儿看清了才发现,好像的确是我那个不负责任的父亲,不过我跟他没什么关系。"

闻唐可没心思跟他掰扯,直截了当地问:"五年前,你为什么会出现在慕尼黑?"

"你现在是在审问我吗?这是我的私事,我没有必要告诉你吧?"

闻唐轻笑:"你父亲以科研的名义做人体实验,这种事情传出去,真对你没有影响?"

闻言,赵阳脸色突变:"你胡说八道什么?"

"我是不是胡说八道你很清楚,温蕴也很清楚,或许……温蕴本人就是一个最好的证明?"闻唐顿了顿,身体微微前倾,压低了声音说,"你为什么会无缘无故出现在慕尼黑?又为什么偏偏选择了温蕴做朋友呢?难道是想替自己的父亲隐瞒某些不可告人的事情,顺便就近监视?"

咖啡厅里的音乐萦绕在空气里,闻唐不动声色地活动一下僵硬的手指。

"赵阳,你是不知道该如何替父亲推脱,还是替自己推脱?"

赵阳沉声冷笑道:"闻唐,随意诽谤是要负法律责任的。"

"如果没有自信,我不会坐在这里跟你讨论这些事情。"

赵阳一怔,没错,闻唐为人谨慎,他绝不可能贸然来找自己。

"其实我心里已经有了一个猜测，不知道你有没有兴趣听？"

赵阳耸了耸肩，表示随意。

"温蕴当年的确受了伤，也的确需要做脑部手术，而她的主刀医生便是你父亲谭光耀。从我得到的消息来看，谭光耀一直在研究通过外界干扰实现对人类大脑的控制。当然，这个命题在我看来十分荒谬。但他一直苦于找不到合适的人选进行实验，如果没有实验，所有的研究都将成为空谈，而正好在那个时候，他碰到了正需要动手术的温蕴。我想你父亲的行为应该是得到了研究所的支持，或许是调查后发现温蕴独来独往，孑然一身，是再适合不过的实验对象，于是她就成了他们科学实验的牺牲品。没想到实验非但没有成功，反而向着一个他们始料未及的方向发展，你父亲无法接受这种结果，精神受到刺激，于是躲了起来。再然后，温蕴也接受了变成那样的自己，离开了研究所所属的医院。而你，知道了你父亲的所作所为，于是故意接近温蕴。你是想弥补，还是以防她发现这件事情后做出意料之外的事情所以就近监视？"闻唐冷冰冰的目光落在赵阳身上，"当然，以上这些只是我的猜测，你可以否认，我也不会放弃继续追查。"

赵阳的手不知不觉颤抖起来，他脸色发青，如同被人当头浇下一桶冰水，寒彻整个身体。

"赵阳，这五年来你在温蕴身边扮演着知心好友的角色时，就不会因为对她隐瞒了诸多事情而感到愧疚吗？哪怕有那么一刻，你有过吗？"

赵阳勉强镇定下来，敛着眉轻声笑道："你的那些猜测可真是有趣，可惜我没兴趣跟你玩这种无聊的游戏。以温蕴的性格，如果有事，她会自己解决，应该不会劳烦别人，你替温蕴而来，又是打着什么主意？"

闻唐冷冷嗤笑一声，无奈地摇了摇头，看来赵阳是打死都不会承认了。

"闻总，奉劝你一句，不要多管闲事，如果温蕴对此有疑问，可以让她自己来找我，我不想和第三个人聊我和她之间的事情，告辞。"

赵阳起身，不屑地瞥了闻唐一眼，转身离开了咖啡厅，但在闻唐看来，更

Chapter 14
慕尼黑往事

像是落荒而逃。

回去的路上,林良几次欲开口,但从后视镜里看到闻唐疲惫的模样,到嘴边的话又硬生生地吞了下去。

阳光如此炽烈,可车里仿佛被阴霾笼罩,久久挥散不去。

闻唐揉着眉心,视线飘过转角处一家有名的花店,随即示意林良停车。他在花店里驻足片刻,在店员的帮助下捧了一大束花回来。

林良不禁在心里暗忖,不愧是他老板,这种时候竟然还有闲情逸致买花讨好女人。

"老板,你是怎么想的?赵阳分明知道一切,还在你面前装模作样,你就任由他这么欺骗温蕴?"林良还是忍不住,小心翼翼地埋怨道。

"我还想你能忍多久,这么一点时间就绷不住。林良,你越来越沉不住气了。"

"我可没有你那种胸襟,我一想到赵阳他爹搞的劳什子科研实验把温蕴变成这个样子,心里就替她委屈。"

"你什么时候跟温蕴关系这么好了?我怎么记得当初你很讨厌她?"闻唐拨弄着花束,完全没有理会林良的小情绪。

林良一时哑然,逞强道:"我还不是替你感到委屈吗?温蕴是你女朋友,我也得替你想啊!"

"你要是真替我想,就给我盯紧点赵阳,不出意外的话,他最近应该会找温蕴深谈。"

"你还打算让他们见面?"林良轻呼出声。

闻唐摇头轻笑道:"难道我还能绑着她不成?何况以温蕴的身手,她能保护好自己,你在瞎担心什么?"

"这不是她是否能保护好自己的问题,万一有人下黑手呢?这种事防不胜防,还是得提醒她小心提防才行。"

"你每天和她在同一个办公室,多提醒提醒她就是了。"

林良闻言小声嘀咕:"那你每天还跟她形影不离呢,怎么你自己不多提醒提醒?"

闻唐佯装要揍他:"到底你是老板,还是我是老板?"

"遵命,老板大人,我一定天天在她耳边吹风,让她小心赵阳。"

话虽如此,温蕴对赵阳的冷淡还是超出了林良的预料。赵阳算是温蕴唯一亲近的朋友,按理说温蕴多多少少会对赵阳有些依赖,可奇怪的是,每当林良提到赵阳,温蕴却没什么反应。

有一回林良实在好奇,问她:"你是不是不太记得赵阳了?"

温蕴古怪地瞧着他:"你最近总在我面前提他,他做了什么有损你利益的事了吗?"

"这倒没有。他最近没找过你吧?"

"我也不想见他。"温蕴显然不想谈论赵阳,起身走了。

自从温蕴知道赵阳和谭光耀的关系后,就不知道该如何面对赵阳了。为此她还特意花了几个晚上翻了过去五年的日记,确认赵阳从未向自己提及此事,内心的不安也随之扩散。

赵阳是不是也隐瞒了什么事呢?如果不是闻唐告诉她,她又会被蒙在鼓里到什么时候?

"温蕴?你也喜欢这个地方吗?"是赵京安的声音。

温蕴倏地回头,就见赵京安手里捧着咖啡,笑着站在几步开外。

阳光环球酒店的天台是整个海城最好的观景平台,但鲜有人知道这里,温蕴也是无意中才发现的。那之后,但凡她想一个人静静的时候就会来这里,至今没有被人打扰过,赵京安是第一个。

"你竟然也知道这个地方?"温蕴有些诧异。

"从这里看下去,景色很美。"

赵京安走到温蕴身边,仔细观察着温蕴,既然温蕴的记忆每个月都会重

Chapter 14
慕尼黑往事

置,也就是说不管曾经她们的关系有多好,每个月伊始,一切都会回到原点。

"五年都是这么过来的吗?"她问温蕴。

虽然话没道破,温蕴却知道对方的意思。

"已经习惯了。"温蕴淡淡地说。

"现在呢?每个月都会忘记闻唐,难道不会感到恐慌吗?"

风从温蕴耳边吹过,吹乱了她梳得一丝不苟的长发。坦白讲,从前是什么感觉,温蕴根本不可能记得,每个月的开始她只能通过日记去确认过去发生的事情,光是重新适应就需要好几天,根本无暇他顾。

她不知道过去的自己是什么心情,明明知道自己一定会在特定的时间忘记闻唐,却还是忍不住为他心动,她这样的状况本就不适合谈恋爱,就连交朋友都几近奢求。

赵京安愧疚地抱抱她:"对不起,我似乎问了不该问的问题。"

"没什么可感到抱歉的,这本来就是客观存在的事实。"

"我听说赵阳的事情了,你日后打算怎么办?还是像从前一样,当作什么都没有发生过,继续做朋友吗?"

温蕴有些诧异,她没有想到闻唐竟然连这些事都会告诉赵京安。

"你想听实话吗?"温蕴自嘲地笑笑,"我也不知道。"

"我知道这很难,毕竟他曾经在你最困难的时候伸手拉了你一把。"

"其实我很矛盾。你知道的,我的记忆并不完整,至少此刻的我对他没有多少特殊感情,但我又知道曾经是他帮我渡过难关的,我不知道该怎么面对他。"

就像最初的时候她不知道该如何面对闻唐。

赵京安拍了拍她的肩膀,表示自己能够理解。

"我觉得我应该找他好好谈谈。"温蕴喃喃自语道,也不知道是说给自己听,还是说给赵京安听。

赵京安忽然问:"温蕴,你相信闻唐吗?"

温蕴不明就里地望着她。

"我是说,他总是能把事情处理得很好,所以你应该试着信任他。"

Chapter 15
消失的日记本

夜深人静时,仿佛连世界都是静止的,窗帘被遮得严严实实,透不进一点月光和夜色,房间里一片漆黑。

温蕴蜷缩在床上,赵京安的话犹在耳畔。

她该试着信任闻唐吗?她明明一直相信着啊,为什么赵京安会认为她并不信任闻唐呢?

的确,闻唐做事自有他的主张,并且有条不紊,仿佛这个世界上没有能够难得倒他的事情,他是个足以让人完全信任且依赖的男人。

可五年来温蕴习惯了独来独往,也习惯了凡事只依靠自己,因为记忆的缺陷,她不能完全相信任何一个人,饶是赵阳,她也保持着一定距离。

偏偏面对闻唐时,她总是不由自主地想接近他。

他明明知道她的全部秘密,也知道她的记忆缺陷,还是留在了她身边,难道他真的一点也不在意这件事吗?

手机在一片黑暗中亮了起来,赵阳发来消息:"我在楼下,可以见一面吗?"

温蕴怔了许久,才摸索着爬起来。

赵阳就站在路灯下,远远地朝她招了招手,一切似乎很熟悉,又很陌生,温蕴一时有些恍惚。

"是不是来得太晚打扰到你了?"赵阳面带笑意温和地问,与上回清晨时截然不同。

这是这个月的温蕴第二次见赵阳,有些捉摸不透他,只得礼貌地回应:"没有。"

"前几天闻唐来找过我,你知道这件事吗?"她微微惊讶,便听他摇着头嘲讽道,"我就知道他是背着你来找我的,你一向都很独立,不可能借他人之手。"

不知道为什么,她听到他这么说,心里竟有些不适。

"他去找你做什么?"几乎就在话问出口的瞬间,温蕴觉得自己内心已经有了答案。

果不其然,赵阳说:"他说了一些莫名其妙的话,我想你还是不知道为好。"

两人相对而立,彼此都在试探,若是刚才温蕴还对赵阳抱有莫名期待的话,这时她已经看出来了,赵阳大约是来试探她究竟知不知道那些事吧?

她坚持问道:"他说了什么?"

"你真的不知道吗?"

"你是故意来试探我的吗?你想从我嘴里套出什么呢?"

这样的温蕴让赵阳觉得十分陌生,他们之间从来没有出现过这种对话,自从闻唐出现后,一切都变了。

闻唐把温蕴从他身边抢走了。

一股无名怒火在赵阳心里燃起,他冷笑道:"温蕴,看来你是无可救药了,

Chapter 15
消失的日记本

你宁愿相信他也不相信我?"

"我们不要把话题扯得太远,闻唐去找你说了什么?说你和谭医生是父子关系?还是说我的脑部手术有蹊跷?"

赵阳的脸色在那一瞬间变得无比阴沉,温蕴心想自己果然猜对了,闻唐不可能无缘无故去找赵阳。

"你的表情会让我认为闻唐说的都是真的。"温蕴的声音凉飕飕的。

"你心里的秤不是早就向着他了吗?看来五年的情谊也敌不过你和他的这几个月,温蕴,你可千万不要后悔。"

温蕴摇了摇头:"我没什么可后悔不后悔的,你跟他一样,都是我的朋友。"

从温蕴口中听到朋友二字,令赵阳眸光微微一暗,不禁愕然。这五年来,温蕴从不主动与人交好,拒绝所有的社交,把自己缩在保护伞下,就连他都没有被她主动承认过是自己的朋友,她通常都用伙伴来形容他们的关系,伙伴这个词和朋友是有差别的。

但短短几个月,她竟然学会了用朋友这种温暖的词,还把闻唐纳入了这一范围内。

真是可笑。

"赵阳,你真的不打算告诉我点什么吗?"温蕴双手抱胸,淡漠地望着他。

"我并不知道你想知道的某些事情。"

"那可是你父亲。"

"我与我父亲已经十多年没有见过面了,我连他是生是死都不知道,你认为我会知道这些事?"

对于他们父子二人的关系,温蕴始料未及,她耸了耸肩:"既然如此,那我跟你也没什么可说的了。太晚了,我得回去休息了,你也早点回去吧。"

见温蕴转身,赵阳下意识地想叫住她,可惜声音卡在喉咙里没有发出来,

他总觉得，他们之间已经离得越来越远了。

这几年，他自信自己是她身边唯一可以信任的人，但是一个闻唐的出现，就打破了他用五年建立起来的自信。

赵阳的深夜造访让温蕴心里产生了一丝警惕，虽然她现在对赵阳的为人并不了解，但心头隐隐有种奇怪的感觉。

这种感觉一直持续到第二天清晨见到闻唐的时候。

闻唐歪着脑袋看她，像个少年似的挤眉弄眼，一改往日的沉稳，他笑道："你昨晚干什么见不得人的事情了吗？一副没有睡醒的样子。"

温蕴想起了什么，突然问："你既然调查了赵阳父子，想必也查到他们父子之间的渊源了吧？"

用渊源这种词来形容父子关系本身就很奇怪，但又确实像温蕴会说的话。

闻唐忽然伸手把她的脸推正："好好开车。"

她咬着下唇，手指紧紧地握着方向盘，过了一会儿说："赵阳说你去找过他。"

"他果然来找你了，该不会这就是你昨晚没有睡好的原因吧？"他扬着眉，似笑非笑地打量她，似乎一点也没有将她的话放在心上，温蕴刚想反驳，他低低叹了声，"他居然会有这么沉不住气的时候，温蕴，他是不是觉得自己马上就要失去你了？"

温蕴的手指猛一哆嗦，这话听上去太暧昧了，可从他嘴里说出来又显得一本正经。

她轻轻咳嗽一声，有些尴尬地说："我跟他没有特殊的关系。"

"这只是你一厢情愿的认为，他可不是。"

阳光透过车窗洒在闻唐的发丝上，耀眼夺目。温蕴这时才意识到，原来不知不觉，春天已经来了。

Chapter 15
消失的日记本

"温蕴,你就从来没有在日记里提醒过自己吗?赵阳喜欢你。"闻唐伸手松开衬衫的第一颗纽扣,动了动脖子,觉得舒服了许多。

温蕴愕然,她没有想过这个问题,并且也没有在日记本里找到相关的信息。

赵阳喜欢她?怎么可能?

闻唐仿佛了然于心,笑道:"那只能说明你过去有多迟钝,连一直在你身边的男人对你是什么心思都察觉不出来。"

温蕴显然不赞同闻唐的话,反驳道:"但是我能察觉到你的啊。"说完之后,她又猛地闭上嘴巴,意识到自己似乎嘴快说了什么不该说的事情。

闻唐愉悦地挑了挑眉:"说明你我是两情相悦,情投意合。"

这种时候他还有心思开玩笑,温蕴不禁皱起眉头:"赵阳说他和他父亲已经十多年没见过面了,他们父子关系很不好吗?"

"何止是不好,似乎很早的时候就决裂了。"

调查资料显示,赵阳十岁的时候父母就离异了,他虽然跟着父亲生活,但与父亲关系并不好,高中上的是寄宿学校,几乎不再与父亲联系。他父亲一心扑在事业上,沉迷于医学研究,对儿子不闻不问,更是把儿子独自留在海城,自己则去了慕尼黑工作。赵阳成年那年,把自己的姓改成了母姓,可见父子二人的关系有多差。

所以说赵阳与父亲的关系近乎决裂一点也没毛病,但这并不表示他就不知道自己父亲的所作所为。

温蕴沉默地听完闻唐的叙述,一颗心七上八下的,原来赵阳还有这种陈年往事?

"好了,言归正传,你想跟我一起去趟慕尼黑吗?"闻唐话锋一转。

"去慕尼黑做什么?"她奇怪地问道。

"去找为你做手术的那位医生啊。"

"你们找到他了吗?"

闻唐摇了摇头："暂时还没有。虽然还不知道要怎么才能让你的记忆恢复，但总会有办法的，不管怎么样，先去事发地看看总是有用的，你觉得呢？"

他虽然是在询问她的意见，但温蕴丝毫不认为如果自己拒绝了，他就会放弃这种想法。

"不过不着急，酒店暂时还有别的事情需要处理，你可以慢慢考虑，等考虑好了再告诉我。"

闻唐正要开门下车时，温蕴忽然低着头问："如果一辈子都治不好呢？"

他笑了："你现在不也适应得很好吗？所以治好和治不好又有什么太大的差别？"

温蕴蓦地收拢手指，对他来说或许没有太大差别，对她来说却是天差地别，每个月醒来发现自己身处陌生的环境，面对陌生的人，需要在最短的时间内把日记里的内容和重要人物的长相塞进空白的大脑里，对普通人来说再正常不过的事情，对她来说却异常奢侈。

虽然她很早就接受了自己和别人的不一样，可如果当真有一天自己能够恢复正常，她愿意为了那天的到来而奋斗。

闻唐立在门口，眯眼看着光影下的温蕴，瘦削的身体不仅肩负着他的安全，还背负着太多本不该属于她的荒唐事情。

当天，一则消息传遍了海城的酒店业，使所有酒店从业人员都如坐针毡。

事情发生在白爵酒店。

白爵酒店在沿海一带有多家连锁店，虽未挂牌，但设施设备都是以五星级为标准的。此前闻唐也听说过，曾利对酒店的员工有自己的要求准则，并不完全按照国际五星的相关规章制度行事。

然而就在今天早晨五点多时，一段白爵酒店客房内的清扫视频被曝光在网络上，视频被疯狂转发，白爵一时成了众矢之的，因视频内容触目惊心而被

Chapter 15
消失的日记本

网民疯狂大骂。在长达十分钟的视频里,保洁人员先是拿客人用过的浴巾和毛巾擦拭了马桶和浴缸,紧接着又顺手擦了洗脸台上的水杯,各种不规范操作暴露无疑。

曾利本想花钱公关,没想到曝光这则视频的人是个软硬不吃的主儿,不仅不接受曾利的公关,还在网上公开叫板曾利,请他出面说明相关情况。

距离酒店协会干事改选只有不到半个月的时间,在这个节骨眼上突然曝出这种事情,曾利这个酒店协会会长的位子怕是要坐不稳了。

仿佛一层阴影笼罩在行业内,阳光环球酒店作为一家挂牌五星级酒店自然也不例外。

闻唐召集所有部门负责人开会,要求所有人必须按照规定作业,监管人员加强检查力度。他做事向来铁腕,几个负责人知道他的工作作风,散会时个个忧心忡忡,一脸难色。

等人都走了,林良才蹙眉说:"这个博主真实姓名叫魏博,常年在外旅游,有时候会接受各大旅游网站及旅行社的委托,入住各种酒店对酒店环境进行评估,这次在白爵的拍摄恐怕也是试住,没想到居然拍下了这些东西。"

温蕴站在会议室外,一眼望去,正巧瞧见闻唐眉心紧锁的模样。这次会议连正在休假的几位部门负责人都赶来出席了,可见当前问题的严重性。

闻唐修长的手指敲击着桌面,冷声道:"他现在人在哪里?"

林良愣了一下,随即反应过来,连忙回答:"似乎不在国内。"

"他现在应该也不敢待在国内吧?"闻唐开着玩笑,低头揉了揉眉心。真是难办,他本来打算近期就带温蕴去慕尼黑的,但在这个当口儿突然出了这种事,身为酒店总负责人的闻唐自然不能不在酒店坐镇。

"老板,你不用太担心,之前在我们酒店拍的那个真人秀火得不得了,当时节目里也记录下我们酒店的各项操作了,我想应该问题不大。"

"他们会说正是因为有二十四小时不间断拍摄,才会时刻牢记按规定作业,如果没有摄像头呢?"

林良哑口无言，悻悻地耸了耸肩膀。

"你这段时间多注意这个人在网络上的一举一动，有任何动静及时向我汇报。"闻唐嘱咐完林良，起身走出会议室。

谁都没有想到这场风波会发酵到一发不可收拾的地步。

视频曝光后的第三天，魏博突然接受采访，称在过去三天中白爵的总经理曾利对自己软硬兼施，当他拒绝曾利删除视频的要求后，竟然被人威胁，不仅如此，白爵方还将魏博的个人信息曝光出去，完全侵犯了他的个人隐私。

此采访一出，原本就愤怒的网友们更是对曾利口诛笔伐，风波升级，丝毫没有平息的迹象。

这时，曾利把自己与闻唐往日恩怨揭露出来，想把这一切塑造成是闻唐为了报复他而有意造谣污蔑的假象，企图以行业内的恶意竞争蒙混过关。闻唐此前一直处于风口浪尖，曾利以为这次也能利用闻唐吸引火力，却没想到网友们这次压根没给闻唐一个眼神，而是死死揪着视频内的违规行为，抨击白爵酒店的内部操作及整个五星级酒店行业。

其他酒店也被白爵酒店拖累，虽然违规操作偶有存在，但也有恪守规则没有出过任何岔子的酒店，这回都因白爵而被打成了一丘之貉。

"这个爆料的人究竟是谁的人？"温蕴围观来龙去脉后，一直对魏博的身份存疑，一开始她也和很多网友一样，认为他是为了钱，但采访一出，得知他拒绝了曾利的金钱收买后，又猜不透他究竟想干什么了。

闻唐不甚在意地说："或许只是一个正义感爆棚的普通旅行者。"

"他为什么要这么针对曾利？听说和曾利关系不错的几家酒店已经互相通过气了，以后禁止这个魏博入住，还到处传播他的个人资料。"

闻唐点了点头："所以他不是说了吗？会用法律保护自己。"

温蕴沉默地看了他半晌，不确定地问："真跟你没有关系？"

正一门心思下象棋的闻唐猛地一顿，好笑地抬眼："你未免把我看得太神通广大了，我手里要是有这种视频还会等到现在才发布？"

Chapter 15
消失的日记本

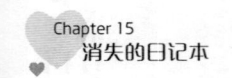

"真的跟你没关系?"

"没有。"

温蕴将信将疑地瞧着他,觉得可能的确是自己多想了。

不知道为什么,这几天闻唐似乎特别闲,就连林良都很少在办公室吵他。

她刚想到林良,林良就兴冲冲地进来了,边走边嚷:"老板,你这回可是捡到便宜了,太不容易了,这么长时间总算让我们捡到了一回便宜。"

"怎么了?"闻唐继续摆弄手里的象棋,连头都没抬。

"不是马上就要重新选酒店协会会长了吗?曾利出了这种事情,选他怎么都不合适吧?有人就推荐了你,还请我一定要转告你,十天后的酒店协会干事选举,你一定要参加。"

"我对这种事情没兴趣。"

"放心,不是让你选会长,只是一个副会长而已,平时基本没什么活儿,你看现在那位副会长,不天天闲得很吗?"

闻唐嘴上说着没兴趣,十天后还是出现在了选举现场。

在座的都是海城酒店行业的巨头,闻唐与他们的关系算不上特别熟络,大多都只是点头之交。竞选的演讲PPT也是由林良制作的,闻唐在这件事上完全没有插手。

然而没想到的是,当他打开PPT,身后的大屏幕亮起时,整个会议室里顿时响起一片抽气声,闻唐的直觉告诉他事情不对,一回头,眸光倏地一沉。

只见大屏幕上的内容并非林良为他准备的内容,而是揭发阳光环球酒店内不正当交易的截图,并配上了醒目的加大加粗的文字。

闻唐站在原地没动,冷冷地盯着PPT自动播放,一张张露骨的照片在屏幕上滑过。他在心里冷笑,转身关闭电脑,抬头看向在座的各位:"看来有人并不希望我当选这个副会长。"

"这究竟怎么回事?"终于有人回过神来,愤愤地问道。

"我也想知道。"

这出闹剧很快就在业内传开，然而闻唐不以为意，对流言蜚语充耳不闻。

酒店协会干事选举后的第二天，阳光环球酒店公关部发了声明，表示当时PPT里的内容都是有人恶意伪造的，有人故意把一些见不得人的事情通过后期图像处理放在了酒店房间的照片上，造成酒店有不正当交易行为的假象。

这件事情之后由林良全权负责，闻唐本身没有太大触动，他丝毫不觉得这对自己有什么影响，也心知肚明对方就是冲着自己来的。

曾利自然是头号怀疑对象，除了他，闻唐暂时想不出还有谁这么跟自己过不去。

温蕴直直地看着他："你好像总是处于风口浪尖。"

"这可不是我的本意，有人不放过我，我也无能为力。"他装模作样地耸了耸肩，但温蕴知道，他并不会把这种事情放在心上。

不遭人妒是庸才，何况闻唐还是如此优秀的人。

安静片刻，闻唐忽然问："今天又是最后一天了吧？"

温蕴低低应了一声，明天一早醒来，她又需要花费许多时间来了解自己的处境，以及重新认识眼前这个男人。

"要我陪你吗？"

温蕴毫不犹豫地摇头："这种事情我自己能看着办。"

"但万一你明天再也认不出我了怎么办？"他玩笑似的笑着问。

"不可能有这种事情发生，这么多年了，从来没有出过差错。"仿佛是为了安抚他，她又加了一句，"你看过去几个月我不是都能认出你吗？"

闻唐无奈地摊了摊手，他心里总有股隐隐的不安，却又说不清具体是什么，也许真是他想得太多了。温蕴说得没错，过去的五年多时间里她都是这么过来的，也没有出过问题，他太了解她不想太过于依赖他的想法了。

Chapter 15
消失的日记本

有时候，对于她这种独立，闻唐真不知是该喜欢还是讨厌。

当天，温蕴在闻唐的准许下提前下班了，她走出酒店时，意外地碰见了赵阳。

自上次与赵阳不欢而散之后，这还是他们第一次见面，温蕴警惕地打量着他，她打心底里不太喜欢这个人。

赵阳对她的防备毫不在意，走近她轻松地笑道："我想请你一起吃晚饭，之前我们之间有些误会，但既然是朋友，误会还是早些解开的好。"

"你改变主意了？愿意告诉我那些事情了？"

赵阳没有正面回答："边走边说吧。"

他们选了一家人少的餐厅，还没到用餐高峰期，餐厅里十分安静，正好方便谈话。

温蕴实在没有胃口，拨弄着赵阳为她布了一整盘的菜，有些食之无味。

"昨天酒店协会传出来的那件事你怎么看？"

"应该是有人陷害吧，我平时在酒店里待的时间挺长，没有发现传闻里的那些所谓的不正当交易。"

"你平时在闻唐身边的时间更多一些，看见的自然都是闻唐想让你看见的，至于他不想让你看见的，你以为你能看得见吗？"

"你对闻唐的误解为什么会这么深？不，已经不只是误解这么简单了，我觉得你对闻唐的恶意非常明显。"

"是因为你袒护他，站在他的角度来看待事情，所以才认为我对他有恶意。温蕴，我才是跟你在一起五年的朋友，谁害你我都不会害你，但你现在竟为了他用这种眼神看我。"

这种夹杂着厌恶，甚至想迅速撤离的不耐烦的眼神。

在赵阳认识温蕴的五年时间里，她从未用这种眼神看过自己。

温蕴的忍耐已经到了极限，她啪嗒一下放下筷子，淡漠地望着赵阳："你特意约我吃饭，就是为了问我对这件事的看法？"

"我只是单纯地想和你一起吃个饭而已,我们已经很久没有一起吃过饭了。"

"我不记得了。"

"你当然不记得了,每个月的第一天,你都会忘记一些无关紧要的小事,我已经习惯了。"

"……"

"温蕴,你是不是怀疑我父亲在替你做手术的时候对你的大脑做了什么手脚?你为什么会这么怀疑?是闻唐告诉你的?"

"你知道其中可能存在的问题吗?"她没回答他,自顾自地问。

他还是摇头:"闻唐既然连我和谭光耀的父子关系都能查到,想必应该也查到我们父子早就决裂了吧?在这种情况下,你觉得我能从我父亲那里知道些什么?"

"赵阳,你口口声声说你是我的朋友,可我看你从来没真的把我当成朋友,如果是朋友,不会一直对我隐瞒这些事情。"

"你心里已经对我起了疑心,我说再多都没有用。"

温蕴听完只想冷笑:"听你这么说,倒像是我无理取闹了。赵阳,你过去有没有哪怕一刻想过要告诉我你和谭光耀之间的关系?即使手术真的没有任何问题,可你一直没有告诉我这件事情,我是不是可以认为你心里有鬼?"

原来她对他的怀疑已经到了这种地步。赵阳明明早就应该察觉出来了,偏偏还对她心存幻想。

这一顿饭最终不欢而散。

温蕴想为明天的记忆重置做准备,可坐在书桌前却什么都不想做,脑海里交织着闻唐和赵阳的那些话。

那两个人很明显的互相不对付,而温蕴夹在中间,其实倒并未让她觉得为难,可总面对这种事情,难免令她感觉心浮气躁。

眼皮渐渐变得沉重起来,一股倦意瞬间涌上来,她揉着太阳穴看了眼时

Chapter 15
消失的日记本

间,明明还不到晚上八点,她已经困得有些睁不开眼了。

可是不行,她必须把今天的事情完完整整地写进日记本里,否则明天一早醒来就无法知道今天发生什么了。

但眼皮不听使唤地渐渐闭上,她的意识逐渐模糊,趴在桌上想小眯一会儿,结果很快就睡着了。

晚间时,桌上的手机不间断地来电,手机屏幕亮了灭,灭了又亮,到最后趋于平静。

温蕴公寓大门的门锁啪嗒一下,被人从外打开了。

闻唐在温蕴公寓楼下等了将近十五分钟,仍然没有见到温蕴下楼,这时已经过了平时她出门的时间点了。

温蕴在去酒店前需要绕道去接闻唐,所以平时都会提前出发。但今天情况特殊,闻唐特意提前来接她上班,想不到却迟迟不见人影。

他昨晚因为放心不下她,特意打了两个电话,但电话始终没有接通,他以为她正专心梳理日记,所以也没再打扰。

然而今天一早这一出却有些诡异,温蕴此前可从没有迟到过。

驾驶座上的林良也察觉到了异常,询问道:"要不我上去看看怎么回事?"

他话音刚落,闻唐已经下车,重重地关上了车门。

公寓大门是紧闭着的,闻唐敲了敲门,里面毫无反应,难道他错过她了?她之前就已经离开了?

接连敲了好几次门之后,屋内仍然安静如常,闻唐正打算离开时,门忽然开了。

温蕴站在门内,奇怪地看着他,不知道为什么,闻唐觉得她与平常不大一样了。

她问:"你找谁?"

闻唐以为她在跟自己开玩笑,嗤笑道:"你还没有看日记吗?"

谁知她竟然警惕地问:"什么日记?你是谁?为什么一大早会出现在我家门口?"她死死地抵在门口,警觉地盯着他,眼神里没有半分柔情。

闻唐心中一凛,如果她还没有看完那些日记,那么对她来说,自己无疑只是一个陌生人而已。但是他记得每个月记忆的第一天,温蕴都会把闹钟调早至少一个小时,就是为了让自己提前熟悉周遭环境,今天到了这个点,她竟然还没有看过日记?

这太不正常了!

闻唐脑海里忽然闪过一个不好的预感,他看向她,问道:"你床头没有一本日记本吗?你的房间里,有一个柜子是专门用来放日记本的,满满一柜子的日记本,你没看吗?"

"你到底在说什么?"

看她的样子,恐怕房间里根本没有日记本,至少没有放在她一眼就能看到的地方。

在闻唐好说歹说下,温蕴终于按照他的指示回了卧房,可是原本放日记本的地方如今空无一物,那么多的日记本连一本都没有留下!

闻唐的大脑有一瞬间和温蕴一样,一片空白。

怎么会发生这种事情?那些承载着温蕴的记忆,几乎可以说是温蕴大脑的日记本突然之间消失无踪?

"还有谁知道你家的门锁密码?"他问完后就后悔了,她现在什么都不记得,又怎么可能知道这种事情?

接触到温蕴警惕的眼神,闻唐才反应过来,自己如今在她眼里恐怕是个十分奇怪的陌生人。

他正要开口,门口传来慌里慌张的脚步声,不多时,林良出现在他们面前。

"我看你上来好一会儿了,担心出了什么事,所以上来看看,这是……怎

Chapter 15
消失的日记本

么了?"林良察觉到气氛有些不对,看看闻唐,又看看温蕴,目光忽然锁定在温蕴身上。

温蕴直直地盯着林良,问他:"你也认识我?"

"你不知道我吗?你的日记本里难道没有提到我?不可能吧?我跟你每天都在同一个办公室。"林良表情夸张,说完再看闻唐的表情,终于意识到问题的严重性。

温蕴用力拍了拍自己的脑袋,跌坐在沙发上,她完全想不起来自己为什么在这里,发生过什么事,职业是什么,就连姓名都是在找到自己的身份证后才确认的。

毫不夸张地说,她的大脑里什么都没有,一片空白。

闻唐在她面前蹲下来,静静地凝视着她。这种时候要问她昨晚发生了什么事已经不可能了,她目前的状况很难得到改善,而且在没有记忆的情况下,闻唐也很难取得她的信任。

他对林良吩咐道:"你去物业那里查查昨晚的监控,看有没有奇怪的事情发生。"

林良很快就回来了,却一无所获:"这栋楼的监控一个星期前就坏了,物业没来得及找人来修。"

"看来有人对这个小区十分熟悉,知道监控出了问题,所以可以肆无忌惮。"

刚才林良去查监控时,闻唐已经把温蕴的大致情况同她讲了一遍,她全程都瞪着眼睛不敢置信,的确,换作任何人都不会相信,这世上居然会发生这种不可思议的事情。

"听着,温蕴,我们之前是恋人关系,我不会伤害你,你愿意相信我的话,我会尽全力帮你。"闻唐温和地安抚着温蕴。

可温蕴即便没了记忆,她依旧是温蕴,许多骨子里的东西是不会改变的,就像她的独立性格,她宁可选择一无所知的自己,也不会把所有希望寄托在一个对自己来说陌生的男人身上。

"你可以先离开吗？我想一个人静一静，捋一捋现在的情况，你在这里会妨碍到我。"她眼里全是陌生和疏离。

林良气不过温蕴的态度，刚想开口却被闻唐拦住了。

闻唐点点头起身："你的手机里有我的号码，如果有事情可以随时找我。我晚些时候再来看你。"

公寓里很快就安静下来。

按照闻唐所说，这五年来她的记忆只能凭着日记索取，而那些日记本对她来说就是救命稻草，那么这些日记本去哪里了呢？当真如闻唐所说，有人在她不知道的情况下偷偷进来，偷走了她所有的日记本？

温蕴的大脑快速运转着，最终做出了报警的判断。

可惜从公寓门锁上根本无法检测出旁人的指纹，别说是别人了，就连温蕴自己的指纹都无法检测出。

如果连温蕴自己的指纹都没有的话，只能说明有人为了擦掉自己的指纹，悉心擦过整个门锁键盘。

也就是说……至少在温蕴回家之后……真的有人进来过！

Chapter 16
不相信任何人

一个看上去严肃又一本正经的男人坐在自己面前,温蕴谨惕地望着对方。

他自我介绍叫赵阳,起初想进她家里交谈,但被温蕴拒绝了,于是他们在小区附近找了个地方。不用说,这个号称是她五年来唯一的朋友的男人,她对他同样一无所知。

赵阳客气地问她:"想吃点什么?"

温蕴摇摇头:"我不大习惯跟陌生人一起吃饭,抱歉,虽然我们之间之前可能有交集,但现在你对我来说还算是陌生人。"

"温蕴,关于你记忆的事情,我想你应该已经听说过了,我就不赘述了。不过我想提醒你,远离闻唐,不要相信他说的任何话,你们之前也只是利用和被利用的关系而已。我知道让你接受这些莫名其妙的事情很难,但我们认识五年,我不会欺骗你。你也去过就职过的保镖公司了吧?他们应该已经告诉过你我们之间的关系了?"

昨天傍晚的时候，温蕴接到一个自称是她上司的人打来的电话，对方叫陆杰，还报了公司地址。她太想弄清楚自己究竟是怎么回事了，于是去公司找了陆杰，知道了之前自己被委派到闻唐身边做保镖的来龙去脉，陆杰还给她看了之前录用她的信息档案以证明她的确是公司雇佣的员工。

陆杰的确提到了赵阳，说她和赵阳是亲密无间的朋友关系，就连这份工作都是当年赵阳托人介绍给她的。

尽管如此，温蕴仍旧对赵阳有所顾虑，现在她的记忆处于空白状态，谁说的话对她来说都需要保持怀疑。正因为她什么都想不起来，有心人如果想编造之前发生过的事情也易如反掌，这种时候她必须保持冷静的判断。

"你说我跟闻唐之间是利用与被利用的关系？"可她记得，闻唐说过他们是恋人关系。

"是。"

"我有什么可被他利用的？"

赵阳深吸一口气，说："我之前接受委托人的委托，一直在调查一起自杀案，我怀疑他是凶手，他也知道我在调查他，我们两个人可以说是水火不容。当他知道你和我的关系后，故意选了你做保镖，想利用你来威胁我。他一再蛊惑你，离间我们的关系，他那种铁石心肠的人根本不会轻易心动。"

"所以，他认为我是你的软肋？"

赵阳的表情明显有些迟疑，稍缓片刻才开口："或许是这样的。"

"但是这听上去一点说服力都没有。"

温蕴摇了摇头，不知怎么的，她的内心深处就是不太相信赵阳的这种说辞。虽然她到现在为止只见过闻唐一面，可直觉告诉她，闻唐并不是这样的人。

赵阳仿佛受了打击似的："你不相信我？"

"不只是你，我不相信任何人。"

除了一些基本信息之外，温蕴对自己的过去一无所知，但从闻唐和赵阳接

Chapter 16
不相信任何人

连来找自己可以看出,她一定忘记了十分重要的事情。

那次见面之后,温蕴不动声色地暗中调查赵阳,发现了赵阳与闻唐之间恩怨的源头,但似乎一直都是赵阳一厢情愿,许昌案最后水落石出,也证明赵阳的判断是错误的,闻唐根本不是杀人凶手。

赵阳为什么会对闻唐这么恨之入骨?

这边温蕴急于调查发生在自己身上的事情,那边闻唐却在这种紧急关头挪不开身。

尽管酒店公关部已经发表声明,但是仍有人不买账,尤其是在这种整个酒店行业都被盯着的情况下,更有人认定无风不起浪,让闻唐与酒店的名声再次跌落谷底。

闻唐个人声誉事小,酒店品牌声誉事大,再加上他还心系温蕴,难免产生疏漏。

"最近有个人经常有事没事就去找董事们聊天,我担心可能会出事。"林良是个做事稳妥的人,没有查清楚之前绝不会随意开口,但他一旦开口,就表示事情一定出了问题。

"谁?"

"一家房地产公司,总部在上海,公司规模很大,最近不知道怎么的盯上了海城,好像想打造什么城中城。但是一个做房地产的,来撬酒店董事干什么?"林良故意把话题抛给了闻唐。

闻唐嗤笑:"你想说什么?"

"老板,你不觉得这种手法有些莫名的熟悉?当初你撬许昌墙脚的时候貌似也是这种手段吧?"

"嗯?你的意思是,这个人现在正在撬我的墙脚?"

"事有蹊跷,我们还是主动一些好,你要不要见见这位撬你墙脚的土豪?"

林良口中的这位土豪名叫唐风,是上海一家大房地产公司老总的独生子,现任公司总经理,与闻唐年纪相仿,看上去文质彬彬的,倒与闻唐的想象有些出入。

他们就约在酒店的餐厅见面。

唐风似乎对赵京安的餐厅很感兴趣,一落座便左左右右、上上下下地观察,笑道:"这家餐厅我知道,之前只开在市中心,听说很受你们海城人的喜欢。有一回出差来海城,我特意过去想尝尝,结果那天排队的人实在太多,我又急着赶飞机,就错过了。"

"原来唐总一直心心念念这一口啊?那我算是约对地方了,唐总千万别跟我客气。"

唐风频频点头,觉得闻唐这个人有点意思。

送走唐风时已经日暮西沉,闻唐揉了揉眉心,面对落地窗,望着脚下的海城风景。

路灯一盏一盏地陆续点亮,交织成一张密网,将这个城市照得灯火辉煌。

闻唐心里记挂着温蕴,便想赶去看看她,刚一转身,便碰上迎面而来的林良。

"要去找温蕴吗?"他们多年默契,林良一下就能猜中他的想法。

闻唐微一挑眉,却问:"刚才你也在现场,你觉得唐风是敌是友?"

林良蹙眉想了想:"不好说,但我觉得唐风似乎没有恶意。他虽然接连见过几位董事,不过并没有提任何要收购股权的事情,当然也有可能是还没来得及到这一步,就被我们先一步给请来了。"

"他在海城有什么项目吗?"

"暂时只听说有一个类似于度假村的项目,不过上回那个度假村项目不是被政府叫停了吗?这会儿想再开起来恐怕有点儿难度。"

"先关注着这号人吧,大老远从上海特意跑来海城,不会无缘无故的。"交代完,闻唐便拿起外套走了。

Chapter 16
不相信任何人

闻唐到的时候温蕴不在家,他又不愿意打电话叨扰她,他们现在的关系十分尴尬,她不认识他,可他爱她,就这么撕扯着,不知要走到哪一步才是尽头。

不知道过了多久,电梯终于叮的一声停在了这一层,闻唐的视线急忙投过去,正好与从电梯出来的温蕴撞个正着。

"你怎么来了?"温蕴停在他面前,也不开门,一切仿佛静止了。

"想来看看你。"

"只是看看而已吗?"

"我很担心你,你现在这个样子令人放心不下。"他坦诚道,同时又觉得像这样和温蕴说话有些别扭。

她刚来到他身边做他保镖那会儿,他们也这样说话,可这种生疏感毕竟已经离得有些远了。

闻唐很贪心,他喜欢她,所以想要的更多,想她全身心都是自己的,希望她的心里也都是他。

可这毕竟是奢望。

温蕴看了他一会儿,侧身开了门,说:"我正好有事情想请教你。"

温蕴做事直来直往,闻唐抿嘴一笑,跟着她走了进去。屋内和之前一样,完全没有变化,唯一变了的或许就是住在这里的人吧。

只是他没想到,温蕴所谓的有事请教,竟然会是赵阳的事情。

"我简单调查了一下,但有些事情还是有些模糊,所以想问一问你。"

"好,你问。"闻唐交叠长腿,盯着她笑。

温蕴被他盯得有些不自在,忙移开视线,问:"我和赵阳之前有没有过男女方面的关系?"

他微微一愣,哑然失笑:"第一个问题就这么直接吗?"

"这是我必须要搞清楚的事情,搞清楚了这件事,我才能判断其他的事情。"她的神情异常严肃,看上去像是已经调查到了许多有用的信息。

闻唐轻轻叹了口气，如实说道："对你而言，你们只是普通朋友而已，你对他从来没有男女方面的心思。我告诉过你，你是我女朋友。"

温蕴故意忽略了他最后一句："那他呢？"

"他？他没有直白地提起过，但我觉得，他应当是喜欢你的。"

她的眉心几不可见地微微蹙起，果然如此……

"我和他有因为你发生过争吵吗？"

"有。"

"经常？"

"不经常，我知道的似乎只有两次。"

"他那么讨厌你，是因为当初认为你是杀人凶手吧？可后来案件水落石出，也还了你清白，为什么他好像还是对你耿耿于怀？"

闻唐耸了耸肩："这你恐怕得问他。"

温蕴想了想，说出了一个大胆的想法："是不是因为我跟你的关系，才让他对你产生怨恨？"

她冷静地观察着现在的局势，像局外人似的审视与自己有关的这些事，这种置身事外的冷漠，超出闻唐的意料。

"赵阳是怎么跟你说的？"

她如实相告："他说让我离你远点，你不是好东西。"

闻唐噗一声笑出来，赵阳的词汇量真是比他想象中的更加匮乏，永远都只有这种词汇。他坐定，看着温蕴沉声说："你想不想听听我的看法？"

温蕴耸了耸肩，请他继续。

"在你和我还没有认识之前，赵阳一直是你最好的朋友，他知道你所有的秘密。不知道你的日记本里是否写到过这种微小细节，但我猜测你在某个月的时候，为了以防万一，告诉过他你家的门锁密码，也就是说，他能在你不知道的情况下随意进出你家。"

温蕴心中一凛，几乎第一时间就察觉到他想说什么。

259

Chapter 16
不相信任何人

"我想你应该已经知道我想说什么了。那些日记本对你至关重要,知道这件事的人一只手就能数过来,他的嫌疑最大。"

"为什么不是你?"

"那晚我一整晚都待在酒店里,我有充足的不在场证明。但是赵阳呢?他有吗?"

温蕴此前脑中一片混乱,就算想调查也像是无头苍蝇,闻唐好似能够窥探到她的内心一般,耐心地替她捋顺了思路。

这样的人,真的是赵阳口中的那种人吗?更何况,一无所有的自己,又有什么值得他费尽心思地利用?

闻唐的身体忽然往前一倾,瞬间来到她面前,两人近在咫尺,彼此的呼吸交缠在了一起。

"有时候觉得你一个人能搞定所有的事情,有时候又担心你会被自己的固执困扰。温蕴,我该拿你怎么办?"他像是自言自语,望着她喃喃地说着。

温蕴的心头仿佛遭受到了某种撞击,心脏倏地乱跳起来,她下意识地往后一缩,避开与他近距离的对视。

为什么会这样?她刚才是怎么回事?心里像是小鹿乱撞似的,一时间竟然有些不知所措,脸上也开始微微有些发烫,完全找不着北。

他把她的反应尽收眼底,笑了:"你在紧张吗?"

如果闻唐的猜测没有问题,赵阳的确知道她家的门锁密码,他也有足够的时间闯入她家,偷走那些日记本。

知道日记本存在的人,除了她自己之外不过三人,闻唐和林良有不在场证明,唯一有可能的,就只有赵阳。

偷走日记本的原因尚不可知,但有一点温蕴可以肯定,赵阳不希望她知道之前的事情。

可有人闯进自己家里,她当时竟然毫无察觉?

她仔仔细细地检查过存放日记本的柜子及周边，除了自己的指纹之外，并没有检测到其他人的指纹，这个人一定十分小心谨慎，知道怎么做才会不留下证据。

就在温蕴的调查陷入僵局时，一个电话打破了这种僵局。

她迅速按照电话里服务生报出的地址找到了那家餐厅，服务生似乎见过她，一见到她进来，立即热情地招呼她到吧台，把一个袋子交到她手里。

"抱歉，温小姐，这是上回弄脏的丝巾，我们已经拿去清洗店清洗干净了，您看一下。"

温蕴疑惑地打开袋子，里面躺着一条青灰色的丝巾，叠得平平整整，她自然不可能记得这种东西。

"我什么时候落在这里的？我怎么不记得了？"

服务生诧异地睁大眼睛，解释道："就是五天前，您来这里吃晚饭，去洗手间的时候我们的员工不小心碰到了您，然后让您把丝巾留下来，当时您还不肯，但我们觉得实在过意不去，坚持让您留下了丝巾和电话号码，您不记得了吗？"

温蕴当然不可能记得，她气定神闲地又问："当时我是一个人来的吗？"她应该不会独自来这种高档餐厅吃饭。

对方的眼神更疑惑了，像在确认她究竟是不是丝巾的主人，怔怔地一时没了声音。

"怎么了？这个问题很难回答吗？"

对方瞬间如梦初醒，忙不迭地摆手："不是的，当时有一位男士跟您一起来，您不是一个人。"

温蕴不假思索地打开手机照片放大，问："是这个人吗？"

服务生只看了一眼，就很肯定地回答："是他，因为当时这个小插曲，所以我们很注意您那一桌的情况。"

温蕴的脸色瞬间阴沉。

Chapter 16
不相信任何人

照片上的人正是赵阳。

被偷走日记本的当晚,她和赵阳来过这里用餐,时间是在六点半左右,据餐厅服务生所言,当时他们用餐时似乎并不愉快,约莫四十分钟后温蕴先行离开。

温蕴推测了一下时间,从餐厅到家里的路程需要半个小时,也就是说,当晚她应该是在八点左右回到家。

是什么导致她虽然人在家里,却对有人闯入毫无意识?

因为睡得太沉了吗?但她在这两天做过测试,她的睡眠实际上很浅,一有风吹草动就会被惊醒。

人的记忆或许会变更,但生理反应是不可能轻易改变的。

难道……是被药物控制了,才让她在那一晚睡得那么沉?

她发现赵阳是个有些偏执且极度缺乏安全感的人,她没有调查到他家里的事情,他的家庭背景非常神秘。如果不对他的一切都尽数掌控,像他这样的人是极难对付的,尤其在温蕴知道事发当日自己最后见过的人很有可能是赵阳之后。

或许闻唐知道赵阳的底细,但在事情没有完全明朗之前,不管是赵阳还是闻唐,温蕴都不敢轻易相信。

她照旧在赵阳事务所对面那家咖啡厅蹲点,这个地方倒是个蹲守的好去处,来来回回有些什么人,他们在什么时间点进入离开,都一清二楚。

这时,突然有人拉开了她对面的位子,她诧异地看过去,是一个长得十分漂亮的陌生女人。

"抱歉,我不习惯跟陌生人一起喝咖啡,麻烦你另外再找个座位吧。"

咖啡厅内的生意并没有好到找不出一个空位的地步,温蕴怀疑眼前这个女人也许是自己曾经认识的人。

果然,那个女人对她的话置若罔闻,径自坐了下来,笑道:"他们说你已经完全不记得我了,我还不信,看来都是真的。"

"他们?"温蕴错愕。

"我叫赵京安,是闻唐的好朋友,当然,我和你曾经也是朋友。"赵京安大大方方地做自我介绍,没有一点窘迫。

温蕴不动声色地打量着赵京安:"你来找我有什么事?你怎么知道我在这里?"

温蕴的声音依旧冷冷的,并没有因为对方说她们曾经是朋友而客气一些。

赵京安毫不避讳地说:"我从你家门口跟来的。"

"跟踪我?"

"我只是想找你谈谈,温蕴,我们是朋友,我不会害你,我只是觉得你现在这个样子太不像是你了,我知道你或许遇到了什么难处,但是闻唐一贯对你很好,你不该把他当作敌人。"

温蕴不耐烦地蹙起了眉头:"我们是不是朋友暂且不论,毕竟我已经不记得了,但是我从没有把闻唐当作敌人,顶多只能算是已经不记得了的故人而已。"

"我是说,也许他可以帮你,赵阳他对你向来不怀好意。"

赵京安来找温蕴这件事,闻唐并不知情。她索性把自己知道的、看到的都一股脑儿地倒了出来,其间温蕴仔细地听着,脸上却丝毫不起任何变化。

温蕴怔怔地回想着赵京安的那番说辞,虽然面上波澜不惊,心里却已经翻江倒海了。

原来之前发生过这么多事吗?她觉得赵阳这个人有些心术不正,想不到自己的想法得到了证实。那么说不定之前在用餐途中,赵阳找机会给她吃了什么安眠药,所以她才会在回家之后睡得毫无知觉。

有些药物需要一两个小时才会发挥药效,也许他算好了时间,接着再趁她睡得不省人事的时候,偷偷潜入她家偷走了那些日记本。

温蕴敛眉沉思着,越想越觉得这种可能性非常大。

Chapter 16
不相信任何人

"你最近好像很喜欢这里？这里的咖啡好喝吗？"

赵阳的声音徒然响起，吓了温蕴一跳。温蕴立即防备起来，他这话是什么意思？莫不是他一直都知道她在这里？

"温蕴，你在怀疑我对吗？你调查我，跟踪我，不信任我，告诉我为什么？"

事到如今，温蕴也不想再隐瞒，直截了当地说："我只想知道在我身上发生了什么事，不只是你，我也在调查闻唐。"

"可你并不怀疑他？"

"赵阳，有件事我想向你确认一下。"

赵阳欣然同意："没问题，不过我现在有急事，如果你不介意的话，我们边走边说。"

"当然。"

车子驶上平稳的大道，温蕴一刻都不敢松懈，不动声色地环顾车内。

"你想问什么？"赵阳好笑地看着她小心翼翼的样子，笑着问。

"我家里进贼那天，我们一起吃过晚饭是吗？"

赵阳点头："是，不过你确定家里真的进了贼吗？我记得你并没有财物损失。"

"我的日记本被偷了，你不知道吗？"

赵阳的表情突然变得古怪起来，温蕴心里警铃大作，突然后悔自己竟然毫不设防地跟着他上了车。

"所以你怀疑是我偷走了你那些宝贝日记本？"

"赵阳，你知道我家门锁的密码吗？"

"就算我知道，你也不能断定偷走日记本的就是我。何况，你怎么知道闻唐知不知道密码？也许都是他做的，结果他反过来贼喊捉贼。"

温蕴有些浮躁，语气也变得不耐烦："你能不能不要动不动就提闻唐？几句话就要扯上闻唐，你究竟有多忌惮他，恨不得把所有罪名都往他头上安？"

赵阳有些失神:"还说你们只是陌生人?看,下意识地为他说话,温蕴,你什么时候为我说过话?"

"我……"温蕴一愣,发觉他最后一句话有些古怪。

难道以前她在赵阳面前是一味地维护闻唐吗?

"我们认识了五年,我喜欢了你整整五年,你明明知道我对你的感情,偏偏还跟闻唐眉来眼去。闻唐究竟有什么好,让你为了他处处跟我作对?我究竟又有哪里不好?我哪点比不上闻唐了?他的父亲做过那样的事。"

"案件不是已经水落石出了吗?我查过之前的新闻报道,他父亲是被陷害的。还有许昌的案件,明明都已经结案了,也证明他是自杀的,你却还偏执地认为是闻唐干的。赵阳,有问题的人是你吧?"

她以为赵阳会因为自己的话而发怒,但奇怪的是,赵阳不怒反笑:"你说得对,或许有问题的人一直是我。"

温蕴心里一凛,忽然觉得有些不对劲:"这条路是去哪里的?"

"郊外。"

"去那里做什么?"

这时赵阳脸上的笑意终于退去,露出不耐烦的表情:"温蕴,你的问题太多了,还是睡一觉吧。"

温蕴直觉不对,连忙去开车门,然而车门被锁住了,她怎么都无法打开,困意在一瞬间袭来……

"你!"她猛一回头,可一句完整的话都没说出口,下一秒眼皮就沉重地闭上了,不一会儿她便彻底不省人事了。

赵阳恍若什么都没发生一般,依旧淡定地开着车,驶向不知名的方向。

阳光环球酒店内。

唐风再次造访,与上一回不同的是,这一回唐风带了自己的工作团队,包括律师在内一行七人。

Chapter 16
不相信任何人

闻唐在会议室里接待了他们,听明来意,他食指敲着桌面,思考着什么。他早知道唐风来意不明,一早就做好了以不变应万变的准备,但自上回见面之后,这段时间唐风一直十分安静,低调得让他一度以为唐风已经离开了海城。

"闻总,我直接一点,我很欣赏闻总,在来海城之前,就已经对闻总的大名如雷贯耳,上回一见果然名不虚传。我十分想和闻总合作,不知闻总意下如何?"

"唐总是做房地产生意的,和我这个做酒店的,有什么好的合作项目?"

"海城临海,海景的开发价值巨大,但是我发现在海城很少有公寓式酒店,我相信闻总作为业内人应该也发现了这一点,不知道是否有兴趣合作?具体的项目策划,两天前我的秘书已经发给林助理了,我相信闻总应该已经过目了。"

闻唐实话实说道:"我的确对那个项目十分感兴趣,但我发现目前该项目仍在商讨阶段,至于最后能否开发也未可知,唐总预计的动工日期是什么时候?"

"半年后,相关流程公司已经层层安排下去。不瞒你说,我这次来海城走访了好几位酒店老总,寻求酒店式公寓项目的合作,毕竟我们主要是做房地产开发的,在酒店业完全是新人,我们想找专业的团队合作。阳光环球酒店既是国际承认的挂牌五星,又是海城的老品牌,对这个项目来说,再合适不过。不过更重要的是,我和我的团队都认为闻总会是位非常有趣的合作伙伴。"

在这次会面中,双方达成了初步合作意向,而唐风在商谈结束之后就回了上海,闻唐将该合作项目交由林良全权负责。

与唐风一样,闻唐也觉得唐风应该是个不错且有趣的合作伙伴。

他亲自送唐风去机场,回来时想联络温蕴,谁知电话怎么都打不通,他吩咐林良绕道,干脆直接去公寓找她。

林良有些不情不愿:"这大白天的她怎么可能待在公寓里?老板,我觉得你可能要跑空。"

"我等她。"闻唐靠着椅背,闭目假寐,不知道为什么,他心里隐隐感到不安。

温蕴很少会联系不上,他有种怅然若失感,但忽然想到了什么,急忙打开手机定位。

林良从后视镜看到闻唐刷白的脸色,心头一紧:"怎么了?"

闻唐怔怔地盯着手机,之前他趁温蕴不注意的时候,在她的手机里安装了追踪定位。然而手机上显示的那一点在距离市中心大约二十公里的地方,闻唐放大地图,发现几乎已经出了市区,而那个蓝点在地图上一动不动,表示此时此刻温蕴并不在移动状态。

"老板,你不要吓我,发生什么事了?"

闻唐立即按下导航,把手机丢给林良:"按导航走。"

林良一脸莫名其妙:"去这地方干什么?温蕴在这里吗?她干吗要去这种地方?"

"别废话。"

林良没办法,只能跟着导航走。

车子开到目的地附近,令他们意外的是,这里只有一条普普通通的小路,前后都是大片开得黄灿灿的油菜花,附近连个住人的房子都没有。

林良把车停好,错愕地回头:"温蕴来看油菜花吗?"

闻唐紧锁着眉头下车,跟着地图上的蓝点往前走,他一言不发的样子让林良很是紧张。

突然,闻唐停住了脚步,低头不知在看什么。林良立即跟了上去,看清地上的东西,猛地倒抽一口冷气。

温蕴的手机赫然躺在泥土堆上!

可他们环顾四周,里里外外找了一圈,都没有发现温蕴的踪迹。

温蕴为人谨慎,绝不可能轻易弄丢手机,更何况是在这种远离市区的地方,无论怎么想都觉得她不可能来这里。

Chapter 16
不相信任何人

难道她遭到了不测？但以她的身手，又有谁能对她如何？

闻唐闭了闭眼，心跳扑通扑通不断加速，他冷静地上车，对林良吩咐道："去赵阳的事务所。"

赵阳果然也不在事务所内，怎么可能这么巧合呢？

闻唐紧锁着眉心，在车边走来走去。林良已经叫人去温蕴家楼下守着，但想也知道不可能在那里等到温蕴，她大概率是出了事。

"是不是赵阳把她抓走了？"

闻唐不否认这个可能："我想大概率是的。"

"他把温蕴抓走干什么？温蕴又没做过对不起他的事情。"

"他为人极端，个性偏执，只要事情不是他想的那样，他就认定有猫腻，也就是说，万事都要以他为主。他一直喜欢温蕴，但是温蕴对他从来没有那方面的想法，对他来说，这也算是一种忤逆。"

林良倒抽一口冷气："你是说赵阳因爱生恨，伺机报复？"

"很有可能。"

林良陷入了沉思："但是我们没有证据证明人是赵阳抓走的。"

话虽如此，但林良还是第一次见到闻唐如此不加掩饰自己的烦躁。两人回到酒店，赵京安迎面而来。

"怎么回事？脸色这么难看？"

赵京安错愕地看着两人，平常就算林良偶有做事不沉稳的时候，但闻唐向来喜怒不形于色，这样将情绪放大在脸上的情况着实少见。

闻唐揉着眉心，疲倦地对她说："去办公室说话吧。"

赵京安听了事情的原委，背脊倏地一凉，说不清是什么感觉，她虽然跟赵阳不常打照面，但这个人之前一直缠着闻唐不放，她对这个人从无半点好感。

"我不明白，他不是一直自诩是温蕴最好的朋友吗？怎么会因爱生恨？除了这部手机之外，没有别的线索了吗？"

闻唐摇了摇头，此时此刻他脑海里全是温蕴的身影，如果在正常情况下，即便男女之间力量悬殊，但赵阳想轻轻松松制服温蕴也不是件容易的事，可如果并不是在正常情况下呢？

他担心温蕴着了赵阳的道。

Chapter 17
扑朔迷离

温蕴清醒过来时已近深夜,车门是锁着的,车就停在广阔无边的黑暗里,她不知道自己身在何处,唯独记得在自己昏迷前是赵阳把她带到这里的。

赵阳?

想到这个人,她浑身一个激灵,立即环顾四周,却不见赵阳的踪迹。周边没有住房,也没有人迹,连路灯都少得可怜,只能依稀见到远方一点星亮。车钥匙并不在车上,就连她的手机也不见了。

赵阳究竟想干什么?虽然她一直都不信任他,但也没有想过他会把事情做得这样明目张胆。难道是为了引开她好方便做自己想做的事情?

温蕴越想越觉得不对劲,赵阳似乎对闻唐十分怨恨,如果这时闻唐发现她不见踪影,难免给赵阳乘虚而入的机会。

她的脑袋轰地发出警告,不行,她不能在这里坐以待毙!

温蕴不知努力了多久,直到天边终于泛起亮光时,她终于砸烂了车窗,小心翼翼地爬了出去。

当务之急是要想办法回到市区,可是她连自己在哪里都不知道,好在半途中遇到了起早进城卖菜的农民大叔,对方好心地带了她一程,并把她送上了开往市区的巴士。

约莫一个半小时后,温蕴回到了市内,二话不说便往阳光环球酒店去。她记不得闻唐的手机号码,自然联系不上闻唐本人,只能亲自去酒店找人。

酒店里的工作人员都认得温蕴,所以她一路畅通无阻地直达顶层的总经理办公室,谁知整个楼层安安静静的,闻唐办公室的门大开着,里面却一个人都没有。

时间刚过清晨七点,整个城市尚在复苏当中,温蕴却觉得自己仿佛已经历了一场前所未有的劫难。

她心里猛地一阵惶恐,刚想转身离开,冷不丁地瞥见闻唐的办公桌上扔着一封被拆得乱七八糟的信。

她想起万事沉稳的闻唐,想象不出究竟是怎样严重的事情能令他如此凌乱地拆开信封,她不受控制地走了过去,拿起了那封信。

温蕴从来没有想过会在这种契机下看到关于自己的事情,她盯着信里的文字,一点一点往下看,不知不觉地,手竟然开始发起抖来。

原来她的记忆之所以会变成这样,一切全拜一个叫谭光耀的医生所赐,当初是这个医生替她做了脑部手术,然而手术过后,没有人知道她为什么会变成这个样子。

而这个叫谭光耀的医生就是赵阳的亲生父亲!

她感觉有一口气梗在喉间,不知道该如何反应,难怪她一直觉得赵阳奇奇怪怪的。闻唐曾经说过,赵阳偷走日记本的可能性很大,她当时并不在意,现在仿佛一下子豁然开朗了!

如果这封信里的内容是真的,那么一切就都说得通了,赵阳不希望她知道过去发生的那些事情,所以偷走了她的日记本,也偷走了他的记忆。

271

Chapter 17
扑朔迷离

可是为什么这封信会出现在闻唐的办公桌上？

温蕴的视线再往下时，看到了一串陌生的地址，难怪她通篇读下来觉得语气十分奇怪，原来这封信是赵阳写给闻唐的！

赵阳在信里邀约闻唐面谈，并附上了地址，可在通讯如此发达的年代，赵阳居然会选择写信的方式？

这实在太匪夷所思了。

温蕴呆滞地站在那里，大脑一片空白，甚至完完全全丧失了思考的能力。

她来这里本只是为了向闻唐确认一件事，其实之前她就感受到了，闻唐也的确说过，他们是恋人关系，可她对这一点一直持有怀疑态度，直到赵阳把她扔在那种鬼地方，她才相信闻唐说的或许是真的。

她想再向闻唐确认这件事，没想到居然看到了这样一封信……

她的感观好像被冰冻了似的，明明发现了关于自己的如此了不得的大事，可除了最开始的震惊之外，她竟然再也没有别的想法了。

温蕴只呆立了不到两分钟，心里便有了决断，她扔下信，匆忙离开了酒店。

信里约定的时间是下午一点，现在距离约定的时间尚早，可无论怎么想怎么看，温蕴都觉得这次会面是一个陷阱，就像赵阳把她带上车丢在不知名的地方那样。

闻唐这样敏锐，不会不明白这个道理。

温蕴循着地址，找到了一座废弃的工厂，工厂面积不大，周边因为拆迁，已成了一片无人区，大白天连一个过路人都没有。

温蕴观察了一阵周围的环境，这才小心翼翼地往工厂前行，就在快进入工厂内部的时候，空气里忽然有一股奇怪的味道飘过。

她停下来，仔细地闻了闻，心下蓦地一凛。

是汽油味！如果单单只是有人不小心打翻了一些汽油，不可能有这么大的味道。

她突然明白了什么似的，低头再往前看，果然不出所料，厂房周边的地上湿嗒嗒的，远看还以为是积水，走近一闻味道才发现，地上到处洒满了汽油。

温蕴全明白了，赵阳打从一开始就不怀好意，他根本没有打算让闻唐活着离开这里。

"我还以为闻唐那家伙因为心急提前赶来了，没想到我猜错了。还有你，温蕴，看来昨晚的教训还不够。"

身后冷不丁地传来赵阳阴冷的声音，温蕴警惕地回头，还没看清人，便觉一阵疾风从面前滑过，颈脖处传来一阵痛意，下一刻，她便不省人事了。

赵阳丢掉手里已经空了的汽油桶，把温蕴抱起来丢进车里，看都没看身后的废弃工厂一眼，径自开车离开了。

十二点四十五分，闻唐比约定时间早十五分钟来到赵阳约定的地点，发现除了一座被撒了一圈汽油的废弃工厂外什么都没有。

林良瞧见外围堆起的空气油桶，警惕地走在闻唐身前，这些汽油看上去撒了没多久，指不定从哪里会冒出什么人。

然而他们沿着工厂走了一圈后，发现除了他们之外，这里并没有第三个人，连主动把闻唐约来这里的赵阳都不见踪影。

此时距离约定时间已经过去了十多分钟。

闻唐眉心紧缩，来之前赵京安打电话告诉他，温蕴一大早就去过酒店，他得知这个消息后匆匆赶回去，却只能从监控录像中得知她的行踪。

她从酒店离开后去了哪里没有人知道，但她看到了那封信，闻唐十分确信，她一定会来这里。他担忧了一路，原以为会在这里见到她，没想到却什么都没有。

林良小声抱怨道："这个赵阳怎么回事？明明是他约的，自己却不见人影，他故意耍人呢？"

闻唐像是没听见他的话，眸光一凛，在前面的某处停了下来，林良也跟

Chapter 17
扑朔迷离

了过去，不由得皱起了眉头："看着好像有挣扎过的痕迹！"

两人同时想到了某种可能，气氛变得更加微妙了。林良看闻唐静默不语，担心地问："难道温蕴在酒店看到那封信后就找到了这里，结果被赵阳发现，被带走了？"

闻唐知道这种可能性十分大，但他沉住了气，这种时候若是他自乱阵脚，就正中赵阳的下怀了。

林良长舒一口气，拨通赵阳的电话，但很久都无人接听，跟闻唐比起来，他显得无比暴躁，忍不住低低咒骂了一声。

"看来他不会来了。"半晌，闻唐淡漠地得出结论。

"为什么？"

"看到地上的汽油了吗？他应该早就做好打算，把我约到这里之后点一把火，但是他没有想到温蕴会半路杀出来，我想温蕴应该在这里碰见了他，他现在着急处理和温蕴的事情，恐怕没空来这里。"

"但是这么一来，温蕴岂不是很危险？"

闻唐摇了摇头："暂时应该不会有危险，但赵阳现在已经是个危险分子了，必须马上报警处理。"

林良迟疑："那这里……"

"先离开，赵阳既然不来，我们在这里的意义就不大。"闻唐摇了摇头，转身离开。

如果说来时他还有些心神不宁的话，那么此时他已经完全冷静下来了。至少现在可以肯定，温蕴在赵阳手里，因为知道这个地方的人，只有他们。

仿佛受到闻唐的影响，林良也渐渐淡定下来，紧随其后。

风一起，空气里的汽油味越加明显，远处的那座废弃工厂渐渐地消失在他们的视野当中。

耳边似乎有风冷冷地吹过。

浑身冰凉又酸痛，手腕处粗糙的触感逐渐清晰，温蕴昏昏沉沉地醒过来，发现自己蜷缩成一团躺在冰冷的地板上，她身处于狭小的空间中，只有一扇关不严实的门。

风就是从门的缝隙里挤进来的。

依旧不见赵阳的身影，可这回温蕴听到了门外的响动。她费了好大的功夫才坐起来，背抵着墙壁，思考着自己如今的处境。

她的手脚都被绑了个结实，看来赵阳是打定了主意不让她好过。

许是听到了屋里的动静，不多时，门便开了，赵阳的脸出现在温蕴眼里。

她一点也不意外会在这里见到他，毕竟在昏迷前她就已经看清了他的脸，何况这已经不是第一次了。

两天之内，她竟然被同一个人绑架了两次，她在心里狠狠地嘲笑了自己一番，什么时候她的警觉性变得这么差了？

赵阳站在门口，居高临下地看着她："我给过你一次机会逃跑了，想不到你竟然会为了那个男人往火坑里跳。不是不认识他吗？不是记不起来了吗？那你来干什么？闻唐让你来的？你可真是他的好保镖。"

他语带讥讽地挖苦着温蕴，没了之前的伪装，这才是真正的赵阳。

温蕴不动声色地打量他，察觉他的脸部微微抽搐着，身体似乎在发抖，看得出来他的精神状态并不好，像是受了什么严重的刺激一般。

"赵阳，你现在看上去很不好，我建议你去医院查查。"她由衷地建议道。

他冷笑道："放心，我好得很，闻唐死了我都会好好地活着。你不就是担心闻唐会出事吗？半途跑来坏我的好事，你以为这样我就会放过闻唐了？"

"闻唐究竟对你做了什么，让你对他这么恨之入骨？他做了什么对不起你的事情？"

在此之前，温蕴根本不知道赵阳对闻唐居然已经到了恨不得除掉他的地步。

Chapter 17
扑朔迷离

赵阳双手紧紧地扒着门框,脸上逐渐浮现疯狂的神色。

"因为他抢走了你!他怎么能抢走你?你是我的啊,要不是他,你现在已经是我的了!他竟敢破坏我们?我陪在你身边五年,陪你渡过无数难关,到头来竟然是替他人作嫁衣?"他眼神癫狂,摇着头,"不行,我绝不允许这样的事情发生!"

温蕴觉得十分震惊,虽然心里多多少少有些预感,可真听他亲口说出来,还是免不得感到瘆人。

竟然只是因为这种理由?!

温蕴不知道自己被关在这间黑暗的屋子里多久了,每天浑浑噩噩的,不知白天和黑夜。

赵阳偶尔不在屋子外面,但大多数时候都在。

她想不明白赵阳为什么要这么做,她曾试着与他沟通,却没有任何结果。赵阳的精神状态很糟,像疯魔了似的,什么话都听不进去,她不知道以前的赵阳是怎么样的,可她相信,如果他之前是这种样子,自己绝不可能和他成为朋友。

昏沉沉间,她脑海里竟然浮现出了闻唐的样子。

他现在恐怕已经急疯了,在到处找她吧?

如今才意识到,如果想要脱困,只能靠闻唐。在这个世界上,她不记得任何亲人朋友,唯有闻唐,是她记忆里唯一与自己有瓜葛的人。

门又开了,温蕴的眼睛适应了黑暗,乍一下有光亮进来,反倒令她无法适应,她下意识地闭上眼睛,同时闻到一阵浓浓的酒气。

赵阳的脚步不稳,显然已经喝多了,他手里还拎着个酒瓶子,笑呵呵地靠在门口,像看一只任人宰割的小白兔似的看着她。

"别用这副可怜兮兮的模样看着我,我不会心软的,你和闻唐既然做出那种事情,就要受到惩罚。"他打了个酒嗝,意识不清地又灌了一大口。

"我和闻唐即使真如你所说,也只是正常交往而已,你却认为是我背叛了你?"

"你本来就该是我的!"

"我只属于我自己,不该属于任何人,是你自作多情,把仇恨转嫁到我身上。"

赵阳哼了一声,一甩手,猛地把酒瓶子摔在温蕴脚边:"你是不是盼着他来救你?我就看看他什么时候来救你,反正你们不可能在一起。"

赵阳的表情变得狰狞起来,他猛然朝温蕴扑过去,狠狠地掐住她的脖子:"你别以为我不敢对你怎么样,既然已经走到这一步了,我早就做好了最坏的打算。"

他接着说:"我父亲的事情跟我有什么关系?他做了错事,就要由我来承担吗?我跟他早八百年就没来往了。我不过是看你可怜才接近你的,你当初什么都不知道,什么都不记得,你那么依赖我,不就是在勾引我吗?怎么?现在不承认了?

"温蕴,你早就知道我喜欢你了,装什么清纯?只不过就是跟了闻唐后又看上他,你这种女人我见多了,就是水性杨花,不要脸。"

他近乎歇斯底里,手上的力道不断加重,把所有愤恨都发泄在她身上。

"我怎么知道老头到底对你的脑袋做了什么?你的记忆障碍是他造成的,你有怨恨你找他去啊。"

温蕴被他掐得呼吸困难,整张脸憋得通红,她恨恨地盯着他,就是不愿意求饶,要她向这个男人求饶,她宁愿死在这里。

也不知过了多久,赵阳终于反应过来似的,猛地一松手,温蕴顿时浑身无力地瘫倒在地上。

刚才有那么一瞬间,温蕴以为自己真的要死在这里了,可奇怪的是,面对死亡,她竟然没有太多感触。唯一遗憾的是,死之前没有机会跟闻唐说清楚,没有来得及跟他说一声对不起。

如果她当时肯对他多一点点信任……

277

Chapter 17
扑朔迷离

赵阳出去了，锁上了门，世界再度安静下来，只有空气里残留的酒精味宣告着他刚刚来过。

温蕴的脸贴在冰冷的地面上，刚想闭上眼睛，目光猛然定格在被摔烂的酒瓶碎玻璃上……

而另一边，仿佛又是另一个世界。

时间已经过去将近一周，温蕴仍然下落全无，闻唐就这样不眠不休地在办公室里待了七天，生怕像上回那样，温蕴来了，他却不在。如果那次他在就好了，就能阻止温蕴，事情也就不会发展成如今这样。

报案这么久，警方却仍然没找到赵阳的行踪。起初他们追踪赵阳的车子，结果追到一个高速路口的时候，只发现车子停在路边，却不见人影。

再然后，就找不见人了。

闻唐动用了大量财力找人，但收效甚微。

他疲惫地揉着眉心，一颗心悬在半空，他甚至害怕听到电话声响，害怕听到不好的消息。

赵京安几次来回，见闻唐一直保持着同一个姿势，连动都未曾动过，不免有些担心："你连酒店里的大小业务都不管了，这样真的好吗？"

"还有什么比温蕴更重要？"

这是赵京安第一次见工作狂闻唐出现六神无主的神色，虽然仅仅只有那么一瞬间。

闻唐转了个身，抬手掩住脸颊："我不止一次地想，那天她来找我时，如果我在就好了。"

赵京安何尝不明白闻唐的感受，他把所有的错都揽在自己身上，但如此一来，只要一天没有温蕴的下落，他肩上的压力就会更多一分。

"这不是谁的错，只是在那个时候你们恰好错开了而已。闻唐，你放轻松一些，你想啊，温蕴的身手并不差，就算真的遇到什么麻烦，至少她有自保的能力。"

"赵阳就是个疯子,他什么事都做得出来。他已经绑架过她一次了,我实在不认为温蕴能从他手里逃出来第二次。"

平日里素来冷静沉稳的闻唐也会有这一天,赵京安不知道该如何安慰。她曾经觉得,闻唐面对任何困局都能淡定自若,稳如泰山,可面对温蕴的事情时,才发现其实他也不过是普通人而已。

有血有肉的普通人,有七情六欲的普通人,正因为是普通人,所以有弱点,也有软肋。

这一切被赵阳看得清清楚楚。

赵京安离开酒店时接到了宋清远的电话。

"他状态怎么样?"宋清远是个外冷内热的人,即使身为好友,也不知道该如何关心闻唐。

赵京安叹了口气:"还是老样子,警方那边也没有任何进展,只怕温蕴不回来,他不会在意旁的事情。"

宋清远对这一点倒不意外,他们是多年好友,闻唐是什么性子他很清楚,更何况温蕴对闻唐来说,本来就是一个特殊的存在。

"先不说了,我开车呢,一会儿打给你,你要是有时间的话就来看看他,我看他的神情怪吓人的。"

宋清远笑了笑:"好,注意安全。"

赵京安挂断电话,发动车子。

路过酒店正门时,她下意识地踩了脚刹车,正巧看到前面停着一辆没有车牌的旧车。那车远远看上去就像是破铜烂铁,车里的人似乎没有察觉到自己正被人观察,他把一样东西交给了一个小孩儿,亲眼看着小孩儿进了酒店才开车离开。

赵京安的心脏怦怦直跳,虽然隔着些距离,可她还是认出来了,那个人不是赵阳又会是谁?顾不得那么多,她立即重新踩下油门远远地跟了上去。

Chapter 17
扑朔迷离

她跟着赵阳驱车至市郊附近,见赵阳在一个无人处停了车,他下车压低了帽檐,走到一个电话亭拨通了电话。

赵京安担心自己的行踪暴露,只能远远地瞧着赵阳左顾右盼地打了通神秘电话。

城市的另一头,闻唐接到了一个信封。

信封里除了一张照片其他的什么都没有,他看到照片时,内心仿佛有狂风暴雨席卷而过,整颗心扭曲成了一团,疼得令人窒息。

照片上的人正是温蕴,她的双手双脚都被绑起来,表情痛苦地昏迷在地上,旁边还有摔成渣的酒瓶子。

看上去触目惊心。

林良小心翼翼地站在旁边,大气不敢出一声。

"你是说,是一个小孩子送进来的?"闻唐的声音冰冷,前所未有的冷。

林良立即点头:"那孩子说,有个叔叔让他把这封信交给前台,告诉前台必须转交给总经理闻唐,只要他把事情办好了,就能得到一大袋零食。我问过那孩子了,他什么也不知道。我也看了酒店门口的监控,监控只拍到了那辆车,没有拍到车里面的人。赵阳不愧是干私家侦探的,很懂得避开监控。"

闻唐啪的一下将照片甩到桌上,冷笑道:"他到底要干什么?"

"需要把这件事告诉警方吗?"

"不必,现在这种情况告不告诉警方已经没有任何意义了。"

两人再度陷入无边的沉默,就在这时,办公桌上的电话响了。

林良见闻唐完全没有要接电话的意思,主动提起了话筒。

"照片看到了吗?感觉如何?"

一听到电话里的声音,林良冷不丁地缩了缩脖子,忙将话筒递给闻唐。

闻唐瞬间了然,粗暴地接过话筒:"赵阳,是男人就用男人的方式解决问题,把一个女人牵扯进来算什么?"

电话里的赵阳轻笑道:"看来闻总很生气,这只是开始而已,闻总就这么按捺不住了,接下来要怎么玩呢?"

"我没有兴趣陪你玩这些无聊的游戏。你听着,二十四小时内,如果我见不到温蕴,你和你父亲做的那些丑事会悉数出现在电视和报纸上,我知道你可能不在乎这些,不过你父亲未必不在乎吧?"

提到父亲,赵阳似乎有些恼羞成怒:"你敢?"

"你可以试试看我敢不敢。对了,还有一件事一直没有机会告诉你,你父亲已经从慕尼黑来到海城了,难道你们父子就不想聚聚?"

赵阳的声音立即有些失控:"把一个老人牵扯进来,闻唐,你又算是什么男人?"

"我不过是跟你学罢了,不是你教我的吗?"

闻唐的眼神冷得瘆人,整个办公室内的气氛冷得犹如冰窖。

下一刻,电话那头的人似乎被气得不轻,啪的一下挂断了电话。

赵京安等了一会儿,猜测着赵阳究竟在跟谁通话,她想到了闻唐,刚想打电话询问闻唐时,那边赵阳忽然气愤地甩掉了话筒,发泄似的一拳砸在了电话亭上。

随后赵阳又上了车,往另一个方向开去。

开得越久,离市区就越远,渐渐地整条路上就只剩下他们两辆车,赵京安不由得紧张起来。不知为何,她总觉得自己可能已经被赵阳发现了,因此在经过一个加油站时,她把车停在了那里,没有再跟上去,同时给闻唐发了个定位。

加完油,赵京安随口问替自己加油的小伙子:"这附近有村庄什么的吗?"

小伙子说:"这里哪来的村庄,连住人的房子都少得可怜。"

"再往前是什么地方?"

Chapter 17
扑朔迷离

"这条公路一直通往下一个城市,需要四五个小时车程,而且再往前的一路上只有一个加油站。哦,对了,那个加油站后面好像有一小排房子,是给加油站的工作人员准备的,那边离哪里都远,有时候回市区不方便,员工就歇在那儿。"

赵京安眼皮一跳,确认道:"所以从这里一路过去,除非到下一个城市,否则能歇脚的地方只有那个加油站?"

"没错。"小伙子很肯定。

没多久,赵京安接到了闻唐的电话,她简洁地把事情交代了一遍,闻唐却沉默了。

"怎么了?"她察觉出不对劲,紧张地问道。

"赵阳不是那么不小心的人,他可能已经发现自己被跟踪了。"

"就算他知道了也无妨,我没有再跟上去,而且据加油站的工作人员说,到下一个城市还需要四五个小时的车程,我不认为赵阳会费这么大的劲儿,很有可能他就藏在那个加油站附近。"

闻唐沉吟片刻:"我记得那一带路不好开,趁着天还没黑,你先回来。"

赵京安本就没有想再往前,即使她找到了赵阳也无济于事,凭她自己根本不可能救出温蕴,反而会打草惊蛇。

等回到酒店时,天已经彻底黑了下来,闻唐的办公室里此时坐了好几个人,就连宋清远都在。

见到她的那一刻,宋清远明显松了一口气。

"怎么了?"看他们一个个神色凝重,赵京安诧异地问道。

"你回来的途中,赵阳又打电话来了。"宋清远解释道。

原来就在二十分钟前,闻唐再次接到了赵阳的电话。

赵阳故意把温蕴的所在地透露给闻唐,并称如果不希望温蕴出事,就让闻唐亲自去接温蕴。

所有人都知道这必定是一个精心策划的骗局,可事到如今,除了按照他的话办之外没有更好的办法。

闻唐原本想即刻动身，但赵阳表示还没有到时候，时候到了，他会打电话告知。

"所以现在只能坐以待毙，等着他打电话通知你时间和地点？"赵京安看向闻唐。

闻唐淡漠地点了点头，他已经知道大致方位，现在只是等一个时间而已。

"这不是很奇怪吗？赵阳分明就是诱你过去啊，为什么还有时间要求？说什么还不到时候，确定他没有耍心眼吗？"

说实话，赵京安一点也不相信赵阳。

宋清远拍了拍她的肩膀，安抚似的把她揽进怀里："他自有分寸，让他自己判断吧。"

之后，整个办公室便陷入了无边的沉默。

凌晨三点过后，静谧的办公室里忽然响起了刺耳的电话铃声，所有人霎时惊醒过来，闻唐第一个扑过去，抓起了话筒。

"等待的每一分每一秒，是不是都无比焦心？"赵阳笑得像一个已经失去了理智的疯子。

"少废话。"

"这么没有耐心？现在，你可以过来了。记住，只许你一个人，如果让我知道还有第二个人跟你一起来的话，你就再也见不到温蕴了。"

还没等闻唐开口，那边已经干脆利落地挂断了电话。

闻唐抓起车钥匙就要往外跑，却被林良拦住了："老板，我跟你一起去。"

"我一个人能解决。"

"可是你已经很久没有开过车了。"林良大叫道，在这种情况下让他一个人开夜车，实在太危险。

闻唐眼里闪过一丝狠厉，一把推开林良："让开，别跟上来。"

283

Chapter 17
扑朔迷离

林良想追上去,被宋清远拽住了:"你跟你老板这么久了,还不知道他的脾气吗?要是让他知道你跟着他,保不准他会做出什么事来。而且事关温蕴的安危,谨慎一些比较好。"

"可是……"林良总觉得不安,事情不会这么简单顺利。

赵京安走到窗边,怔怔地看着外面,喃喃着:"好像下雨了。"

宋清远和林良的视线撞在了一起:"车上有止痛药吗?"

"每辆车上都备有止痛药,只怕老板心里着急,就算疼也没有心思吃。"

林良摇了摇头,心里难安。

Chapter 18
喜欢你还来不及

　　温蕴花了许久才用玻璃碎片割开了自己手腕上的绳子，然而双手获得了自由，却并没能为她带来更多的便利。

　　赵阳如今的情绪十分不稳定，她知道自己不能轻举妄动，否则很有可能发生意想不到的事情，越是在紧要关头，就越是要沉着冷静下来，找到最佳机会逃脱出去。

　　然而，她还没来得及想好对策，已经紧闭了不知多久的门再一次开了，从门外的光线判断，现在应该是白天。

　　赵阳一脸阴森地走进来，蹲到她面前，托起她的下巴："你现在是不是一心盼着闻唐来救你？"

　　温蕴盯着他，不说话，周边的冷风贯穿整个屋内，冷飕飕的。

　　"只可惜那家伙自身难保，恐怕没办法来救你了。"赵阳的心情似乎很好，笑容却是阴沉沉的。

285

Chapter 18
喜欢你还来不及

温蕴心里警铃大作,怎么回事?难道闻唐出事了?她突然十分害怕自己的直觉。

下一刻,赵阳举起手机,把一条新闻放大给温蕴看。

"几个小时前,闻唐在来这里的路上发生了交通事故,人已经被送往医院抢救了,据说情况不太妙,现在还在重症监护室里,能不能醒过来谁也说不准。很遗憾吧?你一心一意等着来救你的人,因为你翻车出了事故,也许连命都丢了。"

温蕴看着豆大的黑色新闻标题,浑身发抖,她紧咬着下唇,死死地压抑着自己。她很清楚,赵阳就是故意给她看这些,想看她痛苦的样子,即使她心里再痛苦,也不能在这个时候表现出来。

"你居然一点也不难过?"赵阳靠近温蕴,似乎想确认她是否真的一点也不悲伤。

温蕴咬紧牙关,淡淡地与他对视,眼神波澜不惊:"对我的记忆来说,闻唐和你一样,都只是刚刚认识的陌生人而已,你不必这么大惊小怪。同样,即使你现在死在我面前,我也不会流一滴眼泪。"

赵阳观察了她一会儿,点点头:"好,很好,希望你能一直这么冷静下去。"

温蕴心里突然闪过一丝诧异:"你究竟想看谁痛苦?如果你只是单纯地讨厌闻唐,那么他现在变成这个样子,你应该很高兴才对,但好像你很希望看到我痛苦?"

他摇头道:"你不懂这种感受,我为了你几乎都要疯了,你痛苦一些是应该的。而闻唐,他会有这样的下场,我早就预料到了。你信吗?即使他没有出意外,我也会让他出意外,他就是这个下场,没有别的选择。"

赵阳脸上骤然升起的疯狂令温蕴背后一凉,她不可思议地看着他:"你疯了,你真的疯了!"

"我不是早就疯了吗?温蕴,就让我们一起下地狱吧!死,我们也要死在一起,放心,我不会丢下你的。"

温蕴感到头昏目眩,就在赵阳即将关门的那一刻,她使上浑身力气,猛地朝他扑去,可赵阳似乎早有准备,一个侧身就轻易躲过了她的攻击。

赵阳一脚将温蕴踢翻在地,抓住她的头发,狠狠地说道:"我还以为你会变得聪明一点,但好像并没有。到底要怎么样你才会明白,你是逃不出这里的。我早就发现你已经解开绳子,只可惜,你逃不出我的手掌心。"

"赵阳,不如你干脆杀了我吧,这样绑着我又有什么意思?"温蕴恨恨地盯着他。

她一贯觉得自己没有什么情绪,这一刻却对赵阳恨之入骨。她想起了闻唐,想起了刚才那则新闻,心脏一阵绞痛,如果闻唐当真再也醒不过来,她就是害死他的凶手!

如果不是为了来救她,他根本不会发生这种事情!

"杀了你?我怎么舍得?你就好好在这里待着,等着我的好消息吧。"赵阳手下一个用力,抓着她的头猛地朝墙壁撞去。

一阵剧痛之后,温蕴再度昏死过去。

而另一边,已经乱成了一锅粥。

重症监护室外,林良焦虑地走来走去,一刻都停不下来,赵京安相对冷静一些,但脸色苍白,也好不到哪里去。

现在整个海城都知道闻唐出了事故,正躺在重症监护室里,生死不明,几个专家都对此束手无策。然而谁也不知道闻唐的情况究竟怎么样,就连他伤到了哪里都不清楚。

医院外头被记者们层层围住,事态仿佛正朝着更坏的方向发展。

许欣然赶到的时候,医院走廊里一片清冷,她远远地就放慢了脚步,不敢再往前一步,更不敢相信此时此刻,自己曾经爱过的人正在里面与死神较量。

她看到报道时才终于发现,原来闻唐对她来说并不只是一个爱过的人,而是一直都爱着的人。那时候,她为了替父亲报仇,成天装疯卖傻,闻唐明

Chapter 18
喜欢你还来不及

明知道,却从不戳破。其实她一直都清楚,他不是个坏人。

"怎么会这样?"她走到林良面前,后知后觉地发现自己居然已经泪流满面。

林良没料到许欣然会来,收了收情绪,才缓慢地说:"大雨,旧疾发作,他应该没有心思吃药,再加上雨势太猛,所以翻了车。"

"为了救那个女人?"许欣然之前就听说了,闻唐那位形影不离的女保镖被人绑架了。

她记得那个女保镖,对人冷淡,整个人清清冷冷的,仿佛从未将闻唐真正放在眼里。

可闻唐居然真的对她动了心?

"具体的我不方便透露。"林良一副不愿多谈的架势。

"他什么时候会醒过来?"

"不知道,也许明天就会醒来,也或许一辈子都醒不来。"

忽然之间,许欣然的心里仿佛有什么崩塌了。

又一个二十四小时过后,海城又下起了暴雨。

这个季节原本并不是暴雨多发的季节,可连着好几天,整座城市都像是被浸透在水里,自从闻唐出事之后,雨就再也没有停过。

午后刚过十二点,一则意想不到的新闻迅速占据各大新闻网站头条,紧接着,一段录音曝光,瞬间引起了惊涛骇浪。

新闻报道称,一位医生为了自己的实验而心生邪念,在手术过程中没有经过任何人的同意,擅自将实验用的芯片偷偷植入病人脑部,然而事后手术虽然成功了,病人也的确恢复过来,实验却以另一种方式宣告失败——被植入芯片后的病人从此出现了记忆认知障碍,对其生活造成了巨大的影响,几乎可以说,这个病人的一生被毁了。

那段录音是那位医生的自述,他声称十分后悔当初一时糊涂做出的这个决定，但人们听到的更多的是他对于实验没有成功的遗憾。因为他反反复复强调，如果实验成功，不仅不会对病人造成影响，还会使病人拥有前所未有的记忆力及计算能力。

言下之意，他将一切的恶果归咎于实验并未成功这个荒谬的理由上，而并未觉得自己的做法有何不妥。

用活人做实验，简直是丧心病狂，丧尽天良。

新闻一出，在网络上掀起了巨大的舆论风波，一时间所有人都在谴责那位医生，没过多久，那位医生的个人信息就被曝光出来。

谭光耀，德籍华裔，常居慕尼黑，脑科专家，在长达十年的时间里致力于脑部芯片技术研究。

冰冷的房间内，谭光耀不知已经坐了多久，门外终于响起了脚步声。

从慕尼黑被请到这里来时，他只听说儿子赵阳出事了，尽管他与儿子谈不上有感情，但毕竟父子一场，如果赵阳真的昏了头做出错事，也是他这个做父亲的不教之过。

"你想见见你儿子吗？"一个冰冷的毫无感情的声音从门外传来。

自从谭光耀住进这里之后，一次也没有见过门外的人，门外的人似乎也无意露面，他们一直都以这样的方式交谈。

"他现在怎么样了？"谭光耀问道。

"不怎么样，可能还躲在小黑屋里，等着闻唐的死讯，闻唐一天不死，他一天不会把人带出来。"

谭光耀沉默了，虽然长年不见，却也无法想象自己的儿子竟然变成了这样的人。

当年实验失败后，他一心逃避，从此屏蔽了跟温蕴有关的一切，自然也不知道她后来过得如何，去了哪里。他更不会想到，温蕴居然和他的儿子扯上了关系，还有了那么深的羁绊。

外面的人接着说："我一直很好奇，当年如果实验成功，温蕴会变成一个

Chapter 18
喜欢你还来不及

什么样的人?"

往事像黑洞一般被无情地挖了出来,谭光耀捏紧了拳头,深吸一口气:"人脑就会变成电脑那样,拥有无比强大的记忆力与计算能力,想一想,这是一个多伟大的设想!"

"所以你就直接用活人做实验了?"

"此前我曾经在动物身上做过这种实验,但动物毕竟无法开口说话。"

"于是温蕴就成了那个倒霉鬼?"

谭光耀回想起当时的场景:"那时她的脑部受到重大创伤,必须做开颅手术,我想,再也没有比这更好的机会了。"

他承认,当时的他的确是疯了。

"你有没有想过实验失败后的风险?你完全没有替她想过,你只想着你自己的实验。"

谭光耀自嘲地笑道:"我承认我当时的确没有考虑太多。"

门外许久都没有声音,良久之后,一部手机递了进来。

"这里面有你儿子赵阳的联系方式。"

谭光耀望着手机出神,门外的人似乎等得有些不耐烦了,催促道:"你也不希望你儿子变成杀人凶手吧?你已经欠了温蕴太多,难道还打算放任自己的儿子对她施暴吗?"

谭光耀捏着手机的手猛地一紧。

"麻烦你尽快打电话给赵阳,想办法约他出来见面,这样我们才能找机会把温蕴救出来。但你不能表现得太刻意,否则他不会答应跟你见面。"

谭光耀苦笑道:"你有所不知,我们父子之间没多少情分,跟普通父子完全不同,只怕我无法把他约出来。"

"那就看你的本事了。"

十五分钟后,房间里才响起谭光耀打电话的声音。

电话接通之后,起初一片安静,谁都没有开口说话,赵阳十分小心,在对

方没有先说话之前,他拒绝开口。

"赵阳,是我。"谭光耀无奈地叹了口气,那边明显抽了口气。

"怎么回事?你是不是被警察控制了?谁逼你录的那段录音?"赵阳一听清声音,立即气急败坏地问道。

"我没有被警察控制,那段录音是我自愿录的,做错了就是做错了,我会承认自己曾经犯下的错误。赵阳,你也一样,不要知法犯法,走进深渊里去。"

谭光耀父子约在市郊的一家茶室见面。

赵阳赴约之前特地看了一眼温蕴的状态,温蕴已经将近两天没有吃过东西了,看上去气若游丝,想必已经没有力气逃跑了。况且这个地方迄今为止都没有被发现的迹象,他只出去三小时,应该不会出事。

一想到不久的将来,闻唐终于不再是他和温蕴之间的阻碍,赵阳的心情便不由自主地好转。

不知昏迷过几次的温蕴,依稀听到了车子引擎发动的声音。

赵阳离开了吗?

她气息微弱地想着,却仍旧一动不动地躺在地上。即使赵阳离开了,以她现在的体力也不可能逃得出去,赵阳在这道门外上了几道锁,她不可能徒手劈开。

更何况,她根本就懒得再费心思逃跑,对现在的她来说,一切都只是徒劳,她现在只想知道闻唐的情况。

他怎么样了?伤势是否严重?有没有转醒的迹象?她满脑子都是闻唐,恨不得立刻冲到他的病床边亲眼看看他。

当她看那则新闻的时候,她心里生出了一种十分奇怪的感觉,一颗心仿佛被紧紧揪住,疼得无法呼吸。

难道这就是刻在骨子里的感情吗?他们曾经是一对恋人,所以她才会对他出事有这么强烈的反应。

Chapter 18
喜欢你还来不及

呵，若是当初信任闻唐，何至于让他们两个人都落得现在这种下场？

她又昏沉地睡了过去。

她做了一个梦，梦里有闻唐，也有她根本不记得的过去。闻唐的脸随着梦境渐渐地清晰起来，她下意识地朝他伸出了手，触觉那么真实，仿佛不只存在于梦中。

"温蕴，醒醒，温蕴！"

有个熟悉的声音在她耳边不断地呼唤着，焦急、心疼、温柔，这一声声呼唤中竟包含这么多的情绪。

温蕴的心蓦地疼了起来，她拖着沉重的眼皮，勉强睁开了眼睛，视线渐渐清明，她才看清楚自己面前的这张脸。

她心里大骇，狠狠地闭了闭眼，再睁开，这张脸还在。

是真实的，不是在做梦！

"闻唐？"她的声音带着混沌的嘶哑，呼吸渐渐急促起来。

闻唐猛然把她拥进怀里，见着她这副模样，他的心都碎了，恨不得把她揣进怀里，再也不让旁人窥探欺负了去。

"对不起，是我来晚了，我这就带你回去。"他的声音里满是痛楚，连温蕴的心都跟着痛得撕扯起来。

身上的绳子已经被解开，她勉强地抬起手摸了摸他的脸颊，总算放心地笑了："你没事，真是太好了。赵阳给我看了新闻，我还以为……"

闻唐抱着她的手紧了紧，只想立刻带她离开这里。

那天他的确是一个人开车来的，当时雨下得正大，他受过伤的那条腿出乎意料的疼，当时他心里一心只想着温蕴，完全无法冷静下来，反倒腿越来越疼时，他的脑袋才逐渐清明起来。

赵阳一定不会让他顺顺利利地带走温蕴，与其陷入未知的无措当中，不如先发制人。所以他才想出了假受伤这一招，假装发生意外翻车，并让宋清远以医生的身份告知外界他的伤情十分严重。除了身边几个人知情，他们几乎骗了所有人。

这其中当然包括赵阳。

一旦知道闻唐性命垂危，赵阳的警觉性一定会下降，到那个时候就能抓住破绽，把温蕴救出来。

同时，闻唐又让林良把谭光耀的所作所为曝光，即便赵阳一直表示他们父子二人并没有太深的感情，但毕竟是父子，不可能完全无动于衷。

果不其然，事情曝光后，赵阳乱了方寸，否则谭光耀约他见面不会这么容易。

温蕴在闻唐怀里安下心来，靠着他的胸膛，第一次萌生一种叫作安全感的东西，仿佛在他怀里，她就什么都不需要担心。

闻唐低头亲了亲她的额头，正要带她离开时，一阵凶猛的火光忽然在外面蹿了起来。

慌乱中，他依稀听到了赵阳愤怒的声音："想带走她？不可能！你们就一起死在这里吧！"

赵阳居然回来了！他不是应该在去赴约的路上吗？

闻唐的大脑快速转动着，眼睛一刻不停地寻找着可以出去的突破口。

严格来说，这是一个已经废弃的仓库，原本属于前面的加油站，仓库里面有一间暗屋，就是温蕴被关的地方。

赵阳好似事先就做好了准备，在暗屋附近洒了一地的汽油，为自己留了后路。

外面的雨淅淅沥沥地下着，仓库的火却烧得正旺。

温蕴被闻唐死死地护在怀里，她感觉整个人都轻飘飘的，根本提不起任何力气，更别说帮闻唐一把了。

模糊的视线中，闻唐似乎低头对她笑了笑："别担心，我会带你出去。"

这句话像有魔力一般，瞬间抚平了她心里所有的不安，她怔怔地看着他的侧脸，一种熟悉感渐渐由心底升起。

Chapter 18
喜欢你还来不及

这种熟悉感并不是之前她在一无所知的情况下重新认识他之后的感觉，而是一种久违了的温暖的感觉。

他们以前真的是恋人吗？他当真是她的男朋友吗？

在某一瞬间，某些画面像电影片段般在脑海中闪过，尽管画面中的人脸十分模糊，可她能够肯定，画面里的人正是自己和闻唐。

一种仿佛早已流淌在血液里的感情在心间萦绕，温蕴觉得自己似乎想起了一些事情，但又无法确定具体内容，她的一颗心躁动着，箍着闻唐的手不禁紧了紧。

大约是察觉到了这个微小的动作，闻唐的身体微微一僵，随即脸上浮现出了笑意。

在这种危急关头，他竟然还能淡定地笑出来。

火势越来越猛，闻唐抱紧温蕴躲避着火舌，准备随时冲出去。

外面突然传来巨大的声响，但视线已经完全被烟雾遮挡，闻唐无法看清外面究竟是什么情况，不过已经听不见赵阳的声音了，或许他已经被埋伏在外的警察制服了。

"要是出不去，你进来救我就亏了。"温蕴靠在闻唐的肩膀上，冷不丁地说道。

"不进来才亏，跟你在一起怎么都不算亏。"他笑了笑，目光紧锁住唯一的出口。

"要是出不去怎么办？"她问他。

"在我这里没有这个选项。"闻唐深吸一口气，低头看她，"准备好了吗？我们从这里冲出去，很快，你忍一忍，抱紧我，千万不要松手。"

温蕴心中担忧，这么大的火势，贸然冲出去实在不是明智之举，更何况他们根本不知道这道门外是什么情况，可如果一直待在这里，迟早会被火舌吞噬。

似乎确实没有第二条路了。

他们彼此相望，火势凶猛，但整个世界仿佛忽然安静了下来，他深情地望着她的眼睛，轻轻一笑，低头吻上了她的唇。

起初她还十分紧张，有些抗拒，可随即就融化在了他的吻里，脑海中忽然闪过他们在北海道相遇的光景，闪过他寂寥地说着喜欢她，还有许许多多陌生又令她血液沸腾的相处小片段。

这个吻十分短暂，却足以让她铭记一生，他仿佛在她的唇上烙上了属于自己的印记，她心里一下便有了他。

那一下不知道是怎么过去的，一切都仿佛发生在一瞬之间。

温蕴被闻唐紧紧地抱在怀里，在她还没来得及有任何反应的时候，人已经被带着冲了出去，像是被火烧到一般，身体有片刻的灼热，但很快灼热感就消失了。

她头一偏，终于还是没能撑住，昏迷过去。

温蕴觉得自己睡了漫长的一觉，等醒过来的时候，入眼的全是白色，鼻子中是专属于医院的消毒水的味道。她偏了偏头，病房内空无一人，安安静静的，世界像静止了。

她努力回想自己昏迷之前发生的事情，闻唐抱着她冲出了火海……

那他人呢？他现在怎么样了？

一想到闻唐，温蕴立刻心急如焚，挣扎着想从床上爬起来。就在这时，病房的门开了，她抬头望去，一下怔住了，眼泪不受控制地啪嗒啪嗒往下掉。

闻唐呼吸一顿，急忙上前焦急地问："怎么了？是不是哪里不舒服？我去叫医生来，你忍一忍。"

她忙按住他的手，拼命摇头："没有……没有不舒服……"

"那你哭什么？"

"是太开心了。"她说话时有些抽噎，但总算还能忍住，"我睡了很久吗？"

Chapter 18
喜欢你还来不及

"也不算很久,还没到四十八小时。你身上有些轻微的皮外伤,还有就是吸入了一些浓烟,其他并没有大碍,养养就好。"

她按他的手始终没有松开,有一种情感在心里蔓延着,原来喜欢一个人是这种感觉吗?以前的每一次记忆,她对他都是这种感觉吗?

"你该好好休息,再睡一会儿,我去叫医生来看看,乖。"他像哄孩子似的把她哄了回去,走之前还摸了摸她的头发。

温蕴迷迷糊糊地又睡了过去,这一次,她终于看清了梦境里的闻唐的脸。

原来他们从前就对彼此有意了……

她再次醒来后,闻唐带来一名警察,对她做了简短的笔录。结束的时候,她几次欲问赵阳的下落,但都忍住了,等把人送走之后,闻唐才看着她的眼睛笑起来。

"你是不是想知道赵阳怎么样了?"

温蕴蹙起眉头:"我表现得有这么明显吗?"

"非常明显。"

她脑筋一时有些转不过弯来,只得傻傻地笑。

闻唐敲了敲她的脑袋,说:"他被警察当场抓获了,现在在拘留所待着呢,一时半会儿应该出不来。"

她迟疑了一下,问道:"他……是不是有精神方面的问题?"

"现阶段还不清楚,会有这方面的专家替他检查。"

"闻唐,你讨厌他吗?"

出乎温蕴意料,闻唐摇了摇头:"讨厌一个人和喜欢一个人一样费劲,你都回来了,我喜欢你还来不及,没有闲工夫再去讨厌别人。"

温蕴的脸唰一下就红了。

温蕴出院那天,闻唐带她去了一个地方。

仍旧是杜湖公墓,但温蕴毫无印象,她猜测从前他们应该一起来过,只是她不记得了。

闻唐领着她到了其中一座墓碑前,她看到了他身上的寂寥,透着悲伤和疏离,是她完全没有见过的样子。

她一直以为闻唐是一个内心强大的人,但此时此刻才发现,原来他也跟普通人一样,拥有七情六欲,也有伤心难过的权利。

一个人被认为太强大,究竟是好是坏呢?

"这里睡着的是我父亲。"良久之后,闻唐才回头看向她。

看到墓碑上的名字,温蕴就猜到了,所以她毫不意外,而是上前一步,主动握住他的手。

"你父亲是怎么……"

"心肌梗死,但也算是抑郁而终。"

"他去世之前心里一定很不好受吧?"

抑郁而终,说明至少在死之前的那段时间里,他过得并不好。

那时候的闻唐又是抱着什么样的心情处理父亲后事的呢?

"不过现在他在下面应该安息了。"

温蕴没听懂闻唐的意思,猜测可能是之前发生过什么事情,而自己已经忘记了,她心里没来由地升起一股莫名其妙的悲伤。

"闻唐,我是不是忘了很多关于我们的事情?"

闻唐抬手摸摸她的头发,安慰道:"忘了也没关系,反正我们还会在一起创造更多比以前更好的回忆。"

"可是……"她突然有些茫然,"我还是会忘记啊!我以前不相信你说的话,不相信记忆只能存在三十天这种荒唐的说法,但是现在我觉得你说的应该是真的,所以如果是这样的话,我还是会继续遗忘啊。"

她甚至觉得沮丧,如果自己是这样一个人的话,根本无法去爱一个人,至少她认为自己没有爱人的资格,但矛盾的是,以前的自己竟然在这种情况下接受了闻唐。

"所以,你愿意接受治疗吗?"

Chapter 18
喜欢你还来不及

温蕴不清楚闻唐口中所谓的治疗是指什么,只是静静地看着他。

闻唐解释道:"虽然不清楚治疗效果会如何,但总比什么都不做强。阿远认识一些业内权威的医生,已经替我们取得了联系,但最终还是需要你点头,如果你做好了治疗的准备,我们可以很快出发。"

温蕴一直觉得自己孑然一身,至今还记得那天清晨醒来时脑中一片空白的茫然,那时她便觉得,自己就像是这个世界的异类,虽然看上去与旁人无异,却又分明跟别人不一样。

真的可以吗?

闻唐仿佛看出了她心里的顾虑,抱住她说:"其实你不必想太多,我不会伤害你。我说过,我们是恋人,不分彼此。"

温蕴靠在他怀里,心中莫名悸动,即使告诫自己要冷静自持,却还是无法否认自己对闻唐的心动。

没错,从在困境中看到他的那一刻起,从他不顾一切地来救自己开始,她就对他心动了。

良久,她才轻轻地说了声:"好。"

闻唐抱着她的手紧了紧,嘴角慢慢地浮现出了笑意。

机票订在五天后。

在那之前,温蕴去看了赵阳。

她对赵阳唯一印象深刻的只有他绑架自己这件事,她不明白为什么自己会遭遇那种事,后来她才知道,赵阳患有严重的精神疾病,所以才会做出极端的事情。

见到赵阳的那一日,他和以往并无多少区别,可温蕴在他脸上看不出任何悔改之色,他甚至认为是自己不够果断,才让她和闻唐从火海里逃了出来。

至此,她对赵阳彻底死心,不再在意他的结局。

在离开前的五天里,温蕴与闻唐形影不离,她越是和他相处,越是控制不住自己对他的喜欢。

喜欢这种感觉似乎有瘾，一旦染上了就欲罢不能，恨不得分分秒秒都与他腻歪在一起。

她虽然不知道从前的自己是什么样子，但她觉得现在的自己一点都不像自己了。

三千米的高空上，温蕴从半睡半醒中睁开眼，望着身边熟睡的侧脸出了神，不知不觉，声音从喉间溢出。

"闻唐，我喜欢你。"

她低声呢喃，不知是说给自己听，还是认为闻唐听不见，才有勇气说出来。

谁知原本熟睡的人忽然一动，她紧张地想闭眼装睡，可已经来不及了，他猝不及防地睁开了眼睛，漆黑的瞳孔里有温蕴看不懂的光彩。

他笑起来的样子好看极了，温蕴第一次发现。

"表白这种事怎么能趁着我睡着的时候做呢？"他的手伸过去，玩弄着她漆黑柔顺的发丝。

机舱内光线昏暗，温蕴的脸红得几乎能滴出血来。

闻唐靠近她，几近诱惑地说："再说一遍，刚才没有听清。"

"不说了。"

"乖。"

温蕴恨不得找个地洞钻进去，她拉上毛毯蒙住头，含含糊糊地又说了一遍，令闻唐心情愉悦。

他掀开毯子，在她唇上轻轻一吻。

"以后要是每天都能说一遍就更好了。"

温蕴："……"

一个月后。

赵京安收到闻唐发来的最新消息，温蕴的手术还算顺利，虽然目前还谈不

Chapter 18
喜欢你还来不及

上完全成功,但至少温蕴已经能断断续续地想起一些事情了。

她看到消息的时候着实松了一口气,一旁的宋清远见状,不满地说道:"好歹是我给他介绍的医生、安排的治疗医院,有最新情况居然最先告知你?"

赵京安扑哧一笑:"你在吃我的醋吗?"

"赵京安,你和闻唐是不是走得太近了?"

"我和闻唐什么关系,你难道不清楚?"

赵京安懒得搭理宋清远偶尔的小性子,却冷不丁被宋清远偷袭一吻。

"要不要去美国看看他们?"他提议。

赵京安眼睛都亮了:"我觉得这个建议很棒。"

"那择日不如撞日?"

两人望着对方,相视而笑。